Réquiem habanero por Fidel

J. J. Armas Marcelo

Réquiem habanero
por Fidel

50 AÑOS
de buena literatura
ALFAGUARA
1964-2014

© 2014, Juan Jesús Armas Marcelo
© De esta edición:
2014, Santillana Ediciones Generales, S. L.
Avenida de los Artesanos, 6. 28760 Tres Cantos, Madrid
Teléfono 91 744 90 60
Telefax 91 744 92 24
www.alfaguara.com

ISBN: 978-84-204-1630-4
Depósito legal: M-4856-2014
Impreso en España - Printed in Spain

© Diseño:
Proyecto de Enric Satué

© Imagen de cubierta:
Vivian Maier

PRISA EDICIONES

A Guillermo Cabrera Infante, tremendo tipo
que nunca se movió de La Habana. In memoriam

Y a Miriam Gómez, la belleza,
que lo acompañó por todo el mundo

*«No hay delirio de persecución allí donde
la persecución es un delirio.»*
GUILLERMO CABRERA INFANTE
(En carta a Jorge Edwards,
con motivo de la publicación
de *Persona non grata*)

1.

Lo que más me subleva de Belinda es que me lleve la contraria y siempre termine teniendo razón. La madre tiene la culpa. Se la llevó de pequeña para Santos Suárez y la maleducó con tanto sahumerio y santería. Por eso la llamada de anoche desde Barcelona me dejó pegado a la pared.

—Oye, coronel, papi, que soy tu hija, sí, desde Barcelona. Que aquí dicen los noticieros que se murió el hombre para siempre... Sí, el Inmortal que tú decías, el hombre que no podía morirse porque era un caballo sagrado. Pues, fíjate, viejo, murió de un ataque, eso dicen las noticias, se murió destripado en sangre, dicen...

Mi hija Belinda, carajo, dándome la noticia maldita, la noticia de la muerte del Comandante en Jefe, la peor noticia del mundo.

—No se te olvide más, yo me llamo Belinda, no me llamo Isis ni ninguna de esas tonterías egipcias tuyas o lo que sea —recuerdo que me dijo cuando no era más que una niña.

Belinda. Quiso llamarse Belinda y ser bailarina desde que era casi una pionera, no levantaba los pies del suelo y ya andaba bailando por las aceras. No caminaba, bailaba por las aceras, volaba y convertía en escenario cualquier espacio al aire libre, todos mis empeños fueron inútiles, toda una vida en la Revolución para nada, para que se vaya a Barcelona de bailarina. Ya sé, ya sé, carajo, otras están de jineteras ahí, paradas al sol, con cualquier blanquito europeo, y Belinda no jugó nunca a puta. Baladrona.

—Mi hombre será un español que me lleve por el mundo —me dijo cuando ya despuntaba y todos decían que era una de las mejores bailarinas de Cuba— y me haga una gran estrella del baile. Me da que va a ser un español el que se va a enamorar y me va a llevar hasta el cielo. A Barcelona, a París, a Londres. ¿Tú me entiendes, papi?

—De grande tú vas a ser médico, Isis, el mundo necesita médicos que salven vidas humanas, la solidar...

—Papi, no seas pesado, yo no voy a ser médico, ni voy a hacer nada por la solidaridad, yo nací bailarina. Me llamo Belinda y en cuanto pueda me escapo, me voy al mundo, flu, flu, flu, vuelo con mis alas y desaparezco de este calor que me asfixia. Ni loca voy a ser médico, papi. Mira a ver, Mami, explícaselo tú, que él es muy cerrado de mollera, Mami.

Mami es Mami. Yo también la sigo llamando Mami, todavía. La llamé Mami y la sigo y seguiré llamando Mami. Se separó de mí cuando me fui a Angola con Ochoa y los jimaguas por orden de Raúl.

—Tú vas y eres mis ojos y mis oídos. Y me lo cuentas todo —me dijo Raúl.

Todos mis servicios me los pagó la Revolución con un taxi negro, un buen carro para el turismo, una guayabera blanca y limpia y un retiro digno. Un coronel de la Seguridad del Estado, un seguroso como yo nunca dudó del Comandante en Jefe ni de Raúl. Y ahora, a la vejez, echado aquí, en mi cuartucho, viendo la televisión, viendo y oyendo la cháchara interminable de Chávez, veo otra vez la misma película, pero qué es esto, me pregunto, y la oigo a ella hace años gritándome, a mi hija Isis, bueno, Belinda, la bailarina de Marocco de Barcelona, carajo, que si todavía sigo creyendo en la brujería de Fidel...

—¡Tú te has vuelto loco, chico! El más grande, el hombre más grande que ha dado el siglo xx... Pero si este hombre es una ruina —le oigo decir esa mierda desde hace años y no sé cómo me contengo y no le parto la cara de un solo bofetón y ya está, silencio—, pero tú no te das cuenta de nada, el hombre ese ni siquiera es cubano, no sabe tocar una guitarra, ni sabe lo que son los metales, no baila, no bebe ron, todo el día vestidito de verde para arriba y para abajo de esta islita, pobre de ella. Es un español más, no te fijas, ¡un cuartel, carajo!, un cuartel es lo que ha hecho de Cuba con tanta invasión y tanta bobería. A ver, dime tú, soldado, ¿dónde está la invasión, dónde que no la veo?

—Estás jodido, Mulatón —recuerdo que intervino Mami, porque Mami siempre interviene cuando no debe—, yo me voy a ir para Santos Suárez a casa de mi madre y me llevo a vivir conmigo a la bailarina rebelde, para que te enteres de una vez...

Mulatón, Mulatón, ganas de joder de Mami. Siempre que pudo me llamó Mulatón para menospreciarme, para ningunearme y humillarme, eso es lo que quiso siempre, no respetó nunca ni estrellas, ni bastones, ni uniformes ni autoridad ninguna, una descreída total, influyó mucho en Isis, quiero decir, Belinda.

—Mami, Mami, tú sabes que me llamo Walter, respétame, no me llames mula...

—¡Ay, ay, ay!, chico, si tu madre estuviera viva y viera esto, viejito, se moriría de la risa, claro que te llamas Walter, si lo sabré yo, ¿no lo voy a saber?, pero eres mulatón, mulatón...

Mulatón, mulatón, como si ella fuera blanca, como si no viniera de donde vino, más allá de Pogolotti, y hablaba de Santos Suárez como si fuera Manhattan, ella es la que ha pervertido a la bailarina. Por eso anoche, cuando recibí la llamada de Belinda desde Barcelona, me quedé otra vez pegado a la pared, sin respiración, como si me fuera a dar un infarto, mareado, como si todo se fuera a ir de un momento a otro para la misma pinga del carajo...

—Coronel, papi, es Belinda desde Barcelona, tu hija. ¿Ya te enteraste de la noticia?

Tantas veces lo han matado en el mundo para después verlo aquí, en la televisión, con una salud de hierro desmintiendo su muerte, muerto de la risa, que es de lo único que se muere el Comandante, que se muere de la risa todos los días, de sus enemigos se muere de la risa, rodeado de niños de escuela y pioneros, aplaudido por la gente, que ya no me creo que se vaya a morir. Hace tiempo que dejó de cagar por donde lo hacemos los mortales, dicen que tiene un aparato que científicos secretos, vaya uno a saber si americanos, han creado especialmente para él. Que tiene un agujero en el cuerpo, por detrás, pero por encima del culo, al lado derecho de la cintura, y por ahí se entuba cada vez que le hace falta y echa la mierda, y tan tranquilo, tú. No se va a morir nunca. En el fondo él seguirá llevando al país por donde siempre, él sabe lo que hace, y enfermo y todo, y con ese aparato pegado a la cintura, sigue haciendo su trabajo, ahí están los artículos del *Granma,* ¡irrefutables, carajo!, ¡irrefutables!

—¿Y ahora quién tenía razón, tú, el hombre o yo, papi? Yo, mi amor, yo tenía razón, lo que pasa es que tú eres ciego completo, no ves nada desde nunca, siempre oyendo lo que diga el brujo, estás viendo negro y si él dice blanco, tú dices blanco y más nada. Chico, despierta, que eso es brujería.

Belinda por teléfono desde Barcelona, dándome gritos. No tuve nunca autoridad moral para educarla, para meterla en una camisa de fuerza y tenerla ahí, en silencio y al oscuro en el último rincón de esta casa ahora en silencio y a oscuras, durante dos o tres días, sin comer ni beber, para que aprendiera, como se lo hicimos a los contrarrevolucionarios y traidores en Villa Marista, que los metíamos en la gaveta y se iban por las patas en un dos por tres, cantaban de todo, boleros tristes, danzones alegres, hasta mambos cantaban si nosotros queríamos. Pero, viejo, no iba a hacerle lo mismo a mi hija, a la bailarina.

—Mira, Gualtel, mi amor —Mami me llamaba Gualtel, mi amor cuando quería de verdad darme una orden sin que pareciera que era una orden, sino una sugerencia o un consejo o algo así—, tú no te das cuenta que esta niña tuya, Belinda, es un genio, va a ser famosa en la danza, en el baile, mucho más que Alicia Alonso, esa vieja decrépita... Y, sí, mi amor, Walter, hazme caso, déjala salir, consíguele los papeles para que se vaya y sea feliz y ella te lo agradecerá para siempre.

No le conseguí los papeles, ella se fue por Bulgaria, aprovechó una invitación de un teatro nacional o algo así de Bulgaria hace ya más de diez años, y se mandó a mudar, se quedó en Sofia con su español y luego lo arreglaron todo y se fueron a Barcelona, su destino predilecto. Y después me escribió una carta y dentro una postal del Marocco, y ella bailando como estrella, la starlette Belinda Marsans. ¡Fíjate tú el apellido que vino a elegir para bailar! ¡Marsans!, el apellido del maridito español, su agente, porque ahora es su agente, ya no es más su marido, dicen que se quieren como buenos amigos pero que ella necesita libertad. Mi hija Belinda siempre necesita libertad, más libertad, aire, aire, aire...

—¡Aire, chico, aire!, eso es lo que me falta, me asfixio en esta isla de mierda, ¿tú sabes? —recuerdo todavía sus gritos un par de meses antes de salir para Bulgaria con las mejores del Ballet Nacional—, y aquí no hay nada de eso, sino politiquería, esto está lleno de comemierdas, papi.

A mi hija Belinda, dos meses antes de marcharse de La Habana con ese ataque de histeria propio de las artistas grandes, ya se le había pegado la tontería de Alicia Alonso, imagínate tú, Alicia Alonso. Mi hija Belinda dándole gritos a su padre, coronel, carajo, coronel de la Seguridad del Estado, un patriota durante toda la vida, un creyente y servidor firme de la Revolución cubana, a la orden de Fidel Castro, Comandante, para lo que mande. Un tipo que ha vivido aventuras peligrosas, que ha hecho mil servicios desde Terranova, que ha viajado con el Che a China, a Moscú, a Argelia y España, que se ha recorrido medio mundo, Buenos Aires, Japón, Inglaterra y sobre todo España, que ahí, en el puerto de Cádiz, dejé toda la ropa metida en un container, mira eso, cómo estará esa ropa, podrida por el tiempo y la oscuridad. Un tipo que estuvo con el Calingo en combate, en Angola, un tipo bravo, frío, de fierro puro, no pudo con su hija, no, no pude con Belinda, mi gran error, mi gran decepción, mi humillación.

¿Cómo es que se llamaba aquel peronista? ¿Simón qué? Lo conocí en Terranova, pasando dólares cada uno en lo suyo, pero nos caímos del carajo, y terminó por venir a La Habana, a darse una vuelta, cuando todavía esto era el escaparate del mundo comunista, por aquí pasaba todo el mundo del mundo comunista, desde guerrilleros a etarras, desde montoneros a policías secretos del peronismo, hombres todos de izquierda, con patente de corso, como yo, todavía recuerdo cuando me lo dijo, yo era casi un muchacho, me lo dijo Raúl, tú, Walter, silencio, eres mis ojos y mis oídos, tú eres un patente de corso, así dijo, un corso con patente para lo que me diera la gana. Si tienes que matar, me dijo, matas, no pasa nada, tú tienes patente de corso. Y Simón, sí, ¿Simón qué?, no me acuerdo, tenía patente de corso en Argentina y vínculos secretos con todo el mundo. Un peronista de ultraizquierda, un hombre duro. Cuando le hablé del problema de Isis, que se había cambiado el nombre, que se quería ir de Cuba desde que era una niña, que era una loca por el baile, va Simón, que ya tenía media botella de Matusalem en la barriga, me pone una mano arriba, saca un gesto que le dobla la cara en dos y le oscurece la vista, los ojos, me da un par de golpes en el hombro, asiente con la cabeza y me dice, te lo voy a contar todo, para que sepas cómo resolver ese problema.

—Tengo un hijo que es más comunista y más peronista que yo, compañero Walter —me contó—. Era un niño, un muchachito, un pibe, viejo, ni siquiera salía solo de mi casa en el microcentro, fíjate tú. Y un día me vio la pistola en el saco. Curioseó en mi saco, que estaba colgado en una silla, y vio la pistola. Y me preguntó que por qué llevaba esa pistola.

—Porque soy sindicalista y peronista, Simón, por eso, ¿viste? —le dije.

Entonces el muchacho se quedó extrañado, con la boca abierta, mirando al padre, muy serio, bastante asombrado, como que no había entendido nada, pero se atrevió a responderle.

—Yo lo miraba fijamente, Walter, acercaba mi cabeza a la suya, para ganar complicidad, viejo, para ganar más autoridad, para que comprendiera que le estaba diciendo la cosa más importante que hay que ser en la vida, sindicalista y peronista, pero él se atrevió a hablarme, me mantuvo la mirada, era solo un niño inocente preguntándole a su padre cosas que no sabía.

Ahora yo le mantenía la mirada a Simón. La música del Polinesio del Habana Libre se oía lejana, estábamos los dos solos en un duelo, o eso me parecía, un duelo verbal, a ver quién le podía a quién, y él seguía con la mano en mi hombro y mirándome con dureza, como si yo fuera ahora su hijo, se veía de lejos que era un pistolero, vamos, un tipo con patente de corso, como decía Raúl.

—Y Simón, mi hijo, me preguntó, sin que se le quebrase la voz ni una sílaba, me preguntó lo que yo estaba esperando, la pregunta del millón —me dijo el corso argentino—. ¿Y qué es ser peronista, papá? —le preguntó el niño Simón—. Entonces yo me fui para la silla donde estaba el saco, Walter, saqué la pistola del bolsillo interior del saco y se la puse a Simón, a mi hijo, en la sien.

Cuando me estaba contando esa historia, yo estaba en ascuas, ¿cómo podía hacer aquello a un niño, a su hijo?

—¡Pero, carajo, Simón! —dándole un puñetazo a la barra en la que estábamos los dos acodados. Tiré al suelo el tabaco que me estaba fumando—, ¿cómo pudiste hacerle eso a tu hijo?

—... espera, viejo, espera, no seas bruto... Carajo, no seas bruto...

Y encima el argentino con patente de corso me llamaba bruto. No cabían dudas, dominaba la situación, tenía un poder verbal y gestual que casi me tenía hipnotizado.

—Le puse la pistola en la sien, ¿o no te acuerdas tú del sacrificio de Abraham en la Biblia, carajo?, y le dije, muy serio, muy marcial, sin que me temblara un músculo de la cara ni del cuerpo entero, se lo dije con toda mi alma, como la única verdad que había en el mundo: mira, muchacho, atiéndeme porque te lo voy a decir una sola vez, eso le dije. Peronista, te lo voy a decir una sola vez en la vida, que no se te olvide nunca más, es lo que soy yo y lo que tú, Simoncito, vas a ser de mayor y toda tu vida, porque si no te meto un tiro ahí, en la sien, y te levanto la tapa de los sesos y te mato, te mando para la Chacarita, eso es lo que vas a ser tú, eso es lo que es ser peronista, ¿viste? Y sí, ahora es peronista, escritor, defiende a Perón, pero sobre todo a Evita, ¿viste, viejo?, no hay quien se la toque. Es escritor de teatro Simón, muy militante, chico, muy militante. Al árbol que se despista, hachazo en el corazón, Walter, compañero.

Bárbaro personaje, Simón ¿qué?, mejor no acordarme. Terminamos los dos con tremenda curda, yo le conté lo del poeta Padilla, que me lo encomendaron para que lo reeducara en un tiempo récord, el poeta Padilla, y primero me encomendaron que vigi-

lara de cerca a Edwards, el escritor que mandó Allende desde Chile para abrir la embajada, ¡qué tiempos,
carajo!, gloria plena en aquellos momentos.

—¿Escritor de teatro tu hijo? —le dije para
quitarle hierro y lucha a su cuento—. Pero, coño,
compañero, si yo soy experto en escritores desde los de
Padilla y Edwards...

—Pero no me vengas a joder ahora, viejo, no
me jodas, ¿el tipo de *Persona non grata,* ese señoritin-
go de derechas, ese reaccionario?

—Yo fui uno de los encargados de ese caso,
imagínate tú...

—Cuéntame, mamón, cuéntame.

Y entonces se lo conté.

Simón me había contado con todo detalle lo de
su hijo cuando era un niño para que yo tratara de resolver el problema con Belinda, que ya había conseguido
que todo el mundo, incluso yo, la llamara Belinda,
para que yo le diera un susto y la metiera a viaje, pero
yo pensé que eso era una barbaridad, no sé cómo sería
su hijo, pero mi hija era una rebelde irredenta, no había quien pudiera con ella y a aquellas alturas había
dejado la universidad para bailar, había hablado yo
con Díaz, el escritor, que daba clases de marxismo en
la universidad, que le montaron la cátedra para él y
luego, cuando se cayó el muro y se desmerengó el socialismo del Este, se convirtió en un gusano más, se
quedó por Alemania y por España, dando la lata, pidiendo diálogo, desagradecido, comemierda, gusano,
como si no hubiera sido nunca comunista ni revolucionario. Se creyó que se iba también a caer Cuba, que
todo se iba a ir para el carajo y que Fidel se iba a exi-
liar en Galicia, la tierra de su padre, don Ángel. Loco,

pirado, el Jesús Díaz, no se podían ver pero acabó como el otro gusano, el peor de todos los gusanos, Cabrera Infante, Guillermito, Cabiria como lo llamaban aquí antes de irse, un vividor este Cabrera, hasta Franco lo echó de España por vividor. De modo que le conté esa noche en el Polinesio a Simón el argentino todo lo de Padilla, Bebo para sus amigos los bugarrones, y lo del chilenito rico, y lo dejé asombrado.

—Si yo hubiera sido tú, si hubiera caído en mis manos, yo mismo los habría descuartizado —dijo Simón al final de la noche del Polinesio.

Hace dos horas que sonó el teléfono. Dos horas ya que llamó Belinda desde Barcelona, y nadie me ha llamado para decirme si es mentira o verdad que el Comandante se murió. La verdad es que hace meses que no aparece en público, ni una foto en los papeles ni en la televisión, nada, como si se hubiera muerto, pero nos hemos acostumbrado a eso, y sabemos que no ha muerto porque no puede morir, carajo, es inmortal.

—Pero, bueno, Gualtel —¡me llamó Gualtel, entonces, con ese tonito con que me lo decía su puta madre!—, ¿tú sigues creyendo en todas esas vainas? Mira que eres ignorante, mijito —y esa fue la despedida de Belinda por teléfono esa noche.

2.

Me tomé un par de tragos de ron, me adormecí viendo a Chávez por la televisión hablando de la revolución bolivariana y me tumbé encima de la cama con la misma ropa que llevaba puesta. Todavía, entre sueños, oía los gritos de Belinda desde Barcelona, cuando me despertó de nuevo el timbrazo del teléfono. ¿Qué horas eran? Yo qué sé, tal vez las dos de la madrugada, hacía un calor terrible y estaba sudando tal cual me eché en la cama y con muy mal sabor de boca. Quizá no era la primera vez que timbraba, porque tuve la impresión de que lo hacía con apremio, con ansiedad, con insistencia, como si del otro lado la persona que estaba llamando no pudiera esperar. Me levanté como pude y contesté.

—Oká, dale, dale de nuevo, venga —dije creyendo que la insistente era mi hija Belinda.

—Oye, muchacho, ¿tú sabes algo? —reconocí la voz de Mami. También a ella la había llamado Belinda, esa niña malcriada se estaba gastando esta noche en teléfono lo que no ganaba en un mes bailando medio desnuda para los españoles y los turistas de Barcelona. Mami tenía una respiración a medio ahogar, como si la noticia que le dio Belinda la hubiera desquiciado. Pronunciaba cada palabra con un deje gutural, como si no quisiera que nadie sino yo supiera que era ella.

—Fíjate que así pasó con el otro, todo el mundo lo sabía pero nadie lo decía, recuérdale bien, Gualtel. Dime con una señal si sabes algo, sí o no, y más nada.

El otro. Siempre lo llamaba el otro. No había otro en la palabra de Mami que no fuera el otro. Desde que vivíamos juntos me hablaba del Che como el otro, no quería que nadie supiera que hablábamos del Che y no lo nombraba sino como el otro, sí, con minúscula, como si fuera otro pero otro cualquiera, sin importancia. Decía el otro y pasaba de largo por si acaso se le fuera a caer algo en la cabeza. Ella, metida ahí en las supersticiones de los negros, creía que el Uno, con mayúscula, y el otro, con minúscula, tenían magia, sabían hacer amarres y maldiciones. Fíjate tú, del Uno no sé, porque se dice de todo y su contrario, a estas alturas, ¿verdad?, pero del otro estoy seguro desde hace tiempo que no creía en brujas ni en santos, ni en dioses blancos ni negros, delante de él no se podía hablar de esas creencias populares.

—¡Cojonerías de ignorantes! —le oí decir una vez a gritos, con un ataque de furia terrible. Cojonerías de ignorantes, así mismo dijo. Fue en Argel, durante la última parte del famoso viaje a Pekín, Moscú, Madrid y Argel. Ese fue el primer viaje que hice con el Che, el primer operativo internacional que cubrí con el Che, ¿cuánto hace de eso?, más de cuarenta años, yo era todavía un joven sin experiencia pero Raúl creyó que yo era el hombre para cuidarlo.

—Pégate a él como si fueras su sombra —me dijo—. Me respondes con tu vida de su seguridad.

El Che. Tremendo tipo el Che. Estábamos en la biblioteca de la embajada en Argel y el Che se estaba fumando un tabaco. Tosía de vez en cuando, como si esa tos fuera la costumbre de un mal presagio, el preludio de un ataque de asma. El aparato de aire acondicionado estaba roto y la humedad se comía el aire de verdad. Papito Serguera era todavía muy joven, pero ya había llegado a ser embajador en Argelia, asombroso, era un hombre de toda la confianza del Comandante y Argelia era importante entonces, e incluso ahora sigue siéndolo. Entonces el Che caminó entre las estanterías de libros de la biblioteca, como si estuviera buscando algo, un título determinado o vaya uno a saber, algo así, ¿verdad?, y se encontró un Changó armado en medio de los libros. Se paró. Tieso como un palo. Echó manos al muñeco, se volvió a mirar al embajador Serguera, los ojos a salírsele. Tiró el santo al suelo y le metió un grito al pobre Papito que retumbó en todo el edificio de la embajada.

—¡Cojonerías de ignorantes! —gritó el Che, hecho una verdadera fiera. Casi echaba espuma por la boca, temblaba de ira.

Se volvió otra vez a los libros y siguió mirando. En la biblioteca estábamos el Che, Papito y yo, y más nadie. Siguió mirando los títulos de los libros y tosiendo de vez en cuando, cada vez con más frecuencia, como que se le venía encima el ataque sin que él tuviera muy en cuenta lo que le estaba sucediendo por dentro. En la biblioteca no se movía una mosca. No se oía nada: solo el chirrido de la garganta del Che cerrándose. Me acordé entonces de los lamentos de los gatitos recién nacidos. Cuando yo era muy pequeño, una gata que teníamos en casa parió unos gatitos en el patio. Me di cuenta porque oí como un llanto muy menudo, de pajaritos, como pío, pío, pío, pero con lástima, como un llanto lejano de niño chico. Era el primer maullido de los gatitos, que se movían muy despacio quitándose de encima los restos de la placenta o como se llame esa vaina orgánica. Uno de los gatitos había nacido muerto y allí están las moscas, las primeras que llegan cuando hay mierda y muertos. Bueno, así, como el maullido de un gatito recién nacido, sonaba la garganta del Che en la biblioteca. No se oía sino esa respiración, pero el tipo, tremendo y duro, seguía leyendo uno por uno los títulos de los libros que Papito tenía en la biblioteca de la embajada. Y entonces dio con lo que parecía estar buscando: los libros escondidos, tal vez olvidados allí, los libros de cualquiera de las locas habaneras que odiaba con toda su alma, con una ira que no podía soportar. Allí, medio escondidos, quizá perdidos y olvidados, estaban nada menos que los libros de Virgilio Piñera, el gran maricón de La Habana, un perturbado del sexo que nadie pudo meter en cintura, ni con UMAP ni con amenazas de cárcel ni nada. Él enamoriscaba y se singaba a todo cubanito que llegara de nuevas a La Habana, se lo comía como una papa frita y tan campante. Un escándalo, Virgilio Piñera.

—¡Pero, coño, Papito, ¿todavía tenés aquí los libros de este maricón de mierda?! —dijo enfurecido. Y comenzó a sacarlos de la estantería y a tirarlos al suelo y a darles de patadas.

Papito Serguera, atemorizado, apenas podía hablar. Retrocedía y retrocedía, hasta que se dio con la pared.

—Coño, Che, coño... —dijo el embajador acojonado ante la furia del Che.

Ahí fue cuando le dio el ataque. Casi se quedó sin respiración. Se tiró manos al cuello, a la garganta. Se rascaba el cuello y trataba de respirar como podía, sin poder apenas. Cuando me acerqué a atenderlo, me echó para atrás, me detuvo con un gesto de su mano. Comenzó a quitarse la camisa y cuando tuvo el torso desnudo se tumbó en el suelo frío.

—Déjenme solo, déjenme solo —dijo con los ojos cerrados. A la hora, más o menos, me atreví a entrar a la biblioteca.

Ya no se oía el silbidito asmático del Che. Él estaba sentado en una silla con uno de sus libros en la mano, un libro de un montón de páginas publicado en México. Le pedí permiso para entrar y le pregunté después cómo se encontraba.

—Mejor, mejor, Walter, mejor —me contestó, y movía la cabeza en un signo de afirmación.

Ya era el héroe de siempre, el superhombre, el tipo que creía a ciegas en el hombre nuevo que estábamos haciendo nacer en Cuba. Nada menos que el hombre nuevo, un tipo humano totalmente diferente que sería perfecto. La isla se volcaría en el experimento, como decía el Comandante sin dudar ni un segundo, con una convicción del carajo, que en el futuro inmediato Cuba iba a tener diez millones de toneladas en la zafra e iba a ser el país con más médicos en el mundo entero, le roncan los cojones, un paisito de mierda, una islita en el Caribe sometida a los ciclones y a los huracanes, bueno, se acabó esa mierda, ahora se iba a convertir en la isla del hombre nuevo, la zafra mayor del universo y el país que tendría más médicos del mundo. Es decir, Cuba a un lado creciendo como un globo en el mundo, y el mundo empequeñeciéndose ante los logros de la Revolución, ante Cuba, ante los cubanos. Esa era la Revolución, a pesar de sus enemigos y a pesar del imperialismo norteamericano, a pesar del bloqueo y de las campañas contra nosotros. Y ahora el Che estaba leyéndose en la biblioteca de la embajada de Cuba en Argel, leyéndose sus propias páginas, las palabras de la convicción moral de un hombre que creía que estaba inventando un nuevo futuro para la humanidad, un tipo que tú lo mirabas y te dabas cuenta de que era un elegido de la Historia, con mayúscula, y encima Mami lo llamó siempre el otro, con minúscula, menospreciándolo, intentando en todo momento rebajarlo. Me lo dijo desde los primeros meses de la Revolución, cuando todavía el entusiasmo cinco caminaba hacia el triunfo definitivo.

—Oye, Gualtel, mi amor —así hablaba la negra cabrona—, date de cuenta, coooño, que estos tipos no son dioses, que son de caaarneee y huuuesooo, mi vida, por Dios.

Ah, carajo, decía por Dios y no creía nada en Dios, sino en la puñeta de la santería y los rituales negros, «de sus antepasados yorubas», decía, y se quedaba tan pancha. Ah, coooño, Mami, ¡cómo cambian los tiempos, Venancio, qué te parece!

No digo nada de la niña, de Isis, en fin, de Belinda, mi hija la bailarina de Barcelona. Ella sí que era recalcitrante, las enseñanzas de la madre desde chiquitica, los gritos que daba, todavía los recuerdo.

—¡Yo no quiero ser como ese hombre, yo no quiero ser pionera, yo quiero ser bailarina y más nada! —largaba como una loca y no había quien la bajara del ataque cuando le daba.

Aquella noche del Polinesio con Simón, Simón ¿qué? Carajo, ya está, me vino de repente, esta tenacidad me la dio la Revolución, antes de que llegara Fidel a La Habana yo no tenía esta fe en mí mismo, que me olvido de las cosas y los nombres, y rebusco ahí, en el sótano de la memoria, donde están los juguetitos olvidados desde hace tiempo, y zas, zas, zas, aparece la cosa. Simón Vilches, carajo, el tipo argentino que se decía amigo del Che, amigo de Buenos Aires, amigo del colegio, me dijo. El peronista con patente de corso que le puso a su hijo cuando era niño una pistola en la sien para explicarle qué era un peronista se llamaba Simón Vilches. Y entonces le estaba diciendo yo a Vilches aquella noche en el Polinesio, me fiaba del tipo, pero me hacía cada preguntita que me dejaba en el aire, dando vueltas y mirando para la provincia de Oriente, le estaba diciendo que había oído de esa pelea en la playa, pero que yo no estaba en ese operativo porque cuando llegamos del viaje Raúl me dio una semana de descanso.

—Se te ve cansado, Walter, quédate en tu casa y descansa. Es una orden —me dijo después que yo le diera las novedades del viaje y no le dijera nada del trancazo del Che con el Changó de Serguera y los libros de Virgilio Piñera.

Sí, él sería maricón, loca perdida y con plumas de marabú, todo lo que ustedes quieran, pero los cojones que demostró en el discurso de Fidel a los intelectuales no los tenía nadie allí dentro. Muchacho, muchacho, decirle al Comandante, a aquel dios enfurecido por el asunto de Padilla, decirle ante el silencio de todo el mundo, yo estaba allí y lo vi decirle: Comandante, yo lo que tengo es muchísimo miedo. Eran los cojones del miedo los que le estaba enseñando la loca al Caballo, ¿se imaginan la escena? Pues yo la vi con estos ojos de mulatón que tengo en mi cara, carajo, los mismos ojos que han visto y se han recorrido el mundo entero con patente de corso gracias a la Revolución. Aunque yo no sea el hombre nuevo que proclamaba el Che, el hombre nuevo del que hablaba Fidel.

—Comandante, yo lo único que tengo que decir es que tengo muchísimo miedo —dijo con su voz de mujercita pero con muchos huevos Virgilio Piñera.

Vieran el silencio que se hizo en la sala. Los intelectuales y artistas de Cuba, los elegidos para la gloria de la Historia que dirigía el Comandante en Jefe, se quedaron sin respiración. De todo se aprende, y yo aprendí ese día a respetar a la loca de La Habana, aquel culito que se había comido todas las pingas del mundo por pura depravación. Bueno, pues el culito de la loca tenía más huevos que todos los demás artistas e intelectuales que guardaron un silencio fatal, como si Fidel los fuera a fusilar uno a uno a medida que fueran hablando.

Hablaba de esa noche en el Polinesio con Simón Vilches, no quiero que se pierda el hilo de los acontecimientos, Mami me decía eso siempre.

—Tú no tienes cabeza ninguna, Gualtel, te olvidas de lo que estás hablando y saltas de una cosa a otra sin ninguna ilación. Cuando seas mayor vas a tener demencia senil muy pronto, mijiiitooo, ya lo verás —eso me decía Mami, la cabrona, cuando vivíamos juntos.

—No, no, no, Simón —le dije a Vilches cuando me preguntó por el asunto de la playa—, no puedo contarte una cosa de la que no fui testigo.

Eso es una leyenda, le dije, y Vilches me miró con cara de no creerse nada. Habíamos vuelto del periplo pekinés, como lo llamaba Mami. En Moscú yo le había visto aquella cara sin gestos, seria, impenetrable, con sus ojos de mirada fría y lejana, como que estaba reflexionando el Che, y me dije que estaba decepcionado de los bolos, jamás le gustaron los rusos, nunca se fio de Kruschev ni de ninguno de ellos, los trataba con desdén, con largos silencios suyos en las conversaciones al mayor nivel, como si no estuviera allí, en Moscú, en las alturas del mundo. Era impenetrable, pero yo le seguía los gestos, los dejes de la cara, el más mínimo movimiento.

—Se dio cuenta enseguida de que aquello era un mierdero que se iba a ir todo para la pinga el día menos pensado —le dije a Vilches mientras el argentino se empinaba casi de un golpe otro mojito en la barra del Polinesio.

Y no se te olvide, le dije a Vilches, que el Che era un tipo de fierro, de fusil, en los ojos se le veía, cuando los ponía chiquiticos, que si por él fuera mandaba a fusilar a medio Moscú. Un mierdero, pues. Lo que a él le gustaba era Pekín, lo que estaban haciendo los chinos. Estaba deslumbrado por los chinos y quería trasladar, de eso estoy seguro, quería traer todo lo que estaban haciendo los chinos a Cuba. Y ahí es donde estuvo la vaina, porque Raúl se mostraba partidario de lo que el Che decía, pero Fidel primero dudaba y luego decía que no, que lo nuestro era lo de los rusos, se formó una guerra del carajo, porque al fin y al cabo Fidel era el jefe y los demás puro paisaje de acompañamiento musical. Y además, no te olvides de eso, Vilches, le dije atreviéndome, el Che era un héroe cubano pero en el fondo era argentino.

—Y peronista —me contestó Vilches al instante, y con muchos reflejos. No tenía ganas de discutir con el tipo sobre este asunto, me podía ir de la lengua en cuatro cosas y aquí, en Cuba, el que se pasa es peor que el que se queda corto.

Y entonces, como había una discusión del carajo entre ellos y no se solucionaba nada, se fueron un fin de semana para la playa. No me pregunten ustedes ahora a qué playa se fueron los jefes, no lo voy a decir, además la contrarrevolución se inventó este episodio desde Miami, la gusanera tiene una imaginación que le zumba el mango, asere. Fíjate, compañero, le dije a Simón Vilches, que desde los tiempos de las discusiones entre los muchachos del Directorio, tipos duros, de fierro puro, no había pasado cosa igual, nunca hubo tantos rumores como por lo de la playa. Pero ya te dije que yo no estaba allí, que estaba de permiso, descansando en mi casa con la Mami, que entonces nos queríamos del carajo, tú sabes, ¿no?, y me enteré de todo el jaleo y la bronca bastante después, cuando me incorporé al trabajo. Habíamos ido unos días para María la Gorda, a comer puerco en casa de unos amigos que nos prestaron un chamizo en la misma orilla de la playa, al oeste de la isla, y fuimos felices allí, por unos días.

—Así sí es la vida, mi amor, estar botada aquí, en la arenita caliente con el hombre de mi vida, mi chiiiino —me decía una y otra vez Mami, encantada de haberse conocido, y después la cabrona me daba un beso en la boca y me recorría los cojones con una caricia muy, muy, muy personal, como ella decía siempre que me retorcía los cojones—. Es mi caricia personal, mi gran regalo antes de llevarte al cielo, mi amor —decía. ¡Qué tiempos, carajo, la juventud!

—De modo que no sé la playa que era, más allá de Guanabacoa me dijeron a mí —le dije al Vilches preguntón.

Me parecía que el Vilches estaba en una averiguadera que no nos convenía a ninguno de los dos, y menos en público, en el Polinesio con la música a todo pulmón y el murmullo y las carcajadas de la gente gozando de la noche y de su pollo con arroz, que allí era espléndido.

—Pero, coño, ¿qué es lo que pasó? Dime, Walter, ¿qué supiste tú de ese asunto?

—Oye, Gualtel, ¿tú me escuchas, chico?, ¿sabes algo del asunto? —la voz negra de Mami por teléfono en la madrugada me sacó de mis cavilaciones del pasado—. Pero, bueno, ¿tú ya aquí no eres nada o qué?, ¿nadie cuenta contigo?

3.

Por lo que se ve, me dije cuando Mami terminó de hacerme la pregunta, ya no soy nadie. Un jubilado de la policía y más nada. ¿Para qué carajo iba yo a decírselo a Mami si ella lo sabía mejor que nadie, que ni el taxi tenía ya? El taxi era una preciosidad, un Mercedes azul cobalto de segunda mano que, según me contaron, habían traído de España para el Gobierno. Trajeron tres o cuatro y nos los dieron a cuatro coroneles retirados, para que nos ganáramos la vida con dignidad, dijeron, y Raúl a mí me dijo para que sigas siendo los ojos y los oídos de la Revolución y me informes de todo lo que escuches y veas sospechoso. Y ahí estaba yo conduciendo aquel fantástico carro del capitalismo europeo convertido en taxi para la Revolución. En fin, sabía que era un privilegiado, pero ¿era ese el destino del hombre nuevo que el Che nos había prometido en los sesenta, ahí está en sus escritos?

Que conste, ¡eh, eh, eh!, cuidado, cuidado, que yo no soy un desagradecido ni un depravado, siempre supe que las cosas no se estaban haciendo bien, que si la burocracia, que si la corrupción, que si el carajo, que si el imperialismo, la gusanera y cosas así...

Todavía Isis era Isis, aunque ya quería ser Belinda, cuando llega un día de la universidad y me larga sobre la marcha, sin saludarme apenas, que todo era una basura, hasta el profesor Díaz lo dijo.

—¿Qué dijo el profesor Díaz, qué dijo? —le pregunté.

Isis me miró, entre resentida e irónica, movió todo el cuerpo como si se fuera a echar a volar.

—Nos dijo a un grupito que nos invitó a tomar un refresco al lado de la universidad —y hablaba como si quisiera ponerse a bailar la jodedora— que en Cuba no solo se habían cometido errores, sino horrores.

—¡Horrores, no solo errores, sino horrores, Pablo! —casi gritó el profesor Díaz.

—Estaba con él, que había venido de viaje de Europa o algo así, de dar recitales de su poesía y de la poesía cubana —dijo Isis—, el poeta Pablo Armando Fernández. Tú lo conoces, que eres experto en escritores, ¿no, papi?

No la desmentí. Me quedé con los labios cerrados, como un mudo de por vida. Yo sabía que Jesús Díaz en trago era peligroso, decía cosas que no debía decir, y gritaba, tenía y tuvo hasta el final un prontito sospechoso y un talento verbal, oral, que mal empleadito podía haberlo puesto en la literatura o en el cine, porque él era un director de cine frustrado y un escritor que no llegó a ser una personalidad como la de otros escritores. Y se sabía que cuando empezaba con la jodedera del singón que era podía pasarse del nivel más de noventa millas, carajo, y pasarse al enemigo.

—Pero ¿estaba tomado o qué? —atiné a preguntarle a Isis.

—Ni un trago, papi, no se había tomado ni un trago —me contestó Isis, o Belinda, la bailarina, ya no sé si era Belinda o Isis, mi hija, seguramente sería ya las dos cosas—, clarito como una noche con luna y es-

trellas estaba el profesor Díaz cuando lo dijo. O sea
—concluyó—, que lo pensaba.

Pero eso fue hace muchos años, y Jesús Díaz
demostró después que era un descastado, un tipo atra-
biliario, así me dijo Raúl, un personaje que siempre estuvo descontento, menos cuando Allende ganó en
Chile y él se fue para allá, yo estaba delante en esa de-
mostración en Santiago, una vez más enviado por
Raúl para que se lo contara todo. Un descarado tomó
la palabra y le preguntó a Jesús Díaz por el gusano de
Cabrera Infante, repugnante gusano y traidor a la patria cubana y a la Revolución que lo sacó de la miseria,
y Jesús Díaz se levantó con aquella voz que tenía y lo
dijo, carajo, se portó.

—¡Delante de mí no se habla de ese traidor!
Soy el capitán Díaz.

Se entiende que era capitán de la Seguridad del
Estado cubano, un escritor seguroso, un tipo integral.
Pero, bueno, eso fue hace muchos años y ahora yo estaba hablando y pensando en el taxi que me dio el
Gobierno y el papel que me correspondió hacer en esa
parte de mi vida, cuando ya pensaron que no estaba
para seguir en operativos peligrosos sino para servirle
a la Revolución en los tiempos en que el turismo volvió a Cuba, quién me lo iba a decir a mí que todavía
recuerdo a Osmany Cienfuegos dando gritos y más
gritos, ¡ni un solo turista más en Cuba!, le roncan los
cojones. El taxi, pues, azul cobalto. Lo pasé de lo más
bien. Recuerdo todavía los días en que vino el Papa
polaco a Cuba, ¡vaya fiesta, carajo!, aquí estaba todo el
mundo, todos los focos del mundo, de todas las televisiones, la CNN y todo, el Comandante dio la orden
de abrir puertas a los extranjeros y que no pasara nada

con ellos ni con nadie en Cuba mientras estuviera el Papa aquí, y no pasó un carajo, una expectación como nunca. Y a mí me dijeron que había llegado un escritor español muy de nosotros, Vázquez Montalbán, un tipo amable, que no preguntaba nada más de la cuenta. Quería, me dijo, escribir un libro sobre aquel viaje insólito y único, el del polaco en Cuba. Se hospedó en el Cohíba y me pusieron a mí como chofer suyo y a Piñeiro a que lo acompañara a los lugares más comprometidos. Me recuerdo de todo ese episodio como si fuera ayer. Engalanaron La Habana, carajo, la albearon, pintaron y arreglaron los edificios y las calles por donde iba a pasar el Papa. Y yo siempre en el Cohíba, para donde Vázquez Montalbán quisiera. Hay que decir que lo pagó él, que no se dejaba invitar por nada del mundo.

—Soy coronel de la Seguridad retirado —le dije cuando me preguntó a qué me dedicaba antes de ser chofer de máquina alquilada.

No contestó nada, sino con una leve afirmación de la cabeza. Hablaba muy bajo Vázquez Montalbán, pero con una seguridad tremenda y con una cultura universal. Me recuerdo de una noche loca en el bar del lobby del Cohíba. Él me había invitado a tomar unos tragos y a escuchar la música de los maestros que había en la orquesta para entretener a todos aquellos periodistas curiosos del extranjero que habían venido al viaje para luego, como siempre, escribir lo que les saliera del bolo, así son los periodistas occidentales, para qué hablar de los del *Herald* y los del *ABC* de Madrid, reaccionarios, cabrones, en fin, el vientre del monstruo, la gusanera. Vázquez Montalbán y yo nos sentamos con otro escritor español, blanquito, que se decía apasionado de Cuba, un isleño, Jota Jota o Juancho, lo llamaba indistintamente Vázquez Montalbán. Un provocador, se mataba por hacer un chiste a cada instante. Estábamos tomando tragos pasada la medianoche y hablaban los dos mientras yo los oía en silencio y sonriendo.

—Manolo, ¿te das cuenta de que todo esto es arqueología? —le preguntó el isleño con mala intención.

Vázquez Montalbán se tomó su tiempo. Se echó a la garganta un poco de ron. En esa época no bebía mucho, me dijo que estaba a dieta y que el aguardiente le sentaba mal, engordaba mucho y se sentía mal, sobre todo al corazón, ya estaba operado y todo y no podía hacer excesos, me dijo. Era un señor, un caballero. El isleño se quedó mirándolo, echando el humo de su tabaco Partagás 898 por la boca y hacia arriba, con la cabeza levantada y la barbilla saliente, esperando la contestación del español.

—Será arqueología, pero es mi arqueología y siempre lo será —contestó bajito, con una voz casi inaudible, Vázquez Montalbán.

El isleño se quedó de piedra. Se lo noté en el gesto de decepción que se le empezaba a ver en el rostro. Luego desvió la atención y le preguntó a Vázquez Montalbán si había hablado ya con Carlos Manuel de Céspedes y con Natalia Bolívar, que cómo iba a escribir un libro sobre el viaje del Papa sin hablar con una de las primeras autoridades católicas de la isla, que además era biznieto del padre de la patria, y con Natalia Bolívar, que además era descendiente de Bolívar. América, Manolo, América, chico, le dijo, el cabrón conocía todo lo que había que conocer, de modo que eso que dijeron después, cuando publicó su segunda novela de Cuba, sobre el Papa y demás, que escribía las novelas sin salir de su habitación de lujo del Cohíba, no era verdad. Él sabía, salía a recorrer La Habana y la verdad que parecía un habanero como otro cualquiera, tal vez refinado en exceso por la depravación de su educación europea.

—No estoy aquí solo por curiosidad histórica —dijo el isleño entonces— sino por pasión. No estoy aquí para hacer turismo sexual —dijo como si estuviera defendiéndose— ni un par de reportajes. Voy a escribir otra novela más sobre Cuba —dijo, y le pegó un gran chupetón a su tabaco. Coño, parecía un habanero de verdad, el tipo, un habanero altivo. Ahí es que caí en la cuenta (como diría Mami, me di de cuenta) de que el tipo ya había escrito otros libros sobre Cuba.

—Es uno de nuestros cubanólogos oficiales —dijo de broma Vázquez Montalbán.

Al isleño debió de gustarle mucho que dijera eso, porque se echó inmediatamente a reír, una carcajada sincera, de hombre feliz, y dio un golpe con su mano abierta, un golpe cariñoso, en el muslo derecho de Vázquez Montalbán. Nos reímos todos, cada uno a su estilo, yo discretamente, mientras el humo, la música y el murmullo de las voces lo invadían todo y el trasiego en el bar del lobby y en todo el lobby del hotel era tremendo.

—Como dice Guillermo, esto es un santuario en ruinas —provocó de repente el isleño.

Pensé que Vázquez Montalbán le iba a replicar otra vez igual, estará en ruinas pero son mis ruinas, pero no, el español no le contestó nada, lo dejó hablar, hablaba el isleño con una verborrea de aguardiente, como si fuera cubano, dejando caer de vez en cuando algunas habanerías, y tenía euforia veinte por lo menos, como si estuviera en su casa, y entonces lo dijo, con todas las palabras, lo dijo enterito para no dejar dudas de nada.

—Manolo, yo me siento aquí en mi casa. No como en mi casa, ¿me oyes?, sino en mi casa —dijo—, y tú sabes que tengo tantos amigos dentro como fuera.

Al isleño lo vi dos o tres veces más en La Habana, sobre todo cuando vino el Rey de España a la Cumbre, la reunión de los países de América, España y Portugal, de manera que a lo mejor sale otra vez en estas relaciones.

Después, al día siguiente de aquella noche del bar del Cohíba, Vázquez Montalbán me contó que el escritor isleño había sido íntimo amigo de Heberto Padilla, Bebo para los amigos, y me preguntó si yo había conocido al poeta cubano.

Íbamos en el carro a ver a Céspedes, a su parroquia de Marianao. Según me recuerdo, el isleño había llamado al monseñor y le había pedido que lo recibiera y hablara con él, que esa conversación iba a ser muy interesante para los dos, porque monseñor Céspedes era un garganta profunda de la Iglesia católica cubana, un tipo de diálogo, y era verdad del todo.

—Mucho, mucho, mucho —le dije tres veces—, como el que más.

Tiempo después, cuando todo volvió a la normalidad, Vázquez Montalbán, que no vino más a Cuba, me envió su libro sobre la venida del Papa. La venida del polaco: ese modismo, carajo, se convirtió en una broma popular, en un cubaneo más por una temporada. Para entonces, ya a mí me habían retirado del taxi y me habían metido en el retiro, casi en plan piyama Walter Cepeda. En ese tiempo, ya mi hija se había ido a Barcelona y yo tenía una duda sin resolver, aunque cada vez más me inclinaba por darle al menos algo de razón. A ver, ¿cómo cojones iba a llamarse en el baile internacional, Isis Cepeda Tejelón, o Isis Tejelón o Isis Cepeda? Qué vaaa, ya me lo había repetido ella mil veces, con ese nombre no se abre camino una en ninguna parte, papi, Belinda Marsans, eso sí es un nombre para el star system, Gualtel, decía Mami.

—Con ese nombre triunfo sola, y soy lo que el Che quería, papi —me cubaneaba Isis los días inmediatos a salir de Cuba—. Seré una mujer nueva. LA MUJER NUEVA —sentenciaba con todas las letras en mayúsculas, como si masticara con deleite cada sílaba que pronunciaba.

Y era la mujer nueva la que había llamado desde Barcelona para decir que Fidel Castro se había muerto encharcado en sangre. La misma mujer nueva que nos tenía en vela toda la noche y preguntándonos, seguro que Mami por su lado, pero yo segurísimo que por el mío, y ahora, ¿qué va a pasar aquí?, ¿qué va a ser de nosotros? Estábamos en la ruina, eso lo sabía yo desde hacía rato, pero, como me había enseñado Vázquez Montalbán la noche antes de la llegada del Papa polaco, Cuba seguía siendo un santuario y aquellas nuestras ruinas. De modo que un paso para atrás, carajo, ni para tomar impulso. Nada de miedo, nada de pánico, nada de nada. Todo el mundo en su lugar y a la orden de Raúl, que ahora es el que está al mando. Yo soy de los cubanos que saben que es más organizado que Fidel, que es alma, y Raúl el cuerpo, los ojos, las manos, los oídos, las piernas, el pecho de la Revolución.

—Ya ves lo que son las cosas —le contesté entonces a Mami por teléfono en plena madrugada, ya completamente despierto, un poco ansioso—, hasta los contactos de arriba se me han acabado. No sé nada, no me preguntes nada que no sé nada.

—Hijiiitooo, ¡pero cómo estás de bruuuto! —me contestó Mami, la cabrona, con su voz de negra botada.

Y me colgó el teléfono, quizá furiosa por quedarse a dos velas. ¡Como si yo supiera algo, como si yo siguiera siendo algo! Hacía tiempo que no era más que un jubilado, carajo, ella lo sabía, que me había jubilado sin que nadie me echara un muerto encima, ni un muerto, y eso que trabajé con el comandante Valdés por más de dos años, Ramirito, ahí está, más viejo que yo, con su barbita en punta, siempre bien vestido, afeitado y acicalado, hubiera hecho gran carrera en Jolivud, él y Papito Serguera, seguro, y ahora se manda a mudar para Venezuela, a montarle a Chávez los comités de defensa de la revolución bolivariana, que ya los tenemos aquí desde el principio de los tiempos del hombre nuevo, hay que joderse, le zumba el mango.

Servirme un ron y pensar en Venezuela fue todo. Me dio la idea de poner TeleSUR para ver qué decían de la noticia bomba. Pero nada. Ahí estaban mamando gallo, como dicen ellos, una entrevista al ministro del Petróleo, una entrevista a un general, Hugo Chávez dando órdenes en unas secuencias repetitivas. Esperé y esperé. Me serví otro ron para ver pasar aquella noche en la expectativa crucial, mucho más crucial que cuando lo de Playa Girón, aquel rebumbio de mierda, cuando Kennedy dejó a la gusanera con el culo al aire. Un ridículo histórico. Después me acordé de Chávez otra vez, porque hace unos meses me pareció que estaba como algo curda, como Cantinflas en una de sus películas, pero muy en serio, como si no fuera asunto de reírse, no, cuando dijo por primera vez en televisión y para todo el mundo que asumía el marxismo.

—¡Lo asumo y lo asumo..., y yo cuando asumo asumo!... Como asumo el cristianismo —siguió asumiendo Chávez, con grandilocuencia y gestualidad, como un actor de telenovela—, ¡como asumo el bolivarismo, el martianismo y el sandinismo, y el sucrismo y el mirandismo! —dijo muy arrecho, como dicen los venezolanos—, lo que no me impide reconocer que hace apenas unos meses he empezado a leer a Marx, he empezado a leer *El capital,* pero que no lo haya leído... tampoco me impide afirmar que el marxismo sin duda es la teoría más avanzada en la interpretación, en primer lugar científica, de la Historia, de la realidad concreta de los pueblos, y luego el marxismo es sin duda la más avanzada propuesta hacia el mundo que Cristo vino a anunciar hace más de dos mil años: el reino de Dios aquí en la Tierra, el reino de la igualdad, el reino de la paz, del amor, el reino humano.

Le zumba el mango. Todavía me acuerdo y me río a morir. ¡Qué actorazo!

Esperé y esperé hasta la desesperación, medio adormecido aunque muy inquieto, fíjense qué contrasentido, qué paradoja, medio dormido pero inquieto, que es como decir despiertísimo pero quedándome dormido, en mi vida he visto qué locura, porque uno no puede estar inquieto hasta la ansiedad como estaba yo, ansiedad diez por lo menos, bebiendo un triste ron de la madrugada, solo en mi casa de Luyanó, sin saber con quién hablar y viendo TeleSUR. Y entonces, después de esperar, salió una locutora bastante bella, compuestita, y con una sonrisa en los labios nos invitó a los telespectadores a ver un programa de folclore peruano, y después salieron unos inditos bailando unas canciones muy tristes, de los Andes o así, ¡a las tres de la mañana!

—¡Váyanse pal carajo, comemierdas! —me oí decir rechinando los dientes. Apagué el televisor, yo de folclore no entiendo ni me interesa nada a estas horas de la madrugada, y me tiré otra vez encima de mi cama, respirando fuerte, con muchos nervios, los tenía a flor de piel, junto con un sudor muy desagradable que yo pienso que me salía del alma y de la frustración, sin dejarme de preguntar ni un solo segundo qué cojones iba a pasar ahora en Cuba, qué iba a ser de nosotros, de los cubanos, de los que hasta cuando la Revolución no era ya la Revolución con la que habíamos soñado seguíamos soñando con la Revolución que habíamos soñado hacer siempre, siempre, carajo, ¡hasta la victoria siempre! No se te vaya a olvidar, Walter Cepeda, dónde estás y dónde has estado siempre, no se te vaya a olvidar que has sido toda tu vida un seguroso de cojones. Como dijo Jesús Díaz en Santiago, soy Walter Cepeda, coronel de la Seguridad del Estado cubano. Patria o muerte, ¡venceremos! Y ¡que se jodan todos!

4.

Patria o muerte. Siempre que lo pienso, lo digo, lo grito en público o lo reflexiono en privado, recuerdo a mi hija Isis, a mi hija Belinda Marsans aquel día que llegué a casa después de un operativo que me dejó exhausto.

—Ahí la tienes, Mulatón, muerta de la risa —me dijo Mami—. Lleva enralada desde que llegó del ensayo y no para de reírse.

Mal saludo, me dije yo. Todavía Isis era mi hija Isis, a pesar de que ella quería de una vez y para siempre ser Belinda (aún no había aparecido el príncipe azul español que le cambiara el apellido), y las risas se oían desde la cocina donde estaba calentando su café. Había llegado del ensayito del Tropicana, y siempre que llegaba del baile venía con la sangre revuelta, dispuesta a cambiarlo todo. Apareció en el salón, con esa risa contagiosa que tiene, esa es la verdad, y se me quedó mirando como quien ve una aparición.

—Coooñooo, papi, tú aquí —me dijo—, qué suerte. Patria o muerte, patria o muerte. ¿Y por qué no patria y heriditas leves?

Y se volvió a reír a carcajadas. Era una falta de respeto, en mi propia casa, mi misma hija. Algo nos había salido mal cuando ese chistecito se había convertido en una moda entre los jóvenes, que se saludaban así desde hacía una temporada: patria y heriditas leves. ¡Y un cojón! No habíamos hecho la Revolución para que unos mequetrefes que se lo debían todo a esa misma Revolución lo echaran todo a rodar con sus risitas y sus juerguecitas...

—Isis, un respeto... —empecé, muy serio mientras ella se reía. Me subía la vergüenza de los pies a la cabeza y las ganas de darle una bofetada y dejarla tumbada durante horas—. Un respeto —repetí sin que ella dejara de reírse. Le hacía gracia la broma y se hacía gracia ella contándola.

—Pero, papi, no cojas lucha, hijo, que es una broma, lo sabe toda La Habana, lo cuenta toda La Habana, patria y heriditas leves, ja, ja, ja...

Y, mientras, ¿qué hacia Mami?, ¿decía Mami algo, le llamaba la atención, la mandaba a callar? Nooo, señooor. Se sonreía en silencio, pero dentro, yo lo sé, para dentro estaba muriéndose de la risa igual que Isis. Para que veas, Mulatón, lo que te ha salido aquí dentro de la Revolución, ¿no querías? Eso es probablemente lo que ella estaba pensando. Yo la miraba con ira, encabronándome cada vez más y sin poder decir nada más ni hacer otra cosa que joderme y aguantarme para no perder los nervios y organizar un estropicio.

De esa bromita de las heriditas leves sabía yo desde hacía un par de meses. Empezó a correr por los bares de Centro Habana y cuando fuimos a buscar el origen de la cosa ya estaba de moda en Santiago de Cuba, al otro lado de la isla, como si tal cosa, como si las bromas sobre la Revolución corrieran más que los carros y los ferrocarriles. Todos los días Radio Martí repetía la bromita y prácticamente, ya lo he dicho, se había convertido en un saludo entre la juventud, que ya no quería saber nada de nosotros. Lo único que querían era la música, todo el día tocar música, fumar droga, esconderse en antros a los que no llegaba ni nuestra mano larga, o porque en esas ligas estaban metidos algunos hijos de los de arriba, metidos también bugarrones irredentos, o porque el Comandante hacía la vista gorda, los dejaba engordar y luego de un golpe daba la orden de sacarlos y desaparecerlos.

Isis de momento no iba a esas reuniones prohibidas y clandestinas. Hasta yo conocía dos finquitas que se dedicaban al vicio, una casi en el centro de La Habana, una iglesia vieja en Jesús del Monte que llamaban los entendidos Papito's Party, una iglesia cerrada que detrás tenía un inmenso jardín que los dueños habían convertido en lo que todos llamaban el Papito's Party del jardín de las delicias, y el Periquitón, por encima de la avenida 51, en las afueras de la capital. Esos dos antros los teníamos vigilados desde tiempo atrás, allí no había más que jóvenes contaminados por la contrarrevolución y los tiempos sobrevenidos del nuevo turismo, el cine de los españoles que venían todo el tiempo a La Habana a buscar sexo y bebida fáciles. Los teníamos vigilados y un día caímos encima del Periquitón y nos quedamos asombrados. Allí no había más que maricones, bugarrones medio desnudos, borrachos y drogados, muchachas y muchachos enroscados en cuadros sin ninguna vergüenza y decoro, esas eran de verdad las heriditas leves. Todo había comenzado por una bromita tolerada y ahí estaba ahora el espectáculo. ¿De dónde salía todo aquel festín desnudo? Todas aquellas viandas, las botellas de ron incontables, el whisky, la cerveza, los enormes pedazos de puerco asado cuyo olor llegaba a Miramar y se extendía hasta Jaimanitas, si hubiéramos estado más atentos, ¿de dónde había salido aquella depravación, de dónde aquel escándalo que había que tapar para que La Habana no se enterara, cuando a lo mejor ya estaba enterada y venía de vuelta? ¿De dónde tanto vicio? Yo me lo preguntaba sin salir de mi asombro, aunque recordaba jodiendas peores de la guerra de Angola que contaré si viene al caso, que vendrá, estoy seguro, pero aquello, en medio de La Habana, lleno de hijos de magnates de la Revolución, de cantantes, de cabroncitos que en otro tiempo habrían tenido que cortar caña durante años para cumplir con su condena de viciosos. O sea, que algo nos había salido mal.

—De la Revolución, ¿de dónde va a ser, Mulatón? —me dijo burlándose Mami cuando le conté escandalizado algunas de las cosas que había visto en el Periquitón. Me quedé mirándola, muy serio, entre absorto en mis propios pensamientos y asombrado una vez más por lo que ella me decía—... Pero, chico, ¿tú no te has enterado de quién es el dueño de esa gloria habanera? ¿Tú no sabes que eso es del general de los ferrocarriles?

Mulatón, no te enteras ya de nada, eres un juguete viejo, un simple cartón piedra a punto de jubilarse. Eso es lo que ella estaba pensando cuando se calló y me miró misericordiosa. ¡¿Del general de los ferrocarriles?! ¿Cuánto tiempo hacía que no lo había visto en faena? ¿Cuánto tiempo que no se había puesto el tipo su uniforme militar? Años y años. Como yo, pero yo era un patente de corso, un pincho, tenía que vestir como me dijo Raúl.

—Tú disfrazado como los Laguardia —me dijo Raúl.

O sea, camisa a cuadros, jeans y mocasines de importación italiana. Ese era mi uniforme, mi disfraz cotidiano. Cuando quería saber cómo estaba mi verdadero uniforme, y si estaba en su lugar, abría el armario y me lo encontraba limpio, una puesta o dos, casi por estrenar mi uniforme porque la Revolución a mí y a otros como yo nos necesitaba de calle, ya habíamos cumplido como militares y ahora cumplíamos como lo que éramos, esa palabra atroz, que yo rechacé siempre, pero que no pudimos evitar que se hiciera popular, que todo el mundo nos llamara así, segurosos, una palabra odiosa que expresaba además el odio y el desprecio que muchos contrarrevolucionarios cubanos nos tenían. A veces lo pensé: habíamos sido demasiado flojos en los últimos años. ¿Qué?, ¿no habíamos metido en la cárcel a trescientos contrarrevolucionarios y subversivos, gente que se hacía pasar por periodistillas y que se aprovechaba de la tecnología para socavar la fuerza de la Revolución? ¿Y qué, qué era eso en realidad? Naaadaaa de naaadaaa. Una mierda. Mercenarios al servicio del imperio, y más nada, carajo. En los buenos tiempos de la Revolución cargábamos camiones enteros y nos los llevábamos por cientos y cientos a la UMAP. No se escapó nadie, ni los curas, ni los cantantes, ni los tibios, ni los bugarrones, que Raúl se empeñó en reeducarlos y trajo un método de Bulgaria que aplicamos durante años sin que, para qué voy a decir otra cosa, reeducáramos a ninguna mierda, porque el que es maricón es maricón hasta que se muera y nada se puede hacer por cambiarle el vicio del culo por el de la pinga, esa es la conclusión que saqué de los bugarrones en aquellos años. Como Raúl fue el protagonista del asunto, fue entonces cuando empezó a correr por La Habana la tesis de Freud: que quien más perseguía a los maricones era el más maricón de todos. O sea, Raúl. Lo he oído de lejos en muchas reuniones, pero todo eso es mentira, una mamada de gallo de los hijos de puta que no quieren a Raúl, que decían que no valía nada y que era un vicario de Fidel, que hacía todo lo que Fidel le ordenaba y que le tenía un miedo sobrenatural, y más nada. Pues ahora lo tiene ahí, al mando, carajo, al mando de todo, se raspó de un golpe a Pérez Roque y a Lage, que se creían la aristocracia del mañana y los hombres del futuro de Cuba, y zas, zas, zas, de un golpe se cortaron las ramas y se dieron cuenta de que eran nada más que simples peones de la Revolución, que la Revolución podía más que todos ellos y que aquí un paso para atrás ni para tomar impulso. Pal carajo se fueron de un machetazo.

El Periquitón, entonces. Un antro del vicio. Luces y sombras esparcidas por todo el jardín, como si aquello fuera lo que en realidad era, una casa de putas para putas y maricones, para turistas y marginales que allí hacían sus guerritas sexuales, depravados y gentes a extirpar de la sociedad y el pueblo cubanos.

—Que dice el general, mi coronel, que a los españoles los dejemos sueltos —me dijo Blasón, el teniente Blasón, un peruano de fiar que llevaba con nosotros más de diez años en el servicio. Me lo dijo con sorna, como diciéndome que a los españoles no íbamos a poderlos capar, que es lo nos hubiera gustado hacer aquí mismo, mi coronel, para que se enteren de lo que es esta Revolución. De modo que una vez más se nos escapaban los blanquitos españoles, los cantantes de éxito y los actores, los famosos directores de cine, y los tipos iban saliendo del Periquitón con la cabeza alta, los cubanos a las perseguidoras y para la cárcel, y los españoles para sus carros de alquiler amontonados en la puerta del Periquitón, coño, sin ningún decoro—. A estos les gusta más mamarse una guasamandrapa y que les empujen el culo que comer —dijo casi riéndose Blasón. No lo mandé a callar porque en el fondo el peruano tenía gracia, cada vez que hablaba casi me provocaba la risa. Llamaba a la pinga la guasamandrapa y le daba lo mismo usar delante de un superior como yo, aunque fuera de mi confianza, un vocabulario impropio.

Eso es lo que había pasado: que nos habíamos descuidado con nuestros hijos, que la Revolución, en su bondad, creyó que con que gritaran de pioneros que querían ser como el Che ya estaba todo arreglado y que el resto se daría por añadidura. ¿No habíamos creado un sistema perfecto? ¡Y una mierda! Habíamos fundado por desidia y por politiqueo una casa de putas donde todo el mundo jodía como podía, donde la burocracia era la misma corrupción del Partido, yo se lo había oído criticar al negro Laso y le había dado la razón. Esta gente, le dije en más de una ocasión, necesita leña y más leña, son unos degenerados... Y el Periquitón era ¡del general de los ferrocarriles!

La historia cabrona de que los jefes se estaban repartiendo el turismo, los ferrocarriles, el poder del intercambio de las casas y las cosas, la historia cabrona de que montaban en cualquier jardín una paladar y ahí, con doce sillas, sacaban comida de los cuarteles y de las residencias oficiales y se hacían ricos, la historia de que había bisnes realmente asombrosos dentro de La Habana y que los dólares corrían por debajo de las mesas y las alcantarillas como en tiempos de Batista, comenzó a ponernos a muchos los pelos de punta. A mí me mandaron una vez unos italianos que querían comprar una tierra con una playa para hacer un hotel y todo eso del turismo, un spa para gimnastas y una sala de fiestas para la noche, como decían ellos, un complejo. Un complejo turístico, eso es.

—¿Y tú puedes comprar estas tierras con nosotros? —me preguntó ingenuo uno de los italianos.

Ni siquiera sabían que yo estaba vendiéndoles lo peor de aquel terreno, ellos no tenían ni idea de las corrientes que había allí, en el mar, ni de que estaban comprando una punta ventosa de la isla, pero allí estaba yo, de agente inmobiliario, haciéndole un servicio a la Revolución.

—No, no puedo, jefe —le dije al italiano.

—Y ¿por qué? —me dijo, seco el hombre, como plantándome cara, como diciéndome por qué yo que soy italiano puedo comprar y tú que eres cubano no puedes ser ni mi socio.

—Porque soy cubano y no me está permitido —le contesté, yo también lo más serio que pude.

Le dije que porque era cubano, pero sé que al míster italiano le sonó que porque era negro, mulatón, carajo, como me decía Mami, eres un mulatón ignorante que no sabes que se lo están comiendo todo y no te están dejando nada, me humillaba Mami cuando le contaba mis excursiones hasta Trinidad con la gente de los bisnes italianos.

—¿Y tú qué sacas, Gualtel, qué sacas? —me molestaba Mami. Y qué iba a decirle yo de mi vida a aquellas alturas, cuando estábamos ya a punto de separarnos, cuando ya dormíamos en dos cuartos distintos de la casa de Luyanó y, como ella les decía a las vecinas y a la familia, muy ufana, hacíamos cada uno nuestra vida. Qué iba yo a decirle, ¿que lo hacía por la Revolución?

—No me lo digas, mi amor, no me lo digas, que ya lo sé —añadía Mami antes de que yo contestara—, tú lo haces por la Revolución, pero no te das de cuenta de que eres lo que eran tus abuelos, mi chino, has regresado a la esclavitud, los caminos de los santos son inencontrables...

Decía inencontrables porque no sabía decir inextricables, que es lo que quería decirme Mami, para aplastarme moralmente, para dejarme el alma por los suelos. Y qué podía yo hacer contra el amor frustrado de mi vida, Mami, aquella joven de la que me enamoré para siempre y que finalmente me hacía la vida imposible echándome en cara que era yo quien le hacía imposible la vida, a ella misma y a su hija Belinda. Ella decía Belinda para joderme, y decía «mi hija», como si no fuera mía, para joderme más todavía, y yo me quedaba como ella quería que me quedara, jodido y con el alma por los suelos, sin contestación patriótica ninguna, sin argumentos, porque ya no los tenía y el cansancio me dejaba como muerto durante días. Cuando ella se fue para la casa de Santos Suárez, la casa de sus padres, fue cuando me dieron el taxi, como una respuesta inmediata. Ahí lo tienes, Walter, restriégale a toda La Habana el Mercedes por los ojos, bótales la cara, párteles la boca, ahí lo tienes, mi chino, ese es tu triunfo, el taxi para turistas más nuevo y bueno de toda Cuba, ese es tu poder y tu gloria. Yo creo que sin Raúl no me hubieran dado el auto, estoy seguro, y así me lo hizo saber cuando una vez más me dijo que yo era sus ojos y sus oídos, que se lo contara todo en cuanto viera que había peligro porque el enemigo andaba en todos lados, disfrazado de amigo y de aliado.

Y yo entonces, cuando Raúl me dijo eso, como si todavía fuera un colegial y no un coronel retirado de la Seguridad del Estado cubano, no tuve más remedio que pensar en mi hija Isis y en sus bromitas de Tropicana: patria y heriditas leves. Cuando fui a lo del Periquitón, lo juro por mis muertos, yo pensé que la iba a ver salir borracha de aquel tugurio de corrupción, con un par de jóvenes más, un par de esas jineteras que nos han nacido dentro de nuestra familia. Pero no, no apareció. Durante una hora estuve temblando. Cada vez que salía una jeva, desde lejos no veo bien hace un siglo y tengo que operarme de estas cataratas, yo pensaba ahí está, esa es Isis, pero luego cuando la traían me daba cuenta de que no era y me tranquilizaba al menos por unos segundos hasta que aparecía otra. Un horror, pasé un infierno allá arriba mientras sacaban a aquellos marginales viciosos.

Ahora me entero, cuando recuerdo todos aquellos desmanes, que mi hija ya no se llama Belinda en los carteles de la gloria que iba buscando a Barcelona con su príncipe azul español. Me lo dijo uno de los nuestros que fue a verla actuar en el Marocco. Ahora se llama Linda, no Belinda, y el apellido es Marx. No Marsans sino Marx, que estas cosas le roncan los cojones, no sé lo que les parece a ustedes, pero realmente le roncan los cojones al más bravo. Linda Marx, la estrella cubana del momento. Esa es mi hija Isis. Claro que la dejamos escapar de la isla. Mami me lo pidió.

—Arregla eso para que se vaya y no se tenga que casar con el español, arréglale a tu hija las cosas,

Walter, haz algo por ella —me aconsejó Mami desde
Santos Suárez, sin venir todavía a visitarme como
tantas veces hizo después. Estábamos viviendo a dos
pasos y parecía que estuviéramos a cientos de quilómetros, yo en La Habana y ella en Cienfuegos o Trinidad, hay que joderse lo que son las cosas de todos los
días en este caimancito.

—Es una artista de verdad —me dijo aquel de
los nuestros que vino de Barcelona—. A pesar de todo
nos honra, no te olvides que salió del Tropicana.

El Tropicana, el vivero de bailarinas famosas, la
escuela de las grandes bailarinas cubanas. Y claro que le
arreglé los papeles y la dejamos salir de turismo, por seis
meses, con la condición de que regresara en ese plazo,
como todo el mundo en Cuba, todo legal, no como Alina Fernández, la hija del Comandante. A ella la dejamos
salir tan campante, disfrazada, con su peluca. Ni ella
misma podía creerse que se estaba escapando y no nos
dábamos cuenta, cuando en realidad fue el mismo Comandante quien dio la orden con un simple gesto. Todavía recuerdo el día que salió del aeropuerto de La Habana como si fuera a un carnaval. Todos los oficiales de
inmigración estaban avisados y la dejamos salir como si
fuera un operativo más. Pudimos haberla detenido
a cada segundo, pero de arriba vino la orden directa, una
orden de lo más arriba, como siempre se dijo, y Alina salió como una señora, mostró su pasaporte falso, sus
ojos del padre mirando fijos a cada uno de los oficiales
que se atrevían a mantenerle la mirada, soberbia, altiva,
como me dijo uno de los oficiales de inmigración, compañero mío en algunos otros operativos interesantes.

—Coño, Walter, es de la pinga. La hija mira
con los ojos de papá, chico, a ver quién se atreve a dete-

nerla. Así hasta yo mismo soy marxista, pero marxista de Linda, la bailarina —me dijo, bromeando.

Y así salió Alina, sin ningún obstáculo. Como mi hija Isis, pero fuera de la legalidad, aunque de lo más bien, y no como Isis, Linda Marx hoy, en Barcelona, con todos los papeles arreglados y con tremendos nervios, como si estuviera en medio de un terremoto mi hija Isis, la contrarrevolucionaria, carajo.

5.

Simón Vilches, el montonero, peronista, argentino al fin y al cabo, tenía un gesto que le delataba la curiosidad malsana y excesiva. Cuando preguntaba con verdadero interés movía la nariz de un lado a otro, como si algo le picara dentro y en ese momento no pudiera rascarse con la mano. Recuerdo que esa noche del Polinesio estábamos bebiendo tragos y yo le hablaba de mi viaje con el Che en los primeros sesenta, cuando todavía la euforia revolucionaria se nos subía a la cabeza a los cubanos todos los días y éramos el ejemplo y el escaparate del mundo. Caía tremenda tormenta sobre La Habana, ni siquiera la música de Benny Moré que soplaba a todo gas podía silenciar los truenos que se oían desde fuera y llegaban hasta el sótano donde estaba el Polinesio.

Vilches insistía.

—Dime la playa, che, a ti no te va a importar, yo nunca revelaré la fuente, pero a mí me hace falta para completar mi historia.

¿Qué historia, Vilches, qué historia?, le dije casi levantándome del todo del taburete. ¿Acaso quería Simón Vilches hacerse un escritor famoso escribiendo la vida secreta del Che en Cuba? Todo era del dominio público, y el resto era un invento del griterío de la calle 8, de la CIA y del Departamento de Estado.

—Pero, chico, Vilches —le insistí—, la vida del Che aquí es pública y notoria. La Revolución, su familia, el trabajo. Era un insaciable en el trabajo, creía en lo que decía, yo por lo menos le vi siempre una tremenda fe en todo cuanto decía y hacía...

—Bueno, está bien, está bien —dijo, abrió mucho los ojos, se le movió la nariz de un lado a otro—, pues cuéntame entonces todo lo que pasó en esa playa, todo lo que la contrarrevolución inventó en esa playa, quiero decir, todo ese episodio...

Dijeron, y empezó a correr el rumor muy despacito por los cuarteles, por los corrillos altos del Partido, que se habían cogido una lucha de tres días. Allí estaban los tres, y se dijo que estaba también Carlos Rafael Rodríguez, aunque esa presencia a veces me resulta inverosímil. Los tres eran los tres, y cuando estaban los tres los demás sobraban, el argentino y los dos cubanos, Fidel y Raúl, y nadie más. Una y otra vez, por la noche y por el día, durante tres días, y algunos dicen que más tiempo aún, estuvieron peleando y discutiendo, «debatiendo» se decía entonces, para qué lado tirar, si para Pekín o para Moscú. Se trataba del futuro, del destino de nuestra historia, de la Revolución, de todo. Ya te dije que al Che no le gustaron nunca los bolos, más bien los detestaba, le parecían basura, teatro de sombras y de mentiras, pero Fidel le contradecía, mantenía que esos eran nuestros aliados naturales, los soviéticos, aunque para qué le iba a contar a Simón que los necesitábamos para la lucha antiimperialista. El Che decía que había una contradicción, que si éramos de los no alineados, aquella figurita de cartón piedra que estuvo tan de moda en los sesenta, bueno, para qué íbamos a alinearnos con Rusia, con el bando socialista soviético. Y entonces Fidel hizo un despliegue de una brillantez exasperante, de esos discursos internos a los que nadie podía llevarle la contraria, esas cosas tan de él. Dijo que estábamos con los soviéticos para unas cosas y que no estábamos para otras. Dijo que eran amigos de Cuba y a un amigo nunca se le deja tirado por conveniencia, que eso equivalía a una traición moral que la Revolución no podría permitirse...

—¿Eso dijo Fidel? —me interrumpió Vilches.

Movió de un lado a otro la nariz. Me pareció que estaba demasiado ansioso. Con mucha frecuencia se movía inquieto en el taburete y me prestaba toda su atención. Transpiraba su cuerpo y el sudor le bañaba el rostro. En el Polinesio había mucha gente, música, tremendo humo, era como una fiesta, lleno todo de gente, de uniformes verde oliva, de escritores más o menos famosos que ya eran del Partido, gente conocida que ascendía. Se escuchaba la voz de Omara Portuondo saliendo de la música al fondo de todos los rumores, ahora se llamaba Omara Portuondo y no Omara Brown, que así se llamaba cuando hizo la gira de conciertos por los Estados Unidos, antes del 59, o en el 59 mismo, no recuerdo bien esa historia, no era de mi incumbencia ni de mi servicio. Y allí, en una mesa llena de carcajadas, tabaco y aguardiente, ¿y para qué voy a decir lo contrario?, llena de juventud militante, estaba entre otros escritores y profesores de la universidad el poeta Padilla, el del caso que vino unos años después, del que me encargué de principio a fin, hasta que se marchó de La Habana con un estruendo de vendaval.

—Walter, bájale los humos y convéncelo. Esa es tu misión —me ordenó Raúl. Pero esa es otra historia que contaré más adelante, cuando haya lugar, cuando sea su momento.

—Eso me contaron que dijo, Vilches, coño, ya te dije que yo no estaba presente en esa reunión, que estaba de permiso en mi casa... —le dije de inmediato.

Y eso es lo que Fidel llamaba entonces estrategia y él era tremendo estratega, desde el principio tuvo cinco o seis planes a la vez. Fallaba uno y metía el otro inmediatamente, de modo que cuando los enemigos habían dado con la clave de un sistema determinado, el Comandante se saltaba al plan tres o cuatro, el que le diera la gana, y les desbarataba la estrategia con la suya. Pero en esa ocasión, eso es lo que me contaron, el Che reaccionó, incluso le levantó la voz para decirle que los rusos eran una mierda, que se iban a ir para el carajo de un momento a otro, ¡qué visión del futuro, viejo! El Che veía el fututo en sus propios ojos, en su propia reflexión, y sabía que los soviéticos eran una ruina, a pesar de que nos estuvieran pasando cientos de millones de dólares al año para ayudarnos a sacar adelante la Revolución. Y para mantener a raya las ínfulas del imperialismo norteamericano, ¿no es verdad? El caso es que se mandaron los tres días con sus tres noches encerrados en un gran bungaló de la playa y el final se hacía impredecible. Y terrible. La última noche todo saltó por los aires. La discusión subió de tono, las guardias personales de los tres se agitaron y se acercaron por los gritos y por lo que pudiera ocurrir.

—Ya sé —dijo Vilches—. Y hubo una balacera entre ellos.

—Sí, hubo tiros allí dentro del bungaló, tiros de los escoltas de confianza de los tres, confusos con lo que estaba pasando. Tiros de unos contra otros.

—Fuego cruzado —dijo Vilches.

—Sí, fuego cruzado —le confirmé.

Se prohibió a los escoltas decir una sola palabra, pero aquí en Cuba, y mucho más en La Habana y a ciertas alturas, aunque sea declarado todo secreto de Estado, se sabe todo al final.

—Radio Bemba, chico, puede más aquí que Radio Martí y la CNN juntas, ¿qué quieres que te diga?

El caso es que el Che desapareció de La Habana y del mundo oficial de la Revolución por lo menos durante seis meses. Los rumores que se desataron en ciertos circuitos del Partido dijeron que al argentino le habían pegado cinco tiros en la confusión. Un tremendo error, dijeron. Después dijeron que no, que tenía una enfermedad rara, algo así como paludismo, dengue, qué sé yo, y que estaba en un hospital del interior de la isla recuperándose, que no había problema, dijeron. Pero ya el rumor había echado a andar, rebotaba en el Malecón y subía hasta Lawton enterito, y después regresaba, se iba hasta Jaimanitas y volvía hasta Cojímar y más allá de las playas del Este.

—En fin, que el asunto corría como una serpiente de río en un rápido. Nadó a toda velocidad sin que nadie pudiera detenerlo. Y Aleida, dijeron, estaba cuidándolo en el hospital y luego más tarde en una casa de campo, en otra playa. Y después que ya estaba casi recuperado y que pronto se reincorporaría a sus tareas de hombre nuevo e incansable.

—O sea, que le metieron tres plomos y casi lo matan —dijo Vilches.

—Esa es exactamente la infamia que inventaron los enemigos de la Revolución, que odiaban a Fidel, a Raúl y al Che y...

—¡La Santísima Trinidad, coño, la Santísima Trinidad! —exclamó Vilches poniéndose las manos en la cabeza.

Esas eran las cosas que me sacaban de quicio del montonero o lo que fuera, que hacía bromas con lo más sagrado de la Revolución, bromas que si hubiera oído alguien más que yo en el Polinesio le habría costado un disgusto porque aquí no nos andábamos entonces con las bromitas de ahora, aquí bajábamos a cualquiera de la parada a las primeras de cambio y se quedaba sin cabeza.

—Ándate con ojo, Vilches, carajo, que no estamos solos y esto no está de broma precisamente —le advertí.

Y entonces, de repente, respiró, no movió por esta vez la nariz, se puso serio como si fuera a reprenderme. Aproveché para echar un vistazo alrededor, no porque yo tuviera miedo a que nos hubieran oído la coñita del jodedor argentino, sino porque entonces había que tener mucho cuidado no solo con lo que decía cualquiera sino con lo que incluso podía pensar. Pero allí, en medio de aquella humareda, seguía la juerga. Parecía que estuviéramos en carnaval, que celebráramos una victoria en las grandes ligas, que Cuba le hubiera ganado, ¿se fijan?, a Estados Unidos veinte o treinta juegos de pelota. Allí seguía la fiesta, la música, la jodedera, las carcajadas, las conversaciones entrecruzadas... y si hubieran sabido todos aquellos mequetrefes que los estaban escuchando, que los estaban viendo los ojos y los oídos de la Revolución, se habrían dado cuenta de que lo que se estaba viniendo encima era la guerra total contra todo contrarrevolucionario, invertido, invertida, contra los elementos antisociales e inadaptados, contra drogadictos y maleantes y vagos que no supieran con quién se estaban jugando de verdad los pesos. Y ahí mismo, en la barra, va Vilches, pide dos tragos nuevos de ron y me cambia el paso.

—¿Y tú cómo carajo te hiciste con la confianza de Raúl?

Me preguntó que desde cuándo era aquello, desde cuándo trabajaba con Raúl directamente, cómo había nacido aquella complicidad.

—Soy de Birán —le contesté casi cortándole la respiración.

—¿Y qué? —me di cuenta de que no entendía nada.

—Birán, chico, la patria chica de Fidel y Raúl. Le conté que mi madre era íntima de Lina Ruz y que yo iba de pequeño a jugar con Raúl a la casa de don Ángel Castro, que nos conocíamos de antes de descubrir cómo hacernos la paja, cuando no levantábamos un palmo del suelo. Vilches atendía asombrado.

—Éramos como una misma familia —dije recordándolo. Le tumbaba así casi todas las sospechas al montonero.

Y era verdad. Entonces yo veía a Fidel como un gigante. Se aparecía de vez en cuando por la casa, venía del colegio de los jesuitas de Belén, en Santiago, y armaba unas candelas terribles con don Ángel. Fidel a quien quería y a quien obedecía era a Lina, su madre, le dije a Vilches. Ya se veía desde entonces que era un jefe sobrenatural. Raúl me contó a medias aquel episodio de cuando eran niños, que después se ha desmentido tanto en su biografía. Los echaron del colegio una vez, y entonces llegó a su casa y empezó a sublevar a los negros trabajadores contra don Ángel.

Les metía tremendas arengas, que eran libres y que no tenían dueño y todo eso que vino después articulado en ese gran discurso del hombre nuevo. El padre le llamó la atención, intentó pegarle, echarlo de la casa, pero Lina lo protegía. Mi madre me decía que aquel era el futuro de Cuba, que aquel tipo grande y convincente, con un brillo único en los ojos y con una voz de poeta bíblico que resonaba contra el viento oriental, era el hombre que tendría en sus manos el futuro de Cuba y sacarnos de la humillación y la pobreza. En fin, terminó metiéndoles candela a las plantaciones de caña de don Ángel y el viejo tuvo que ir a hablar con los jesuitas para que los volvieran a admitir en el colegio. Le costó miles de pesos en donativos para los curas, pero tanto Fidel como Raúl se salieron con la suya y volvieron al colegio de Belén. Raúl me contó que los compañeros recibieron a Fidel con los gritos que luego se oirían en todo el mundo, ¡Fidel, Fidel, Fidel! Ese fue el primer triunfo político del Líder Máximo, para que lo sepas, le dije a Vilches.

—¡Como para no verlo! —dijo exclamativo Vilches.

—Bueno, pues desde entonces. No fui a la sierra, no, yo era muy chico, estaba demasiado muchacho para luchar allá arriba en aquellas condiciones, pero desde que ganaron ya me puse al lado de Raúl, que me trajo para La Habana, me metió en el Ejército, luego en la Seguridad, después en el Partido...

—Bueno, está bien, está bien, ¡hundido, hundido! —contestó casi riéndose, con una larga sonrisa en su rostro, el montonero.

Y así, grosso modo, había sido todo. Los viajes, los asuntos especiales, los operativos secretos, los dólares, hasta el departamento de Moneda Convertible, Angola, el frente de Cuito Cuanavale con el Calingo de Mariscal en Jefe. Pero todas esas historias no se las podía contar entonces a Vilches, la noche del Polinesio, porque no habían sucedido todavía, y de todos modos no se las hubiera contado porque eran todas secretos de Estado y contárselas a un extranjero hubiera sido una traición a la patria y, vaya uno a saber, una ayuda objetiva al enemigo contrarrevolucionario.

—Venga, chico, vamos a tomar un poco de aire, salgamos de aquí, aunque sea unos minutos —le sugerí a Vilches.

Asintió y salimos. Le dije al mesero que volvíamos enseguida, que solo íbamos a recuperarnos un poco. Seguía cayendo tremendo palo de agua sobre La Habana aquella noche interminable del Polinesio. El aire fresco y la lluvia me hicieron mucho bien. Me quitaron aquel principio de mareo que el humo y el gentío me habían metido en la cabeza. Respiré hondo. Me pareció que Vilches se había tomado también un descanso en su preguntadera insaciable, que estaba sacando sus propias conclusiones en un silencio total. Estuvo ahí, en la puerta del hotel, parado, mirando para Copelia, asintiendo levemente de vez en cuando con su cabeza, con una mano manteniendo su trago y con otra llevándose el tabaco a la boca sin parar. Allí, en la puerta del hotel, había pocos clientes hablando entre ellos, viendo caer aquel diluvio imparable sobre La Habana, aquel diluvio nocturno que empezaba a inundar las calles y a fabricar pequeños ríos por donde corrían todas las porquerías que iba el agua encontrando por delante.

—¿Y el Che? —volvió de repente a la carga Vilches.

—¿El Che? Ah, el Che, esa historia, esa infamia del imperio... Bueno, salió a flote, se recuperó del paludismo o lo que fuera y ahí estuvo de nuevo al frente de su despacho. Nuevo, como el hombre nuevo que era. Lo sé porque lo vi un par de días más tarde en su ministerio.

Vilches saltó.

—¿Ah, sí?, ¿lo viste?... ¿Y cómo estaba?

—Enterito, sano y salvo, sin mácula, chico —dije sonriendo. Veía caer el cielo de agua sobre la ciudad y el aire fresco me serenaba y me daba las riendas otra vez de aquella conversación con quien decía haber sido montonero pero que yo no sabía si lo era. Aunque si hubiera sido un enemigo me lo habrían dicho, lo habría sabido inmediatamente.

No. Esta historia que voy a contar ahora tenía que ver con aquella conversación, pero no me dio la gana, no me salió de mis santos cojones contársela a Vilches. Resulta que estaba con Raúl en el campamento de Columbia, no sé qué carajo habíamos ido a hacer allí y Raúl me dijo que fuera rápido al despacho del Che y le llevara aquellos documentos que me estaba dando.

—De mano a mano, Walter —me ordenó.

Cuando llegué al despacho ya estaban avisados de que yo tenía que entrar a ver al Che, estuviera dentro con quien estuviera, en una reunión o fumándose un tabaco, haciendo bromas con algunos compañeros. Llegué y uno de sus ayudantes me dijo que me estaba esperando.

—¿Está solo? —pregunté.

—Eso no importa —contestó con cierta sequedad el ayudante.

Toqué en la puerta y pedí permiso al Comandante para entrar.

—Pasa, muchacho, pasa y cierra la puerta —me dijo el Che.

Y no. No estaba solo. El Che estaba sentado en su sillón de ministro y jefe del dinero cubano, que detestaba. De pie había otro ayudante que le pasaba páginas y páginas y el Che iba firmándolas.

—Espera un minuto —dijo sin levantar la cabeza de los papeles que leía y firmaba con mucha atención.

A un lado de la habitación había dos tipos sentados en dos sillas, en silencio, mientras el Che firmaba los papeles. Todo el mundo estaba en silencio. El Che de vez en cuando hacía un comentario, leía, achicaba los ojos y leía, y comentaba, balbuceaba mejor, alguna palabra, bueno, bien, bueno, bien, mientras iba firmando. Yo no conocía al ayudante y tampoco reconocí a los otros dos que estaban sentados en silencio.

—¿Y eso cuándo te empieza, Alberto? —preguntó de repente el Che. El Comandante estaba en su esplendor. Era y parecía lo que era: un héroe. Yo lo admiraba.

—Bueno, Comandante, empieza cuando amanece —dijo uno de los dos civiles que estaban sentados en las sillas, en un extremo del cuarto amplio que hacía de despacho del Che.

Se movió inquieto mientras lo decía, como si tratara de elevarse a la altura de la voz del Che, pero luego se hizo para atrás en la silla, y después otra vez hacia delante. Estaba nervioso, sin duda, ante aquella pregunta. Cogió aire antes de responder, de eso sí me acuerdo. Mucho aire antes de decir que aquello le entraba cuando comenzaba a amanecer.

—¿Y cuándo se te quita eso, Alberto? —le volvió a preguntar mientras firmaba papeles. El ayudante, con mirada huidiza, intentó ver la cara de Alberto. Yo también. Lo miré y empecé a reconocerlo. Era Alberto Mora, otro héroe de la Revolución. Se había jugado la vida en multitud de ocasiones en La Habana, durante los últimos tiempos del batistato, y ahí estaba hablando con el Che, nada menos que Alberto Mora. Y yo ahora allí, en la cumbre de la Historia, asistiendo a aquella conversación tan rara...

—Cuando comienza a anochecer, Comandante, entonces se va poco a poco —contestó Mora.

Fue la primera vez que el Che lo miró. De lado, pero lo miró. Hizo ademán de levantarse. Y dejó los papeles a un lado de la mesa. Se levantó. A mí no me hacía ni caso: como si no me hubiera visto, como si le importara un cojón que yo estuviera allí. Y yo asistía en silencio a aquella escena. Miré hacia la ventana. A pesar de los visillos, se veía el sol deslumbrante sobre La Habana. Un día precioso. De manera que se levantó el Che de su sillón de Comandante y se fue lentamente caminando hacia donde estaba Mora y el otro tipo, que era la primera vez que yo lo veía en mi vida. Cuando lo vio venir hacia él, Mora se levantó. No se puso firme. Se sonrió un poco, como que estaban hablando dos amigos de sus cosas, aunque hubiera testigos extraños delante. Entonces el Che lo agarró por la solapa de su traje de civil y lo movió entre cariñoso y violento de atrás adelante. Lo movió un par de veces, le pegó más de un par de sacudidas, pero Mora no se daba ni por enterado, como que conocía el gesto del Che y era una prueba de su complicidad.

—¡Hiiijo de puuuta! —gritó el Che. Bajito, pero como gritándole, cara contra cara el Che y Alberto

Mora—. ¡Yo tengo eso tuyo multiplicado por mil las veinticuatro horas del día de cada día, carajo, no me jodas!

La voz del Che me sonó como un estertor. Dejé de mirarlos, y me di cuenta de que el otro tipo no se movía. Estaba pálido. Sentado, pero con los puños cerrados, angustiado. Nadie sabía lo que iba a pasar. Entendí que estaban hablando de depresión nerviosa, tal vez de alucinaciones, de miedos nocturnos, todas esas vainas que nos habían enseñado a los miembros de la Seguridad del Estado en la instrucción. Y lo entendería mucho más tarde, muchos años más tarde, cuando me pasó a mí, en el 89, cuando ejecutaron a Ochoa y a De la Guardia, los hombres de Raúl, y tremendo terror me entró como una bestia por el cuerpo hasta apoderarse sin piedad de mi alma. Me tumbó un par de años del servicio y yo siempre pensé que nunca me iba a recuperar de aquella invasión, coño, no quiero ni recordarlo.

El Che soltó a Alberto Mora y le dio un abrazo. Mora lo abrazó también. Aquel espectáculo no se me borra de mi memoria ni un minuto. ¡Dos héroes abrazándose y reconociendo sus debilidades humanas, sus tragedias internas, carajo!

Después del abrazo, le puso el Che una mano en el hombro a Alberto Mora. Casi lo obligó a sentarse en su silla. Mora se sentó, tembloroso, sudando, con los ojos casi cerrados y una mueca como de dolor en el rostro compungido.

Entonces el Che se viró para el otro tipo, lo miró y le sonrió con levedad.

—Y a ti, poeta, ¿te dan esos ataques a ti también? —dijo Che. Lo miraba con infinita ternura y el otro le devolvía la mirada desde el fondo de sus espejuelos, con una sonrisa trabajada de antemano que era toda una contestación para quitarle hierro al asunto, tal vez, o para salir de aquel atolladero.

—Nada, Comandante, a mí no me da nada, no me pasa nada —dijo el poeta.

Volvió a virarse, esta vez hacia mí.

—¿Qué? —me preguntó sin más.

—Estos documentos del Comandante Raúl, mi Comandante. De mano a mano —contesté, marcial.

Cogió los documentos y los puso en manos del ayudante.

—Te puedes ir —me dijo.

Cuando salí me quedé pensando, reconociendo cada secuencia de aquel suceso. Y ahí, entonces caí en la cuenta de quién era el poeta. Era la primera vez que me lo echaba a la cara. Me atreví a preguntarle al ayudante que estaba fuera del despacho, el que me había recibido, quién era el poeta.

—Es el director del Cubartimpex —me dijo—, el compañero Heberto Padilla.

Nada menos que Heberto Padilla, carajo, el hombre que iba a ser años más tarde tan importante en mi vida de oficial de la Seguridad del Estado.

6.

Hace días que el perro del vecino no deja de llorar. Como si a cada momento doblara a muerto. Una vez le pregunté al hombre que por qué lloraba tanto su perro y me dijo que no era perro, sino perra; que no lloraba, que cantaba.

—¿Y cómo se llama? —le dije, por salir del paso, por preguntarle algo cómodo.

—¿Y cómo va a ser? Como la soprano más bella del mundo. María Callas.

Lo que no se vea en La Habana, mi asere, no se ve en ninguna parte. Y lo que se ve, tampoco. En esta parte de la noche, después de que me llamara mi hija de Barcelona, me he puesto a reflexionar otra vez sobre ella, sobre mi hija Isis. Nunca me envió un verde, ni una lata de sardinas me envió desde su poderío. A la madre sí, a Mami la tiene encantada con su triunfo. Resulta que se ha hecho amiga de un azafato de Iberia y le manda a su madre un montón de euros y mucha comida. En un rasgo de amor (y, sin duda, de humor, quiero decir que ese día estaba de buen humor), Mami me regaló dos latas de sardinas en tomate y de mejillones gallegos en escabeche. Me di un banquete del carajo con la mitad del regalo, y esta noche, con el concierto llorón de la perra María Callas y los tragos de ron de mi soledad tranquila y jubilada, me entró hambre y me he vuelto a dar un festín del quince. El estómago lleno y satisfecho me ha hecho pensar otra vez en Belinda March. Digo March y no Marx, como me dijo el tipo de los nuestros, porque así es como se ha puesto ella y no como el profeta barbudo.

—Oye, tú, espera un momento, asere —le dije al tipo. Lo encontré hace un tiempo en un cafetucho de Centro Habana y se lo estampé en la cara—. Tú me estás vacilando. Me dijiste que mi hija se llamaba Marx y no es así. Es March, March, March —le repetí tres veces. Me lo había dicho Mami unos días antes de ese encuentro en el cafetucho.

—Walter, mira tú la niña, ¡cómo está! Se ha puesto March, March, March, ¿te das de cuenta? Como Aleida, como la mujer del Che. ¡Qué cosas hay que ver!

—Chico, lo siento, lo siento, me equivoqué —se disculpó el tipo—. Es March, es verdad, y no Marx. Creo que es un apellido de la isla de Mallorca. Me dijeron allí que hay muchos en Palma de Gran Canaria.

¡Palma de Gran Canaria! Indocumentado el tipo, menos cero en geografía y en historia, andan por el mundo y no se enteran de nada. ¡Indocumentado!, pensé, pero no se lo dije. Las cosas no están aquí para bromas, y yo no sé bien cuán arriba está el tipo. Le hago una broma, coge lucha y vaya uno a saber qué expediente se pone en marcha. Y sí, si lo sabré yo, aquí todo es más lento que una caguama, pero cuando un papel echa a andar en una de esas oficinas sórdidas y sombrías que da hasta miedo, ya no hay quien lo pare. Hasta que llega a su destino final y entonces te llaman, te cogen y te dicen ven para acá un momentito que vas a ver lo que hay aquí sobre ti. Y, hermano, sale un montón de papeles y una investigadera que tú ni te acuerdas de nada. A ver, ¿qué cafetucho tú frecuentas en Centro Habana? ¡Frecuento! Si pasé una vez por allí y ni me acuerdo cuándo. Pero nosotros sí, compañero, nosotros lo sabemos todo y parece mentira que un revolucionario como tú, irreprochable, a la vejez y con la jubilación que te damos en el Estado, va y resulta que te pones a hacer jueguitos con Marx en un barucho, ay, ay, ay. ¡Báilame ese mambo, mi negrito santo! Y al final tú, confuso, pidiendo perdón casi de rodillas, que no te acuerdas de la broma ni de nada, y que no le vas a explicar a nadie que tu hija es March y no Marx, para que luego digan ah, carajo, ¿más bromas, más bromas ahora con el apellido de Aleida? Así es la vaina, asere.

María Callas sigue cantando de muerte durante toda la noche y yo no me acostumbro a dormir con ese ladrido. Por eso y por María Callas, la artista de verdad, me puse a pensar con los ojos cerrados en mi hija Belinda, o Isis, ya ni sé. Me puse a pensar cómo había cambiado esa muchacha tan poco a poco que nadie se dio cuenta. Ni la madre, aunque Mami le inculcó muchas de esas zarandajas, lo de Changó, lo de marcharse de la isla, los delirios de grandeza para convertirla en una artista internacional, tremenda vaina, carajo. Me recuerdo de la primera vez que me lo dijo.

—A ver si te enteras, papi —así empezó, pegándome un golpe verbal en el plexo solar de mi cerebro, un golpetazo que me dejó pegado a la pared—. A ver si te enteras —repitió agresiva y amenazadora, con el puño cerrado—, si el Inmortal es Changó, yo también soy Changó, ahí me tienes, en pie de guerra siempre, y ahí me encontrarás hasta que me arregles los papeles y me dejen salir del país. Sí, a mí, a Changó, a Belinda.

Eso, la verdad, fue mucho antes de que apareciera el español, el tal Marsans de las pelotas, y entonces ella dejó a Joel Mederos, su instructor. Pero ¡si se iban a casar! Llevaban empatados no sé cuánto tiempo, estaban enamoriscados hasta más allá de noventa millas y todo, y haciendo planes. Los veía a los dos muy contentos, su instructor de baile en el Tropicana, su «entrenador», como ella decía.

—Papi, mi entrenador —me decía tal vez con segundas, y sin tal vez, directamente con segundas— me lo está enseñando todo.

¡Descarada! El entrenador se lo estaba enseñando todo, hasta los dientes, blanquísimos los dientes de aquel muchacho atlético, bailarín que había hecho su servicio militar de cuatro años en Tropas Especiales, vaya, asere, uno de los nuestros de pies a cabeza, sin mácula, sin tacha y sin sospecha, así enterico él, se lo estaba enseñando todo. Los dos tenían cara de singadores a todo tren, se les veía en la cara. Y yo me preguntaba, me lo preguntaba a mí mismo pero sin decírselo a nadie, porque me daba pena de pensarlo, a mí mismo me daba pena de estar con aquello, era mi hija, carajo, y yo me preguntaba todo el tiempo, ¿y estos dónde y cuándo singan? Porque también aquí se ha convertido en un verdadero problema la singadera de los jóvenes. Confieso que Joel me caía bien, era un producto fino, manufacturado por la Revolución más limpia, un tipo entregado a su país, al baile, al Tropicana y a Isis, porque ella todavía era Isis. Lo obligaba a que la llamara Belinda, y él, con pena, delante de mí al menos la llamaba Bel, Bel, ven para acá, Bel, mira esto, mira lo otro, se traían un relajo de cuidado con el amor y el baile. Llegué a pensar que Joel iba a poner fin con talento al delirio de mi hija, pero qué va, qué va, pudo con él, y cuando apareció el español por el Tropicana y le prometió la gloria y la libertad se vino abajo todo como un castillo de arena cuando una ola le pega el más mínimo revolcón.

—Pero ¿cómo lo conociste, cómo te enamoraste del español? —le pregunté a mi hija cuando vino con el cuento nuevo.

La había visto en el Tropicana. Bailando. Se quedó asombrado de mi talento, me dijo Isis. A-sombraaa-dooo. Con ese timbrito pastoso que ha heredado de Mami me lo dijo. Que la había invitado a una copa, que eso, me dijo, estaba permitido con ciertos clientes especiales; que la había invitado después a una comida, un almuerzo en una paladar de Miramar. Yo estaba loco por saber qué le dijo ella cuando se sentó con él, con el español, cómo había empezado el conversatorio entre la bailarina y quien iba a ser su nuevo galán de día y de noche, el tal Marsans de sus cojones. Y se lo pregunté.

—¿Eeeh?, mira tú, qué curioso mi padre —me dijo—. Me senté sonriéndole, con simpatía. Fíjate, un caballero de los de antes, aquí ni volviendo a nacer te hacen esa cortesía. Se levantó y me sacó la silla de la mesa para invitarme a sentar.

—¿Y tú qué le dijiste, cómo lo saludaste? —insistí.

—¿Eeeh?, mira tú... —otra vez ella.

¡Bienvenido al infierno!, le dijo Isis al español. Bienvenido al infierno. Ese era su saludito de un tiempo para acá, cada vez que conocía a alguien. El desprestigio descarado era ella. Bienvenido al infierno.

A los dos días de conocer al español, zas, botó a Joel. A la calle, sin llavín y sin nada. No lo volví a ver hasta hace unos meses, en la puerta del Habana Libre. Fui a hacer un viaje, un servicio turístico, y cuando me bajé a entregarle el equipaje al cliente, ahí me lo encontré, saliendo del lobby.

—Eeepaaa, asere, ¿cómo tú estás, chico? —le dije.

Siempre que veía aquel cuerpo atlético, que parecía un deportista olímpico, me acordaba de mi hija. ¿Cómo había dejado aquello para irse con un español hacia una deriva que cualquiera sabía dónde iba a acabar?

—Hombre, hombre, Walter, ¿cómo tú andas, viejo? —saludó jovial Joel.

Estaba bien, Walter, me dijo, estaba muy bien. Ahora, sin dejar su puesto en el Tropicana, se dedicaba a vender en el mercado negro unos tabaquitos que salían de Partagás, de lo más bien, me dijo...

—Pero puedes acabar en la cárcel, muchacho, ten cuidado... —le advertí.

—Qué va, qué va, tengo contactos en lo más alto —contestó. Me alegré. Se le veía en los ojos que me iba a preguntar por mi hija, se le notaba la nostalgia de ella, se sentía en aquella tristeza casi oculta de Joel la ausencia del amor, aunque, me dijo, ahora tenía una nueva jeva que estaba muy bien y lo tenía muy contento. Bah, yo sé que no era verdad. Antes de despedirse, me regaló tres o cuatro tabaquitos que estaban de lo mejor, ya me los he fumado, uno casi detrás de otro. Hacía tiempo que no fumaba tabacos, pero estos tenían un gran tiro y mejor chimenea. Y me acordé de lo que decía mi hija en aquella perorata, mientras en la madrugada todavía muy cerrada seguía oyendo las arias imparables de María Callas. Mañana mismo podía pegarle un tiro, porque yo estaba seguro a esas alturas de la madrugada de que mañana sería un día como otro cualquiera, tal vez lleno de rumores, tal vez con Radio Bemba en cada esquina dando noticias que tenían que desmentir un minuto más tarde.

—A ese hombre que tú adoras tanto, papi, ya no le funciona ni el tiro ni la chimenea. Está apagado —dijo airada Isis.

Brava, luchadora, peleona Isis cuando se ponía en candela. Se transformaba en un motor imparable que largaba por esa boca más porquerías que la niña de *El exorcista*.

—Ahora se hace fotografiar en mono deportivo con todos los cómplices que vienen a verlo a La Habana, como si fueran sus nietos. Ese hombre, quién lo iba a decir, en mono deportivo, reflexionando en mono deportivo como el enemigo cuando juega al golf, ¡qué gran carajo!

Verdad que a mí no me gustó nunca verlo en chándal, ahí, haciendo el cuentico de la gimnasia, respirando mal, como si se estuviera recuperando, cuando se le veía caminando de lado, con mucha dificultad. Todavía recuerdo el tortazo que se pegó en aquel mitin. Mami me llamó por teléfono, no, un teléfono normal, no el celular que ahora luce muy ufana, el celular que le mandó con el azafato su hija Belinda, como ella la llama sin reparo y sin pena ninguna, hay que joderse. Se partió la rodilla en mil pedazos y ahí sí que no podían volver a repetir que era el calor el que lo había tumbado. Fue evidente que se cayó solo, que no vio el escalón y se dio el golpe mayor de su vida. Un hombre que ha escapado a más de quinientos atentados de todos sus enemigos, un verdadero hijo de

Changó, un luchador, un guerrero de los antiguos, bueno, ahí, ahora, en chándal, como un abuelo de familia, jugando con los nieticos y con los hijos, como uno cualquiera de nosotros. Es un error lo del chándal, eso lo digo para mí. Me llamó Mami, y me lo dijo muy suavecito, pastoso, arrastrando las sílabas.

—Oye, mi amoool, que tu hija tiene razón. Gualtel, ese hombre ya está apagado. ¿Tú te fijaste el golpe que se dio? —me preguntó llena de ironía.

Era una pregunta retórica, porque todo el mundo en Cuba vio en vivo y en directo el tanganazo, el Caballo por los suelos, no lo habíamos visto sino cuando le dio el mareo, tremendo susto, aunque no llegó a caerse, lo mantuvieron en pie los escoltas y Pérez Roque, quién se lo iba a decir, pocos meses después lo fundieron y lo dejaron ahí, en su casa, en plan piyama y silencio total, como si nunca hubiera existido. Nos llevamos, pues, tremendo susto al ver cómo se caía el gigante, y dijeron, lo dijo él mismo, que nunca había dicho nada de eso, que era el calor. Pero, coño, si aquí en Cuba lo que hace es calor y calor siempre, hasta cuando hace frío hay calor en Cuba.

—Dice tu hija Belinda, Gualtel, que el hombre botó hasta la dentadura —me dijo imprudente Mami por teléfono, casi suicida Mami, la negrona, cuando se pone así, histérica de la risa.

Quería decir que a Fidel se le había caído con el golpe hasta la dentadura artificial que lleva puesta, la misma de la que Isis siempre se reía cuando lo veía hablar por la televisión, jugando con la mandíbula inferior de un lado a otro, como los viejos, qué amargura. Siempre pensamos que un guerrero así nunca se iba a poner viejo, que era, así mismo lo digo, inmortal del todo, pero el día que se fue de bruces todo empezó a cambiar. Aquí no pasa nunca nada, pero siempre estamos diciendo que todo empieza a cambiar. Y poco después se supo en toda La Habana, en toda la isla, en todo el archipiélago que estaba en una mesa de operaciones con la barriga abierta y desangrándose, le estaban haciendo no sé cuántos puentes nuevos en los intestinos para salvarle la vida. Se había ido en sangre, me dijeron nada más preguntar yo qué estaba pasando. Estaba en el taxi, en la parada del Cohíba, que es la mía, la que me corresponde, estaba allí, parqueado como siempre, y llegó un viejo amigo de la guerra de Angola, tipo bien informado, y se lo pregunté con un gesto, qué crees tú que pasa, le dije con un gesto, y el tipo tan campante me contestó que nada, qué creías tú, me dijo, qué significa una raya más para un tigre, pero yo vi que me lo decía sin convicción, que estaba conteniéndose, reteniendo información fidelina, como dicen los hijoeputas contrarrevolucionarios. Información fidelina, qué bromita sin sentido. Ahí todo también empezó a cambiar, aquí cambia todo, pero al final no cambia nada. Como decía Simoncito el montonero aquella noche inolvidable del Polinesio, la virtud genial de este hombre es que ha detenido el tiempo en sus manos y él mueve cuando le da la gana el almanaque, y el almanaque no se mueve si a él no le da la gana. Me lo decía Simoncito y yo entonces no le hacía caso, pero la cosa es exactamente así: esto está quieto siempre. Se anuncian vendavales de cambios, se asumen errores, se disparan los rumores, se jode a tres o cuatro jerarcas y ahí, sin más, el almanaque quieto.

Son casi las cuatro de la mañana de esta noche, lo digo así porque así es, aunque ya sea mucho más madrugada que noche, pero aún es de noche. Bueno, lo repito: son casi las cuatro de la mañana, que si me angustio diría que ha sido y sigue siendo una noche llena de pesar. Esa llamada de Mami me ha desequilibrado por completo, me tiene tumbado en la cama, sin dormir, pensando en toda mi vida como si me fuera a morir nada más amanecer, como si nos fuéramos a morir todos los cubanos juntos con él, como si él fuera nuestra respiración y nuestra propia vida, y me resuenan en la cabeza de vez en cuando las palabras de Mami, qué va a pasar aquí, Walter, y mi respuesta de siempre, aquí nunca pasa nada mientras Fidel esté al frente, mujer del diablo. Y me resuenan las palabras tremendas de mi hija Isis en otra de nuestras discusiones interminables en las que ella habla sola y yo de vez en cuando consigo meter una pelota en el home, una sola palabra entre la vocinglería de Isis.

—¡Lo que tú eres, papi, es un supersticioso de verdad! Ese hombre los tiene a todos hipnotizados, como si les hubiera inyectado un chip, sí, chico, un chip, eso se puede hacer ya, la ciencia es así, sí, un chip, ahí en el mismo culo, y ustedes se quedan bobos, toda Cuba se queda boba, dándole gritos de apoyo mientras hunde la isla...

—¿Hunde? —pregunté yo tratando de interrumpirla, irónico—, ¿dónde está el hundimiento?

—Pero, chico, papi, no seas bobo, si esto es el *Andrea Doria,* o el *Zuleika,* como dice Joel, porque Joel piensa como yo, no te vayas a equivocar. O el *Titanic.* Y tú no eres más que eso con todos los demás. Eso es lo que tú eres, ¡un músico del *Titanic*!, te vas detrás del flautista de Hamelín como un ratón inútil...

Yo, ante esos ataques de loca que le vienen por parte de madre, no me cabe la menor duda, optaba por una retirada a tiempo, que siempre es una victoria, lo sabe cualquiera que conozca el arte de la guerra. Me viraba, la dejaba con la palabra en la boca, ese discurso delirante de mi hija Isis, y me iba para el carajo. Me montaba en el taxi y manejaba por Carlos III, de ahí bajaba hasta el Malecón, luego seguía hasta Presidentes. Solo, sin hacer caso a nadie que me llamara con la mano extendida, manejando por La Habana en el taxi hasta que se me pasaran los nervios que me atenazaban hasta la respiración, como si estuviera a punto de darme un infarto. Y, sin embargo, voy a confesar ahora, en plena madrugada del primer día en que nada va a cambiar a pesar de todo en La Habana y en toda Cuba, que desde que se fue para Barcelona la echo de menos, su ausencia me ha dejado un hoyo porque su vitalidad, a pesar de todos los pesares y encabronamientos que me ha dado en estos años, es irreemplazable. Ahora estará en Barcelona, desnudándose todas las noches para ojos cabrones, para turistas italianos de medio pelo, para marineros libres de servicio, para gentuza capitalista y corrupta. Ese es el resultado de no haber hecho las cosas como se deben hacer, con fierro, y abrir la mano al turismo y que vengan aquí otra vez a convertir la isla en una enorme casa de putas, ha sido un error completo que nadie quiere reconocer, y tampoco yo estoy dispuesto a contarle mis ideas a nadie, a estas alturas. Y, en el fondo, ¿qué quieren ustedes que yo les diga?, me alegro mucho de que Mami me haya convencido para arreglarle la salida a Isis, Bel March, carajo, la bailarina más prometedora de Cuba que ahora es una starlette tal vez de nada en un antro viejo de Barcelona. Parece que haya resuelto su vida. No sabemos nada, por lo menos yo, porque con Mami habla casi todos los días, pero Mami no me cuenta nada. Solo me trasladó una confidencia que no me sorprendió nada.

—Largó al español y se cambió de nombre, Gualtel —me dijo la negrona—, ahora se llama Bel March, ¿no te parece un acierto?

¡Un acierto, Bel March! En fin, qué puedo hacer yo en este trance doméstico sino dejarme llevar por la riada de estas locas.

Todavía me acuerdo cuando Mami era tan joven, tan flaca, tan fantástico cuerpo y hablaba con un refinamiento impropio de su falta de educación. No era más que yo, una palestina que había llegado a La Habana y yo la había conocido, nos habíamos gustado de una manera tan pasional que parecía una película de amor americana, y zas, zas, zas, nos empatamos durante muchos años, tuvimos a Isis, éramos un matrimonio que durábamos. Y un día cualquiera, como una hecatombe, va y me lo dice, como si fuera la cosa más normal del mundo.

—Oye, Walter, ya no aguanto más. Necesito aire, aire, aire para mí sola.

Aire para mí sola, me dijo. Sin mí. Y se fue después para casa de los padres en Santos Suárez, y yo me quedé aquí, en Luyanó, llorando en silencio su ausencia y la de Isis, que se fue con ella por un tiempo para luego marcharse de la isla. Me quedé aquí en mi casa de Luyanó, en la soledad, mientras envejezco a toda velocidad y me canso de oír todas las noches de mi vida sola las arias de María Callas, la perra llorona de mi vecino. ¡Hay que joderse, coronel Walter Cepeda!

7.

Las últimas horas de aquella madrugada las pasé inquieto y como si estuviera un poco resfriado. Los nervios, me dije medio dormido. En otras ocasiones, cuando se encendieron para todos los focos rojos de la alarma, mantuve mejor la calma que la vez que la noticia llegó de Barcelona, de mi hija Isis. Estuve durante una hora más o menos adormecido, sin oír nada más que la perra llorona de mi vecino, quejándose de muerte de vez en cuando. Estuve ahí, tendido en el colchón, sin que los sentidos me obligaran en ningún momento a levantarme y salir a la calle a ver qué pasaba, qué decía la gente, qué hablaba La Habana.

La Habana es muy habladora. Habla todo el tiempo, pero tiene una forma de hablar que no tiene ninguna otra ciudad en el mundo. Habla de lado, como si no hablara. Larga el rumor contra las paredes, lo hace subir y bajar por las calles y cuando viene a morir en la boca de las amas de casa ya está constatado que es mentira, aunque nadie va a quitarle importancia al embuste. ¿Cuántas veces ha matado el rumor de La Habana vocinglera a Fidel Castro? Cientos de veces. Los enemigos de Cuba dicen una y otra vez que el Comandante odia La Habana, que él es un oriental blanco, más bien gallego y, por tanto, con sus cosas de gallego, cosas que a los cubanos del montón no les gustan. A los cubanos del montón, que son casi todos habaneros, lo que les gusta es hablar. Dicen una cosa y su contraria al minuto siguiente como lo más normal del mundo. Montan una tragedia con la verborrea interminable, discuten en alta voz cuando no tiene importancia, pero cuando creen que la cosa la tiene entonces es solo un murmullito el que sale de sus boquitas discretas, como que nadie se hace cargo del murmullo pero lo echan a rodar Habana abajo, Habana arriba, a ver qué pasa. Me lo sé de memoria desde hace años: no pasa nada. Nunca pasa nada, ni siquiera el tiempo que pasa para todo el mundo pasa igual para La Habana y Cuba.

De modo que esa mañana yo, yo solo y nadie más, decidí que aquella noche no había pasado nada. Nadie importante se murió en La Habana y la noticia, eso también lo decidí yo, llegaba de la gusanera y más nada. Mami solo había recogido la llamada de su hija Isis, que estaba loca desde que era una niña por que el Comandante se tuviera que ir para España, para su pueblo de Galicia. Eso es no conocer a Fidel y creer que es un hombre como otro cualquiera. Durante el resto de la madrugada no se rompió el silencio, el teléfono no volvió a sonar y yo pude adormecerme en mi propio cansancio soñando banalidades y pesadillas interminables que no me llevaban sino a quitarme de encima la sábana y constiparme con el fresco de esa misma madrugada.

Me levanté con el día, me duché como pude, me afeité, me puse los pantalones negros bien planchados, con su raya perfecta, y mi guayabera color crudo. Decidí pasarme por el cafetín de los vascos, el Gudari, en Concordia, en Centro Habana. Ahí se reunía cada mañana gente de la nuestra a hablar, a intercambiar noticias sin importancia, a preguntarse cómo estaban o simplemente a verse y reconocerse. Cogí a Merceditas y la manejé tranquilo por las calles habaneras, que mostraban la misma geografía física y humana que cualquier otro día del año. O sea que, para empezar, si lo sabían y era verdad, no se lo habían creído; y si no lo sabían era porque era mentira, porque en una ciudad como esta, donde se sabe todo, lo que no se sabe es que no es verdad ni ha existido nunca.

—Que el hombre está mal, eso es lo que sabemos —me dijo Patxi nada más pedirle por señas un cafecito con leche caliente, en un rincón de la barra.

Esa mañana había gente, pero no más gente que cualquier otra mañana, y no se decía más nada de la gravedad de Fidel.

—Pero ¿qué dicen que es lo que tiene? —pregunté atreviéndome.

—Ay, amigo Walter, eso es secreto de Estado —me dijo Patxi—. Si yo lo supiera de verdad, tampoco te lo diría. Estaría cometiendo un delito, ¿no te das cuenta? —y se sonreía mientras limpiaba la barra con un paño sucio como la última noche.

¡Delito! ¡Qué carajo de delito les importaba a aquellos vascos que estaban allí para librarse de España! Sí, los teníamos allí, resguardados, para que España no se los llevara hasta la cárcel, de modo que en La Habana se comportaban como ciudadanos cubanos, en el más estricto respeto a la ley, unos tipos que fuera de aquí, en España sobre todo, tenían el gatillo preparado para disparar sobre todo lo que se moviera delante de ellos. Gudaris se llamaban, que quiere decir soldados en euskera, según me contaron ellos mismos. Soldados pero con un añadido de heroicidad y martirio por la causa. Un día, hace ya muchos años, estaba yo con Mami en el Rincón Francés, teníamos permiso para estar allí, en aquella playa fantástica y casi desierta. Desde lejos vimos venir a un tipo y le dije a Mami que se tapara, que se pusiera el traje de baño, por si acaso. El tipo se fue acercando y yo me fui poniendo en guardia. Hasta que llegó donde nosotros estábamos. Nos saludó y me pidió fuego para encender un cigarrillo que traía desde lejos en los labios.

—¿Vasco? —me atreví a preguntarle.

—Gudari —me contestó el tipo.

Desde entonces supe que los etarras se llamaban a sí mismos, por lo menos en Cuba, gudaris. No sé si era una consigna de discreción o si una de identificación. El caso es que el tipo se fue con su cigarro encendido, después de agradecerme el fuego. Se fue y, a los doscientos metros por lo menos, volvió a mirar hacia donde nosotros estábamos y levantó la mano izquierda con el puño cerrado.

—Cooooñoooo, Gualtel —dijo Mami molestona—, vaya amigos tú tienes, viejo. ¿Y cuántos de estos tipos hay aquí, mi chino?

No lo sabía. Pero tenía una idea: cincuenta por lo menos, de una manera o de otra. Escondidos y con nombre falso o relegados por el mando a caminar libremente por las calles habaneras sin llamar para nada la atención. Sí sabía que se reunían en el Gudari y que tenían una información sobresaliente de cuanto venía de fuera. Por eso vine una vez más esa mañana al cafetín vasco, para saber qué sabían ellos, que siempre saben más que nosotros y, sobre todo, más pronto, como si tuvieran una terminal con el mundo entero y sirvieran noticias como una agencia de prensa internacional.

La Habana, entonces, había amanecido como otro día cualquiera. La barquita de Casablanca iba y venía como cualquier mañana. La gente se movía de un lado a otro tratando de resolver sus necesidades inmediatas como cualquier día. El tránsito de La Habana no era ni más ni menos que otro día cualquiera y todo parecía de lo más normal, y de lo más bien. No había movimientos militares que delataran una situación de emergencia y los carros de turismo seguían siendo más o menos los mismos rodando con las cabecitas curiosas de los italianos y los españoles dentro de ellos, de camino a las playas, como si no hubiera ocurrido nada. Tampoco le iba a decir a Patxi, porque tanta confianza ni hablar, nunca, que me había llamado Mami y que a Mami la había llamado Isis, y tenerle luego que explicar que Isis es mi hija y que está en Barcelona de bailarina y bla, bla, bla, no me da la gana de contarle nada, primero me muerdo la lengua. A mis años, y con la experiencia que llevo cargada, sé que mientras menos sepan de mí menos vulnerable soy para cualquiera. Yo vengo aquí, me tomo un cafecito con leche caliente, escucho lo que hablan los demás y más nada. Y si hoy he preguntado es por culpa de un añadido de ansiedad que debo reprimir a lo largo del día, me digan lo que me digan y me entere de lo que me entere. Tampoco voy a llamar a ninguna terminal de confianza en el día de hoy, por sí o por no, no vaya a ser que estén esperando para ver quién sabe o se cree que sabe y quién es el atrevido que pregunta. ¡Como si no supiera yo cómo se hacen estas cosas!

Me fijé en los gestos de la gente en la calle, los gestos y las regañizas habaneras de consumo cotidiano, cómo se saludaban unos a otros, con qué confianza o contento, con qué tranquilidad. Ahí se delataba cada uno y mi olfato era todavía de los mejores de La Habana para saber por dónde carajo le entraba aquel día el agua al coco. Para mi sorpresa, y porque no podía quitarme de encima la llamada de Mami en mitad de la noche oscura, había una tranquilidad absoluta. Una calma del carajo. A mí las calmas, sea dicho de paso, siempre me parecen sospechosas. Cuando las cosas parecen normales, debajo de ellas, en los sótanos de ese mismo silencio, es que se está fraguando la bomba. Pero si nada era oficial, si todo seguía igual, si Radio Reloj mantenía su cantinela y todo el mundo habanero que se movía delante de mí parecía normal, ¿era yo el único anormal que había recibido una llamada comunicando que se había muerto el Jefe? Y los demás, ¿no sabían nada o disimulaban del carajo?

Tenía que ir a mi parada, delante del Cohíba, pero podía llegar más tarde o cuando me diera la gana, o decir que hoy estuve enfermo, que me subió una fiebre de catarro muy jodida que me reventó la voz y decidí por prudencia quedarme en casa. Decir que había salido por la mañana y que el dolor de cabeza había sido del carajo y me volví para Luyanó a meterme en la cama. Bueno, ¿y qué haría en la cama? ¿Ver televisión, telenovelas, noticieros hablando de los logros de la Revolución que ya me sé de memoria?

Sentado en la barra del Gudari, mientras la gente entraba y salía, y hablaba de sus cosas y de las cosas normales del día, yo me recordé del turista que hace un mes llevé a Cojímar porque estaba interesado en las cosas de Hemingway. A mí nunca me interesó Hemingway, y eso que estaba delante cuando el Comandante montó en cólera, pero en cólera contenida, como él sabe hacer, estaba también Raúl, y por eso estaba yo allí, porque estaba Raúl, y el Comandante levanta la cabeza y ve venir a García Márquez y a Norbertico Fuentes y el escritor le dice que este es Norberto, Comandante, él puede hacer el libro de Hemingway. Y el Comandante le echa la mano por encima a Norbertico y se lo lleva aparte sin quitarle la mano del hombro, que es su manera de dar las órdenes más firmes y fieras, y nadie lo ve decírselo, pero lo que le está diciendo es que se ponga inmediatamente a escribir un libro sobre Hemingway en Cuba porque hay un soviético que ha escrito ese libro antes que ningún cubano. ¡Se salvó Norbertico!, porque él había estado metido en el asunto Padilla y si tuvo cojones para levantarse y decir que con él no iba nada en aquel juicio, nadie se lo perdonó porque en el fondo vino a joder el teatro que había montado la gente de Raúl para que todo saliera perfectamente. Como quiso decir que él no era un traidor a la patria y tampoco era de la CIA, jodió el asunto, porque de lo que se trataba era de que todos, todos, todos, agacharan la cabeza tal como se le había ordenado a Padilla, que era el que tenía que señalar a los demás. De modo que lo mandaron a Norbertico para su casa y solo años después lo dejaron recuperar su estatus, su situación entre los llamados raulitos, el grupito que estaba todo el tiempo al lado de Raúl, los que se bebían con él los tragos de ron, los que echaban los chistes más cabrones contra la Revolución, los que asistían a las fiestas de García Márquez en la casa de protocolo que el Comandante le había regalado en Miramar, junto a Cubanacán.

El turista a quien llevaba a San Francisco de Paula, a la casa de Hemingway, me preguntó si yo lo había conocido. Le dije que personalmente no. Que lo había visto por ahí, en el Floridita y caminando algunas veces por la calle Obispo, pero que personalmente nunca lo había conocido. Le dije que, salvo una vez que había llevado a Vázquez Montalbán, ¿conocía él a Vázquez Montalbán? Sí, era español, catalán como él, me dijo (y yo me acordé de Marsans y sus ostras, todo el día diciendo ostras, ostras, ostras), y me dijo que había leído su libro sobre el Papa en Cuba, que no se acordaba exactamente del título, me dijo.

—*Y Dios entró en La Habana* —le dije triunfante.

Sí, me dijo que lo había leído, pero que esperaba otra cosa, que no le gustó del todo por eso, porque en torno al libro se crearon unas expectativas editoriales que luego no se vieron correspondidas por el interés del reportaje literario. Bueno, le dije, salvo esa vez que traje a Vázquez Montalbán a La Vigía no había vuelto más a la casa del gringo. En fin, él me dijo que no le gustó el libro sobre el viaje del Papa, que era un libro (me dijo) un poco oportunista y hecho a la carrera, y yo le contesté que a mí no me gustaba Hemingway ni su literatura ni su persona, ni su casa ni su nada. Simplemente que no me gustaba.

Recuerdo que Vázquez Montalbán tenía libre esa mañana. Me dijo, ya teníamos confianza para hablar así, me dijo que Piñeiro vendría a buscarlo por la tarde para llevarlo «de paseo» a ver cosas muy importantes y que, como teníamos la mañana libre, lo mejor que podíamos hacer era ir a ver la casa de Hemingway, que él no la conocía. No le contradije, aunque manejé por Malecón adelante hasta el Prado mascullando la hora mala en la que tenía que volver a la casa de Hemingway.

—Estoy harto de la casa de Hemingway —le dije de repente a Vázquez Montalbán. Él guardó un silencio más que profesional. No se le movió un músculo del rostro. Estaba esperando que yo continuara.

Entonces le conté que yo había sido uno de los guardianes, así le dije, de la casa mientras Norberto Fuentes había estado escribiendo el libro sobre Hemingway en Cuba.

—El primero de todos —me dijo muy serio, como para que supiera que él sabía algo de la historia— lo escribió Yuri Paporov, ¿no?

Asentí de inmediato. No tuve otro remedio. El que sabe sabe y el que no puede ser engañado en la medida de su ingenuidad, pero el escritor español no era de esos. Parecía dudar de todo, pero lo que demostraba era una prudencia de profesional de la política, no hablaba más de la cuenta, incluso largaba mucho menos de lo que uno, yo mismo, podía esperarme.

—Pero háblame, Walter, dime cómo conociste a Padilla.

Ahí se le fue al hombre un poco su propia prudencia. Lo mataba la curiosidad. Quería saber de Padilla. Como cuando Ochoa, lo de Padilla jodió a la Revolución más de lo que podíamos imaginarnos. Se le fueron todos los intelectuales de valía, menos García Márquez, a Fidel. Dejaron de apoyar a Cuba, y ahora mismo hasta los nuestros, hasta Silvio y Pablo, los cantantes de la Nueva Trova, están pidiendo que cambien aquí las cosas cuanto antes, ¡cómo cambian las cosas, Venancio, qué te parece!

—Fui uno de los directores del operativo que le pusimos para demostrar que era un traidor y que trabajaba para la CIA —le dije. De un golpe, como si no fueran un par de frases, sino una sola palabra. Como si tuviera prisa en hablar.

Me había quedado adormilado pensando, absorto en los recuerdos, fuera del lugar donde estaba, en el cafetín vasco Gudari. Abrí los ojos y le pedí a Patxi otro cafecito con leche caliente. Me haría bien para el principio de aquel resfriado repentino que me había entrado en la madrugada anterior. El cafetín estaba lleno de gente cuyas voces se convertían en un murmullo múltiple e inaudible. Ya a esa hora el humo flotaba como un fantasma vivo, caminando por el aire de un lado a otro, todo el mundo fumando sus tabaquitos que sin duda iban a perjudicar, por lo menos esta vez, mi garganta.

—Y un trago de ron —le pedí a Patxi. Uno o dos tragos de aguardiente son buenos para calentar la garganta cuando está tocada de resfrío. Y cada vez sentía la tentación de tomarme el día libre, recorrer La Habana y ver cómo reaccionaba la gente ante el rumor que iba a ir creciendo sin duda conforme el día avanzase hacia arriba y, desde luego, cuando comenzara a caer para el otro lado, que es cuando se desatan en La Habana los rumores.

No le conté mucho más de Padilla a Vázquez Montalbán.

—¿Usted lo conoció? —le pregunté.

—Sí, lo conocí en Barcelona, pero no nos hicimos amigos —me contestó—. Demasiado protagonista.

—¡Tremendo gusano! —le dije, pero no contestó nada y me quedé un poco en el aire cuando yo creía que tenía la conversación agarrada por el cuello y la estaba llevando donde yo quería. Pero el hombre guardó silencio hasta que llegó a la puerta de La Vigía. Ahí se bajó del carro, miró hacia la casa unos segundos y me pidió que lo esperara. Yo odiaba esa casa. Estuve metido allí dentro, con papeluchos, libros, documentos, botánica, geografía, náutica y qué sé yo, al frente de aquellos historiadores y profesionales de todo cuanto Norbertico pidiera. Era así. Si al Comandante se le había metido en la cabeza que un cubano certero le diera un golpe al soviético con un libro mucho mejor, bueno, no había caso, se le daría, a la mayor brevedad posible. Eso es lo que decía a gritos Norbertico todo el rato: a la mayor brevedad posible, lo quiero (cualquier cosa que fuera) a la mayor brevedad posible y acá, inmediatamente. Me habían metido en aquel asunto, como en todos los demás, con la coartada (ya me cansaba de eso) de que yo era los ojos y los oídos de Raúl, aunque me había dado cuenta de que Raúl no utilizaba mi información para casi nada. Y además, en aquel preciso asunto del libro de Fuentes, ¿quién era más Raúl que el mismo Fuentes? Solo el mismo Raúl, que lo recibía en su despacho como solo se recibe a los héroes o a los de la familia de más confianza. ¡Muy mala temporada para mí, y muy buena temporada para Fuentes, aquel Norbertico que luego fue a Angola, y ahí nos volvimos a encontrar! Pero esa es otra historia que contaré cuando venga el caso, si viene, que estoy seguro que vendrá.

De regreso, Vázquez Montalbán volvió a estar lacónico. Solo habló con monosílabos, como que no tenía ganas de decir nada en ese momento. De modo que me quedé con las ganas de preguntarle qué le había parecido la casa de míster Way, como le decíamos en broma en La Habana, me quedé con las ganas de preguntarle algunas cosas del escritor que él, seguro que por ser escritor, también sabía. Sobre todo aquel asunto turbio de los submarinos alemanes, en tiempos de la Segunda Guerra Mundial, que vinieron por aquí y el tipo se lanzó al agua con su barquito a hacerles frente, unos decían eso, y otros decían que a espiarlos, pero de todos modos me quedé con las ganas de preguntárselo. No quería molestar a aquel hombre que era claramente de los nuestros, y si él, Vázquez Montalbán, no quería hablar, bueno, que no hablara, de la misma manera yo manejaría hasta dejarlo donde me había dicho, en el Floridita, tal vez para sentirse Hemingway durante toda aquella mañana, un alto en el camino de su libro sobre el Papa amigo de Cuba.

A esa hora del día, Mami sabía que yo estaba trabajando. Si me llamaba para un asunto muy, muy, muy urgente, entonces me dejaba en la parada un mensaje, que le devolviera el timbrazo en cuanto pudiera. Pero yo estaba seguro de que hoy Mami no me llamaría por el día. En todo caso habría intentado, para salir de la zozobra de aquel silencio, llamar a mi casa de Luyanó, donde siempre vivimos los dos juntos y donde nació Isis, y donde estaba ahora yo solo. Si había llamado a la parada, le habrían dicho que yo no había ido por allí en toda la mañana, y habría pensado primero que me había quedado en casa, segundo que tenía un servicio fuera de La Habana con algunos turistas y tercero que me había ido para algún despacho importante a informarme de verdad qué carajo estaba pasando. Tampoco sabía yo más que lo que ella me dijo, y no volvió a decirme que Isis la había llamado otra vez para repetirle lo mismo, y tal vez (eso lo estaba imaginando yo en la barra del Gudari con dos rones peligrosos encima de mi resfrío) le dijo que se fuera preparando para llevársela para Barcelona hasta tanto las cosas se resolvieran para bien en Cuba. Porque se nos venía encima una verdadera tragedia cuando de verdad (eso es lo que yo pensaba que Isis le había añadido a su madre en las dos o tres llamadas que seguramente le había hecho esa noche) se supiera que el Comandante en Jefe, el Inmortal (como decía Isis jocosa), había muerto desangrado aquella noche.

8.

Nunca metí a nadie en la gaveta. Ni en Villa Marista ni en ninguna otra prisión. La verdad es que en ninguna de las garitas donde he hecho guardia, en ninguno de los operativos en que participé ni en ninguno de los que estuve al frente metí a nadie en la gaveta, ni jugué a ahogarlo ni a meterle una bala en la cabeza. Tampoco nadie podría decirme que jugué con él ni siquiera un minuto a la ruleta rusa. Eso, en todo caso, lo hicieron otros que no tenían nada que ver conmigo. Si me hubieran pedido que lo hiciera con el poeta Padilla, tampoco lo habría hecho.

Eso solo se lo dije a Mami, que estaba muy asustada en aquel entonces con mi trabajo y con lo que al final me pudiera ocurrir. Pero lo voy a decir: tuve suerte. Estos muertos de ahora que se ponen en huelga de hambre no me tocaron a mí tampoco. Tremendos cojones hay que tener para dejar de beber y comer, para matarse por una causa así, dejándose de alimentar. ¿Y cómo cojones resuelve este asunto de ahora Raúl? Y si ganan la calle las Damas de Blanco, ¿qué carajo va a pasar? Ya no tienen absolutamente ningún miedo, como si sospecharan que todo esto se está desmoronando. Eso fue lo que me dijo Padilla la primera vez que hablamos en el despacho que me habilitaron para convencerlo.

—Pero, muchacho, ¿tú no ves cómo todo esto se está desmoronando? —me dijo Padilla.

Jugaba con las manos haciéndolas bailar en el aire, como si fuera el dueño del escenario, como un mago que quiere engañar a un colegio de niños que asisten a su función.

Ya me lo habían advertido: ten mucho cuidado con este pájaro que termina por buscarte la ruina.

La ruina, me dijeron. Y lo que yo tenía delante en mi despacho, ¿qué era?, ¿eran las sobras de la Revolución, los restos de aquella rebeldía juvenil que había estado con nosotros desde el principio, pero que también desde el principio se habían ido agusanando uno a uno y sin remedio?

—Oye, compañero Padilla, trátame con respeto... —le advertí sin levantar la voz, para que sirviera de inicio a una relación menos tensa—, yo no te he faltado al respeto.

—Todavía... —se atrevió a decirme el poeta, sarcástico: como si yo no fuera nadie en aquel lugar y él fuera el amo, el que lleva el machete en la mano, el dueño del pollo del arroz con pollo.

Lo conocía de antiguo y le tenía leída la ficha. Uno: era un escritor que creía en la poesía. Por tanto, un peligro. Dos: tenía éxito con las mujeres. Hablaba francés, inglés y ruso y algo de italiano y era muy echado para adelante, nadie lo callaba. Tres: y sobre todo, era un jodedor cubano, y contra eso es difícil actuar. Primero, hay que bajarle los humos, explicarle que aquí no está delante del público, que estamos los dos solos y que vamos a hablar de cuanto haga falta el tiempo que necesitemos. Porque el jodedor le da la vuelta a las cosas y te mete en un verdadero berenjenal en cuanto te descuides. Te enreda, te enjaula, te amarra y uno, incluso con la máxima experiencia, no sabe

cómo salir del atolladero. Cuatro: Padilla era un jodedor atacante, no de los que esperan que tú pongas las
cartas encima de la mesa y luego él saca las suyas y termina por ganarte, no. El poeta era un atacante, te lanzaba la pelota lo más lejos posible y se divertía viendo
cómo tú ibas a buscarla y te quedabas exhausto si es
que llegabas a salvarla. Inmediatamente, lanzaba otra
pelota, y otra y otra. Lo que a él le gustaba era charlar
lentamente para después ir de un asunto a otro, de
manera arbitraria, sacar las cosas de contexto. Divertirse, pues.

—Dispongo de tiempo, como dice Juan Marinello —me dijo a mí también, cuando traté de que entrara en razón. Estábamos en un despachito sobrio en
Villa Marista y yo le había dicho que íbamos a hablar
despacio para que él me contara qué era exactamente lo
que le pasaba y qué era exactamente lo que él quería—.
Dispongo de tiempo para discutir ese asunto, como
dice Juan Marinello —me contestó, como si fuera el
dueño del lugar. Como si él fuera el investigador y yo
el investigado. Su táctica ejemplar era esa: cambiaba las
cartas. Se situaba en el lugar que no le correspondía,
como si él manejara la investigadera a la que lo estábamos sometiendo. Le pedí calma y serenidad, pero él
exigía que se le dijera primero por qué se encontraba en
aquella situación; que si estaba detenido; que cuáles
eran las razones para estar detenido. Le pregunté que si
quería llamar a alguien, hablar con alguien, decirle algo
a alguien, y me dijo que no. Quinto: era un tipo sober-
bio, poseído de sí mismo. Ya dije que el éxito con las
mujeres y un cierto estilo bravucón y pendenciero en el
mundo del periodismo y la literatura le habían provocado ciertos problemas, incluso con amigos que se pensa-

ron alguna vez que él también era amigo de ellos. Por ejemplo, Lisandro Otero, que siempre ha sido fiel a la Revolución, incluso en aquellos momentos en que se ha mostrado más crítico, incluso en aquel tiempo en que se fue a México, pero nunca perdió la vinculación con nosotros. Todo lo contrario, estuvo siempre a disposición de la Revolución.

Con Otero tuvo Padilla discusiones que parecían solo literarias, al fin y al cabo el pan nuestro de cada día entre escritores. Si no los conociera... Pero detrás de aquella aparente discusión literaria estaba la pelea por el poder de la cultura dentro de la Revolución, o fuera, a Padilla le daba lo mismo. Por eso apoyó siempre a otro tremendo gusano, que ya lo he citado aquí algunas veces, Cabrera Infante. Cuando le pregunté por él, fue taxativo.

—Es mi amigo —me dijo.

—¿Y lo has visto por ahí, en los viajes que te ha pagado la Revolución? —le pregunté para picarlo.

—No, últimamente no —contestó sin caer en la trampa.

En los circuitos culturales de La Habana se dijo siempre que el poeta Padilla estaba a punto de caramelo, que en cualquier momento él iba a quedarse en cualquier país. Le encantaba París, tenía pasaporte diplomático y podía ir donde le diera la gana. De manera que no era nada difícil para él salir del país con la excusa de cualquier recital, cualquier reunión internacional de escritores, y quedarse fuera para siempre. Otros lo habían hecho, otros que eran sus amigos. Pero el tipo siempre regresaba. Cada vez que hacía una gira al exterior, muchos de sus allegados de la cultura y la literatura hacían apuestas con el regreso o no del poeta, pero el tipo, empecinado en su destino, siempre regresaba con una sonrisa más en los labios y desmintiendo su fama anticipada de gusano. Seis: con todo lo que vengo diciendo, se habrán dado cuenta de que el poeta Heberto Padilla era un tipo difícil, un provocón, un bocón de mierda que por una buena frase le entregaba el alma al diablo. Se las daba de conocer a Fidel desde antes de la Revolución y me contó, en medio de una de nuestras conversaciones, que había estado con él y con otros políticos antibatistianos una noche entera en una playa bebiendo y hablando de todo. Siempre pensé que todo eso era un embuste con el que buscaba desequilibrarme. Siete: tenía un gran prestigio interior y exterior y, a pesar de su forma de ser, tan irascible, tan díscola y rebelde, la recomendación que me hicieron desde lo más alto con respecto a él es que lo convenciera. Sin tocarlo, sin forzarlo, sin hacerle el más mínimo daño. Que no se pudiera quejar nunca del trato, todo lo contrario. ¿Cómo, entonces? Hablando. Que lo cansara hablando, cambiándolo de despacho en los interrogatorios. Y yo trataba de cansarlo hablando, hablando y hablando, pero el tipo jugaba en su frecuencia, en su liga, el parlanchín era él. Tomaba la palabra para contestarme y me echaba un responso con citas de poetas franceses, en francés, de italianos, en italiano, y sobre todo de rusos, en ruso, de Marx, de Lenin, etcétera, de modo que cuando llegaba José Martí yo tenía que disimular mi cansancio y que, por momentos, estaba convencido de que me iba ganando por muchos puntos. Confieso que soy de los cubanos que detestan a los bolos, pero esto lo contaré en su momento, en otro lugar menos comprometido. Ahora estoy con Padilla. ¿Qué era aquel tipo entonces?, ¿una ruina, al fin, un resto de aquellos que se creyeron que la Revolución eran ellos y que todo el mundo tendría que hacer lo que ellos dijeran? Me echaba el mitin, como si estuviera llamándome la atención, y terminaba irremediablemente con aquella frase pronunciada en un tonito que me sacaba de quicio y tenía que contenerme para no partirle la boca de un leñazo.

—Como decía Juan Marinello, dispongo de tiempo para discutir este asunto —decía siempre.

¿Me estaba tomando el pelo el poeta Padilla? Seguro que sí. Cuando yo se lo preguntaba, en un timbre de voz cercano, como si fuéramos amigos de toda la vida, él hacía como que iniciaba una carcajada y luego, sin más, me decía que no, que no trataba de hacer bromas en una situación tan seria.

—Lo que quiero es terminar con esto y salir de aquí. Ir-me-pa-ra-mi-ca-sa —decía, lentamente.

Se quería ir para su casa, pero estaba allí, traté de decírselo, como preso peligroso.

—Actividades subversivas. Diversionismo ideológico —dije, casi acusándolo. No levanté la vista para mirarlo, sino que seguí mirando mis papeles, lo que él creía, y lo era, su ficha policial.

—¿Subversivo yo? —preguntó irónico.

Tenía los brazos cruzados, como a la defensiva, y balanceaba su cuerpo en la silla donde estaba sentado, de atrás adelante y viceversa, sin parar de mirarme. De vez en cuando, levantaba una mano para ayudarse en la explicación que estaba prolongando más de la cuenta y después se llevaba un par de dedos a las gafas y se las ajustaba en su lugar.

Aunque nadie me lo hubiera dicho, sabía que no estaba hablando con un preso cualquiera. El poeta Padilla había ocupado altos cargos de la Revolución en el extranjero y en La Habana. Intuía, si no sabía de verdad, cuánto de teatro había en nuestro oficio de policías, cuánto de psicología y cuánto de militar. Conocía, y yo lo sabía, toda la literatura, la historia y la geografía de la Unión Soviética, donde había vivido por un tiempo y conocido a muchas de sus eminentes personalidades, tenía recursos para marear a los tigres y a todos los leones de un parque zoológico, era muy difícil de centrar. Y yo estaba allí, con aquel tipo que había salido de Pinar del Río y había recorrido desde La Habana el mundo entero, con Juan Marinello a cuestas, siempre que quería sacar de quicio al adversario de turno, que en este caso era yo.

—Mira, tú, ven acá un momento —me dijo de repente, en medio de la investigación—. Cepeda dice que te llamas. Yo conocí a un Cepeda en Moscú, tú sabes, un exiliado español, un buen periodista y un buen amigo.

—No lo conozco, no es pariente mío —corté por lo sano su hipotético entretenimiento.

—Bueno, no quería decirte esto, sino que a mí me persiguen los Cepeda, según parece —me dijo con sorna—. En Moscú, Pedro Cepeda, y en La Habana el capitán de la Seguridad del Estado el compañero Walter Cepeda. ¡Coñooo con las casualidades!

Me quedé en silencio para ver cómo seguía.

—Porque tú sabes, Cepeda —dijo muy seguro—, que hay gente que cree en las casualidades, pero qué va, qué va, quita para allá..., eso es como creer en brujas o creer en la santería, ¿tú crees en la santería, Cepeda?

¿Se dan cuenta? Era una pregunta fuera de lugar. Siempre había que tener cuidado con él, porque lo que hacía era llevarte a la silla del acusado, sentarte en la eléctrica del gran culpable, del tipo que irremisiblemente es culpable de hacerle una investigación a un ciudadano honrado como él.

—Fíjate cómo será que yo conozco de sobra a cientos de tipos que son fabricantes de casualidades. Fabrican casualidades como otros fabrican edificios, carros o motocicletas. ¿Y para qué fabrican esas casualidades? Para agarrar a quienes ellos quieren que sean culpables y atarlos con una camisa de fuerza de la que no se puedan zafar nunca.

Cuando hablaba así yo pensaba que estaba delante de alguien que también era un loco. Ocho: el poeta era también loco. Por entonces me dijo que tomaba unas pastillitas de nada para la tensión, que la tenía muy alta, ese era el problema de salud que tenía. Pero yo sabía que otro de sus vicios era el aguardiente. Con aguardiente se volvía un discutidor insaciable que se llevaba por el camino de la amargura a cualquiera. Y, después, nueve: era un maniático del sexo. Eso le había hecho perder a su primera familia, y con su segunda mujer tenía también muchos problemas porque él no se paraba en vainas. Ya dije lo de Lisandro. Tengo que confesar que ahí hubo, lo tengo estudiado a fondo, problemas de celos. Ahí no solo intervino la vanidad de los escritores, la pelea entre ellos por ver quién era más y quién era menos, sino que hubo un asunto de una mujer. Eso le costó el matrimonio a Lisandro Otero, en fin, cosas de poetas, vanidad de vanidades.

El caso de Padilla rebotaba. No era nuevo, quiero decir. El tipo llevaba dando la lata hacía unos años, con unos poemitas que molestaron al Jefe más de la cuenta y que le llenaron los cojones. Ese asunto, aparentemente sin importancia para la Revolución, la tenía al fin y al cabo, porque las cosas tienen la importancia que tienen en la Revolución según quién les dé o les quite importancia, y Fidel les dio mucha importancia, y aquí estaba el hombre jodido, detenido y acusado de actividades subversivas y de trabajar directamente con el enemigo porque Fidel había dado suma importancia a los poemitas. Luego los poemitas pasaron a ser importantes aunque objetivamente no lo fueran, ¿me entienden? Se lo dije al poeta: que llevaba años con la misma cantinela y que eso en la Revolución se paga.

—No tiene importancia —contestó como si de repente estuviera abatido.

Llevábamos más de tres horas en ese primer encuentro nuestro y yo no tenía ni una línea en claro. El tipo lograba marearme, y a veces hasta entusiasmarme. Por ejemplo, cuando me dijo que él sabía bien que yo era un buen hombre que no había matado a nadie. Que había llegado a capitán por mis propios méritos y que sabía, lo repitió, que no había matado nunca nadie.

—Ni a quien se lo haya merecido —dijo sobrado.

Ahora movía las piernas sin parar, primero la izquierda y después la derecha. Cualquiera habría dicho que estaba nervioso, o que por lo menos parecía tener las piernas inquietas, pero yo quería detectar qué pensaba el tipo más allá de su propia piel, de su actitud ante mí, de su postura física. Seguía sentado con los brazos cruzados sobre el pecho y con una actitud abierta que a veces me desconcertaba porque parecía que estaba en su propia casa y que yo era la visita.

Volví a los poemas. Volví a preguntarle si no se había dado cuenta de que aquella actitud pública en un dirigente revolucionario era un mal ejemplo; si no sabía de antemano que esa misma actitud lo había llevado a la situación en la que se encontraba, a los pies de los caballos y al borde de la cárcel.

—O del manicomio —dijo riéndose. Como si de veras estuviera hablando con un amigo de toda la vida—. En la Unión Soviética, Stalin enviaba primero a un manicomio a quienes después desterraba de por vida a Siberia, ¿te imaginas tú el frío?

Después se perdió en explicaciones sobre el calor y el frío.

—No soporto la humedad —me dijo en un recodo de su charla sobre el clima—, y en consecuencia no soporto el clima de Cuba. Es mi enemigo número uno.

Lo suyo, pues, eso me dijo entonces, era una maldita contradicción. Cuando estaba fuera de la isla quería regresar inmediatamente. Sí, en Moscú el frío era perenne, me dijo, todo el tiempo nevaba y las noches eran blancas completamente por el reflejo de la nieve. Cuando estaba en la isla, quería marcharse a cualquier viaje para quitarse el calor de encima.

—Desde niño, el calor y la humedad me persiguen desde niño, quita para allá —me dijo—. Figúrate que en Pinar del Río no hay mar y yo me escapaba lejos hasta que llegaba a una playita, cada vez que podía, y me sentaba a la orilla del mar para que la brisa me diera en la cara y en todo el cuerpo. No, qué va, esto, Cuba, no es precisamente el paraíso del clima.

No pasaban dos minutos sin que tratara de refrescarse echándose aire desde la boca, moviendo su camisa para fuera y para adentro. Transpiraba sin parar, pero no porque estuviera nervioso, sino porque era su manera física de ser. Y en los lugares cerrados, y miró todo el cuarto como si no fuera a estar allí más de un par de minutos más, peor: en los lugares cerrados incluso sentía un principio de claustrofobia que tenía que controlar para no perder de una vez los nervios.

De manera que ahí lo tenía al hombre. Era un producto exacto de la Revolución, un proyecto de hombre nuevo que se había estropeado por el camino y el control de calidad me lo enviaba para que le diera un repaso y le apretara las tuercas.

Apriétale las tuercas, me habían dicho desde arriba, déjalo jugar un rato contigo y después apriétale las tuercas hasta que cante. ¿Qué iba a cantar Padilla? ¿Que trabajaba con la CIA? ¿Que era un agente objetivo del enemigo? A aquel tipo cubano, producto exacto de la Revolución como nosotros mismos, había que tratarlo al revés de como me dijeron. No como una porcelana, sino que había que estrujarle los huevos, sacarle las uñas, destrozarle la cara y los dientes, triturarle los dedos, rendirlo a golpes y no dejar resquicio sin sangre. Pero era un ejemplar único, un Jefe frustrado de la cultura. Eso era lo que quería haber sido: ministro de Cultura del Gobierno revolucionario de Cuba. Y ahora, en mis manos, no era más que un pelele al que yo tenía que tratar con sahumerio, como si fuera un santo que necesita ron, regalos e incienso. La Revolución era así con sus hijos pródigos: trataba de hacerlos entrar en razón sin romperlos ni mancharlos, y todos terminaban marchándose, yéndose a dar gritos a la gusanera de Miami, sin saber que cuando los soltábamos, bajo las presiones que fueran, los soltábamos porque nos daba la gana y porque, al final, sabíamos que no podían ya hacernos daño, eran estériles cuando se iban, porque, esa era la verdad conformada, no podían vivir sin la isla, no podían vivir fuera de Cuba. Los mataba ese error terrible que los franceses llaman nostalgia.

Así que Padilla era un preso especial, un tipo a rehabilitar. Una figurita de porcelana en Villa Marista. Y yo era un buen hombre que nunca había matado a nadie, ni siquiera había metido a nadie en la gaveta, que eso lo habían hecho todos, y para mi suerte tampoco había estado a las órdenes directas del comandante Valdés, sino de Raúl, siempre los oídos y los ojos de Raúl. Siempre había evitado a Ramirito, no me gustaron nunca sus maneras taxativas de terminar con el enemigo de la Revolución, así es la cosa que no puede ir solo por La Habana como otros que han sido ministros y han ocupado cargos. Ramiro Valdés no, tiene que llevar todos los días custodios y escoltas como si le fueran a quitar la vida. Y la verdad es que se la tienen jurada, muchos de los familiares de gente que entró en las cárceles y no salió más nunca si no fue para Colón, de golpe y sin más explicaciones. En fin, eso lo digo en baja voz y casi ni lo escribo: cuántos muertos inútiles señalan a Ramirito Valdés.

Sin darme cuenta, en la esquina de la barra del bar Gudari había un hombre adormilado que era yo mismo, con resfrío de anoche y todo. Ahí estaba, soñando con Padilla, recordando mis conversatorios interminables con el poeta de Pinar del Río, «uno de los mejores poetas de la Revolución», gran carajo Padilla, y de repente, medio dormido y todo, algo me sacudió entre el murmullo de la clientela del cafetín y el olor a fritura que lo inundaba todo. Era el perro de mi vecino. Mejor, la perra, María Callas, cantando casi a mediodía en Centro Habana. ¿Podían llegar allí, desde Luyanó, las arias caninas de María Callas?

Nooo, hooombreee, qué vaaa, me dije a mí mismo a media voz, como si fuera un bolero, mientras me despertaba. María Callas y sus ladridos de llanto no eran más que el recuerdo de la mala noche que había pasado pensando en lo peor, pensando en la muerte de Fidel, pensando en qué ocurriría en Cuba, pensando si mi hija nos rescataría en un momento en que vinieran mal dadas, a Mami y a mí, y a mí me compraría un taxi en Barcelona. ¿Podría conducir yo en Barcelona? Otra vez viviríamos juntos los tres, Isis, Mami y yo, como una familia, echando —eso sí— de menos Cuba, pero esperando que todo se resolviera con bien para regresar a la patria. ¿Y qué sería de la patria cuando, después del tiempo y sin Fidel y sin Raúl, nosotros volviéramos hechos unos viejos a La Habana para que enterraran nuestros huesos en Colón?

Por ahí me habían dado los tragos y aquel dolor de garganta que tuve ese día. Cuando me desperté del todo, vi que nadie reparaba en mí. Al fin y al cabo, yo era un anónimo allí. Bien, bien, solo me conocía Patxi, el gudari dueño del cafetín, el que nos servía el café, los tragos y nos servía también de periódico internacional, porque nos contaba a la gente de confianza lo que decían las emisoras internacionales de televisión y radio. Y sí, me dijo Patxi, la Fox había dicho que Fidel ya estaba muerto desde anoche, pero la CNN lo daba nada más que como un rumor. Y yo me dije que si la CNN no lo confirmaba no había nada que hacer, que el hombre estaba vivo y escondido, vigilante siempre para bien de la Revolución. Ni se estaba secando ni nada, porque Fidel era Inmortal. Contra todo pronóstico y contra toda razón, Fidel fue Inmortal más que nunca aquel día en el Gudari.

9.

Sépanlo bien. En esa opereta de Padilla yo actué de bueno. Chicos malos, que hicieran el papel de verdugos y que le abrieran incluso la cabeza al poeta tirándole sus libros a la cabeza, teníamos de sobra. Elegimos al teniente Álvarez porque tenía aspecto de hombre furioso y sin paciencia ninguna. Un tipo que siempre aparecía alterado, echando candela por la boca y que no dejara resollar al poeta. Había que descojonarlo lenta y definitivamente. Había que transformarlo en un material vulnerable, que no pudiera después parar ni uno solo de los golpes dialécticos que le disparáramos. Pero primero tenían que hacer su papel los chicos malos. Para el poeta, nos bastó el teniente Álvarez, siempre en su piel de investigador profundo, insobornable. Hablaba siempre en plural, de modo que cuando nombraba en su discurso a gritos a la Revolución decía lo propio, «porque nosotros, la Revolución», y cosas así. Un convencido. Padilla le duró nada en las manos: le tiró un manuscrito a la cabeza y le abrió un boquete en la frente, suficiente para llevarlo a un hospital a curarlo. Cuando regresó del hospital, el poeta se movía en su celda como un boxeador borracho, un luchador que está dando vueltas en el ring sin saber ni siquiera que está en un ring. El chico malo había hecho un gran papel.

Esto de los chicos malos lo aprendí en Panamá. Una vez estuve allá, muy cerca del Canal, fuimos una docena de cubanos invitados por Torrijos. Y hubo en esos días en Ciudad de Panamá unas alteraciones de orden público, en la parte vieja de la ciudad, por un lugar que se llamaba Chorrillos, o algo así, y la policía tuvo que intervenir. Dieron candela una noche entera hasta el amanecer. Al frente de todo estuvo el coronel Manuel Antonio Noriega. Al día siguiente los periódicos y las emisoras de radio y televisión decían todos lo mismo: que Noriega y la policía se habían pasado veinte pueblos dando candela y que todo eso se pudo haber evitado con una buena política... ¿Y cómo contestó el general Torrijos? Dijo que para todo hay que tener siempre chicos malos, que son los que resuelven los problemas que los chicos buenos no se atreven a resolver. ¿Estamos?

Por eso necesitamos, en Cuba más que en ningún lugar del mundo, chicos malos dispuestos a ver en el horizonte la sombra de los barcos de guerra que vienen a invadirnos. Todos los días esos chicos malos tienen que ver la misma visión, nada más amanecer, y por tanto ellos, los malos, están ahí para hacer una labor única, de limpieza y despiezamiento de la presa. Cuando Álvarez le puso la cinta de la fiesta en México de sus amigos, el poeta se terminó de derrumbar diciendo que no reconocía del todo a nadie. ¡Cómo no!, le dijo Álvarez, si son tus amigos, Carlos Fuentes y Jorge Edwards, riéndose de nosotros, de la Revolución, del Comandante, al que llaman el bongosero de la historia.

—¡Tú eres un descarado, un verdadero descarado! —le dijo. Después se fue para el poeta y le tiró en la cabeza el manuscrito de su novela secreta. Le quitó el tino y le saltó la sangre en la frente.

De manera que sí, son necesarios los chicos malos, y Álvarez cumplió su papel a la perfección. Me dejó en suerte al toro, como dicen en España, puesto para que yo le clavara el machete y me llevara las dos orejas y el rabo.

Así que yo hice de chico bueno y el teniente Álvarez hizo de chico malo. Nadie sabe a ciencia cierta, hasta que tiene esa experiencia, lo difícil que es meterle en la cabeza a un poeta que no es revolucionario ni cosa que se le parezca lo que es verdaderamente una Revolución de verdad. Una Revolución como la nuestra, como la cubana. Sucede que el poeta, por naturaleza, es un revoltoso, es un tipo, como casi todos los intelectuales, que se cree que tiene más derecho que los demás a gritar en plaza pública y a decir lo que le dé la gana. Es decir, el tipo que es poeta, en la medida en que es poeta, puede actuar como poeta. ¿Y cómo actúa el poeta por regla general? Como le va saliendo de los cojones. Pero nosotros somos los que velamos por el buen funcionamiento de la Revolución y la Revolución no puede permitirse el lujo de tener ahí, encima del escenario y con todas las luces encendidas sobre su persona, a un poeta al que le sale de sus lindos cojones trancar a la Revolución, templársela, singarse en ella delante de todo el mundo, sin que, claro, le pase nada. Porque además y de todo es un poeta que es como una rosa delicada del jardín que nadie puede tocar. Además, está la canción del espíritu crítico... y la libertad de expresión... y la ética personal, todos esos brebajes intelectuales a los que se engancha cualquier poeta de tres al cuarto y se echa a volar como si fuera una mariposa intocable. Y encima es capaz de advertirte, de decirte no me toques, que tú sabes que soy poeta, y a los poetas no se les puede hacer nada porque somos la sal de la tierra. ¡Hay que tener cojones!

Todo esto y más estaba en el expediente de Padilla. Antes de llegar el chileno a La Habana ya le daban esas epilepsias, poniéndole traba a todo y criticándolo todo. ¡Pero si aquí quien traba y marca el paso es la Revolución, que somos nosotros y no sus enemigos! ¿Cómo se fue haciendo Padilla un disidente, un desviacionista? Por su propio gusto. Aquí nadie le puso, ni siquiera el Comandante (de quien se decía amigo de viejo, desde antes del 58), ningún traspié. Llegó a trabajar con Alberto Mora y con el Che, en la parte más alta de la cosa, ¿qué más querías, poeta? Nunca le pregunté en nuestras conversaciones, porque eran conversaciones en las que casi nos hicimos amigos, nunca le pregunté qué coño más quería si tenía todo lo que le daba la gana. ¿Trifulcas literarias? Bah, eso pasa en todos los lugares del mundo, pero una diferencia literaria de un poeta con otro no puede meterse en el campo de la política, y en cambio, si aquella trifulca amenaza meterse en ese campo político con aliento a destrucción, entonces la Revolución está capacitada y obligada a intervenir y a dar un par de machetazos que acaben con los mimosos. Pero, además, es que este poeta, en particular, tenía la virtud de meterse en todos los charcos que se le fueran poniendo por delante, no evitaba ninguno. En fin, que le gustaba encharcarse. Cualquier cosa lo convertía en un problema, y cuando llegó Edwards... ¡Ah, amigo!, eso fueron palabras mayores. Todo el día intrigando en el Riviera, en la suite del chileno, contándole mentiras y llenándole cabeza de bichos con sus maldades. El chileno les ponía de beber, estos poetas y el chileno eran capaces de chuparse toda la destilería de Bacardí en un mes para ellos solos, vaya tipos.

Fíjese si era delicado el asunto: llegaba a abrir una oficina de negocios que era la antesala de la embajada del Chile de Allende y se dedicó todo el tiempo a hacerle la corte ¿a quién, a quiénes? Al grupito de Padilla, al poeta revoltoso y a su pandilla de maricones. Y encima se sorprende cuando aparecen los micrófonos. Pero, vamos a ver, ¿cómo nos vamos a enterar nosotros, la Revolución, la Seguridad del Estado, de quién es quién si no ponemos micrófonos en cada una de las habitaciones donde sospechamos que a las claras hay contrarrevolucionarios? Entonces le pusimos los micrófonos en la suite del Riviera, como se los pusimos después a García Márquez, ¿para qué nos vamos a engañar?, no para pescarlo con las niñas que se decía (y sabíamos) que eran sus amantes sino para ver qué hablaban. A nosotros lo que nos interesó siempre es lo que se ha-bla-ba, y no lo que hacía en la cama cualquiera de ellos, ni más ni menos que lo que podemos hacer cualquiera de nosotros, los mortales. Edwards fue el que les dio cuartel, y cuando de una manera o de otra le dijimos, coño, Edwards, ten cuidado con tus amigos que no son tan claros como tú crees, bueno, lo estábamos tratando de hacer cómplice nuestro cuando sabíamos que era cómplice de ellos, claro que lo sabíamos. Y aquello no podía durar. La solución se había transformado en un problema, Allende había enviado a la persona equivocada y nosotros teníamos que hacérselo ver declarándola «persona non grata», le gustara a Allende o no.

Fíjese que ahora estamos en el 71, en la primavera del 71, cuando trancamos a Padilla y lo llevamos para Villa Marista sin darle ningún aviso más, bastante sabía él que podía ocurrirle ese asunto. No hubo manera de meterlo en vereda, de que entrara en razón, y tuvimos que detenerlo y hacerlo pasar por un pequeño calvario al que él no estaba acostumbrado para hacerle ver el abismo en el que se encontraba.

Álvarez me contó que lo estuvo viendo por la rejilla de la puerta, cuando lo regresaron del hospital a la celda de Villa Marista, con la amenaza de mandarlo dentro de un par de días para la cárcel de Combinado del Este, y que el poeta temblaba dentro de su uniforme de preso, miraba para todos lados sin reconocer el lugar en donde se encontraba y que apenas se quejaba. Luego se cayó de la litera y empezó a rodar como un mono en su jaula, como si hubiera perdido el juicio. Después se fue calmando, poco a poco, como si estuviera dándose por vencido. Se le dio comida y bebida buena, buena comida y basta, y poco a poco fue recuperando la salud mental que había perdido. El tipo era un desaforado. Yo supe que estaba recuperado porque Álvarez me contaba que se pasaba mucho tiempo del día masturbándose hasta quedar exhausto y que incluso lo había visto hacerlo ¡con un pan!

—Dale dos —le dije en broma a Álvarez—, uno para que lo coma y otro para que singue.

Álvarez, al fin y al cabo, también tenía su humor, y una mañana entró en la celda donde el poeta estaba hablando solo y le llevó dos panes. Uno para que te lo comas cuando tengas hambre y el otro para que te lo singues cuando tengas ganas. Y lo dejó boquiabierto al poeta, me contó Álvarez. Al pan que se templaba lo ablandaba con un poco de agua y después se hacía así la idea de que tenía una mujer en sus manos, con los ojos cerrados y en tensión. Así era el poeta, carajo, y ahí supe que se estaba poniendo bien, porque cuando uno recupera esas pulsiones sexuales es que ya está buscando el placer y abandonando la desesperación.

Antes dije que nadie sabía, nadie tiene idea, quiero decir, de la paciencia que hay que tener con un poeta en estas circunstancias. El tipo del que estamos hablando era de cuidado. Podía, creo que ya lo he dicho, hablar en francés correctísimamente, en inglés, en italiano, en ruso. Imagínense, tenía recursos para doblarme el espinazo, yo que no he leído una poesía en mi vida. No me gusta. Dicen que a Raúl tampoco, pero eso lo dicen los enemigos, que no le gusta nada de la cultura, que no le interesa, que le parece sospechosa, y a lo más que llega es a gustarle el vals, que de ahí no pasa. Pero yo creo que eso son cosas de los contrarrevolucionarios, yo lo he visto oyendo música de altura en su casa, alguna vez que he ido a buscar papeles oficiales, lo he visto embebido, tal vez adormilado en el silencio ante la música clásica.

—Mejor —me dijo el poeta cuando le pregunté que cómo se encontraba.

Se trataba, le conté, de que cumpliera los requisitos que la autoridad de la Revolución había impuesto. Eso era así y ningún poeta iba a cambiarlo, le dije. Le añadí que se le requería ahora para que escribiera a su gusto una confesión con todos sus errores, y cuando me dijo qué errores, le contesté sin dudar que él los sabía, no querrás que me los invente, me dijo preguntándome ya en tono irónico, peor será que nos los inventemos nosotros, le dije incluso con dulzura, para no perder el tono en el que habíamos iniciado aquella sesión. Quería que el poeta supiera que yo no iba a «indicarle» los errores y los delitos que había cometido contra la Revolución. Podía «indicárselos», sin duda, pero no iba a hacerlo, porque mi expediente sabía menos que el poeta de sí mismo, y una confesión veraz era todo lo que buscaba la Revolución, poner las cosas en su lugar y que cada uno cargara con sus delitos, si es que los había. Le costó entenderlo. Le costó, aunque seguramente lo supo desde el principio, que era él, el escritor, el intelectual, el poeta Padilla, quien tenía que escribir su propia confesión y leerla después en la UNEAC cuando la Seguridad del Estado y la Revolución entendieran que era el mejor momento. Ahí se acabaría todo.

—Después te vas a ir tú y tu mujer para el Escambray, para que veas los planes que está haciendo allí la Revolución —le adelanté—. Allá vas a estar de lo mejor atendido, ya lo verás.

Mi labor de chico bueno no se quedaba en convencerlo para que escribiera como le diera la gana, pero que la escribiera, su confesión, sino convencerlo de un asunto todavía mucho más difícil: de que se quedara en Cuba, que aquí lo tenía todo y fuera no tenía absolutamente nada. Sí, un par de días de gloria y protagonismo, aclamado en los periódicos por la contrarrevolución y el imperialismo, y después nada. Un traidor para unos y para otros, ¿verdad o no? De modo que comencé mi labor para que se decidiera por sí mismo a quedarse en Cuba, pero ahí, ¿por qué no voy a reconocerlo ahora?, ahí fracasé, me di contra una roca, porque el poeta no quería otra cosa más que marcharse. Me lo dijo cuatro o cinco veces en esa sesión última, que yo recuerde.

—Yo quiero salir de Cuba, quiero irme —me dijo con rostro compungido.

Que no aguantaba el clima, me dijo. ¿El clima, qué clima?, le pregunté de sopetón, yo bastante asombrado porque no esperaba que me lo dijera de frente; o sea, le dije, ¿que tú eres así por el clima? No es eso, pero desde chico no aguanto la humedad, transpiro mucho, sudo todo el tiempo, me asfixio. O sea, que todo aquello que me había dicho en otra de nuestras sesiones iba en serio. El tipo se agarraba al clima para sentirse enfermo y pedir la tabla de salvación para marcharse de Cuba.

—Mala excusa —le dije.

—Pero es verdad, ahí siempre me siento enfermo. Cuando llegué de Nueva York no pude adaptarme. Lo intenté, pero no pude. Sudaba todo el tiempo y solo a la orilla del mar podía sobrevivir.

—¿Te sientes tú un superviviente, Padilla? —le pregunté.

—No, yo no soy un superviviente, soy un resistente —me contestó. Parecía que tenía la boca seca. Le acerqué un vaso de agua y se lo bebió entero, ansioso como volvía a estar en la conversación.

—¿Y cuál es la gran diferencia entre superviviente y resistente? —le pregunté con ánimo de arrinconarlo. Utilicé el tono más suave que pude, porque estábamos teniendo una conversación amable, digámoslo así, y no quería que se rompiera aquel ambiente que habíamos logrado con tanto esfuerzo entre los dos.

—Un superviviente —dijo con esfuerzo, mirándome como si me estuviera convenciendo— es alguien que ha tenido que hacer muchas cosas oscuras para estar vivo. Está vivo a costa de otros, quiero decir. Un resistente no tiene que rendirle cuentas a nadie. Es un verso suelto.

¡Un verso suelto! Con esas me salía el poeta a cada esquina de la conversación. Trataba de descontrolarme, yo lo sabía, pero hacía como que no me daba cuenta o que no le daba importancia a sus respuestas trabajadas.

—¿Y a quién tú le resistes, poeta? —volví a preguntarle. Se me iba la ironía y tenía que controlarme.

—A todo el mundo, incluso a mí mismo —me contestó, dándome otra vez esquinazo.

Y después dijo, seguro que para herirme en mi amor propio:

—Tal vez no lo entiendas, pero ser resistente es una categoría moral.

¿Ya empezaba otra vez el poeta, el verso suelto, la categoría moral? Carajo, cuando les digo que hay que tener tremenda paciencia con los intelectuales estoy diciéndolo por propia experiencia. Tú no puedes darle un machetazo cada vez que quieres al maleducado. Te falta, sabiendo a quién representas, por puro gusto te falta al respeto para sacarte de tus casillas. Y tú tienes que mantenerte ahí, firme, de chico bueno, como si fueras amigo del poeta y entendieras su estado de ánimo. Como si fueras su cómplice, ¿entienden ustedes?

Ese fue un episodio importante en mi vida, que no se me borró nunca. Cuando salió el libro de memorias de Padilla, conseguí que alguno de los nuestros se hiciera con un ejemplar en España y me lo trajera. ¡Y tan mala memoria, carajo! Se lo dije a Mami.

—Fíjate, Mami, lo traté con mano de seda y el cabronazo ni me nombra en su libro. Cita todo el tiempo a Álvarez, que hasta le rompió la cabeza, y mis conversaciones con él se las pasa por la nada, se fueron del aire y no existieron.

—Pero, chico, Gualtel —así me dijo, y yo ya estaba en guardia—, ¿lo que tú quieres es que te haga famoso? Le hacen la vida imposible aquí, se manda a mudar con el permiso de Fidel, ¿acaso no había sido su amigo?, y después quieres que hable bien de ti y de todos los demás en sus memorias. Mira que tú eres...

Mami. Mami y su forma de joderme. Esa fue, ¿por qué no decirlo en esta hora aciaga?, una de las cosas que me cansó de ella, que me hizo buscar una salida con la separación y el divorcio, aunque nos siguiéramos viendo de vez en cuando, y de vez en cuando también templando por aquí y por allá, pero sobre todo por aquí, en mi casa de Luyanó. Mami, siempre Mami en mi memoria y en mis recuerdos. Cada vez que oigo un danzón o un bolero, ¿quién me viene a la cabeza? Mami, ¡hay que joderse! No les voy a contar a ustedes los amoríos que he dejado por el mundo, porque eso no es de hombre, ni de caballero. Un hombre de verdad no habla de las mujeres que ha tenido, aunque haya tipos que lo cuentan todo y más mentiras que el carajo. Pero cualquiera puede imaginarlo: póngase usted a caminar por París, incluso en el 71, cuando el caso Padilla, y diga que es capitán revolucionario del Ejército cubano y cuente usted alguna de las hazañas bélicas en las que usted (o sea, yo) ha estado metido, añádale simpatía personal, musiquita, trago y memoria, ¿y qué sale de ahí? Una templadera del carajo. Eso es lo que puedo decir de mis amoríos, desde París a Moscú, desde Cádiz, ufff, en Cádiz, a Barcelona y Roma, cuando yo era uno de los correos del Zar y en-

traba por Terranova con millones de dólares disfraza-
dos para la Revolución, para las guerrillas de América
y para África, aunque eso vino después, no en el 71.
Pero pónganse cada uno de ustedes en mi papel y verán el éxito de aquel momento con la gente en cualquier parte del mundo, y no ahora que llevamos un
tiempo, incluso antes de que el Jefe se enfermara tan
gravemente, que ya no somos sino un pedazo de tierra
inservible en medio del Atlántico y camino del Caribe. No se lo puedo decir a nadie, pero todo esto se veía
venir: el gran derrumbe.

      ¿Que pude quedarme fuera, en cualquier lugar
de España, por ejemplo? ¿A qué me hubiera quedado?,
mi vida estaba aquí, yo había llegado a lo máximo que
podía esperar de mi existencia, coronel de la Seguridad del Estado, viajé por cuenta de la Revolución al
mundo entero, conocí un montón de gente, de todas
las razas y países, la Revolución me lo dio todo, ¿me
comprenden a mí?, me lo dio todo a cambio de que yo
me quedara aquí, a cambio de que hiciera un pacto de
sangre conmigo mismo y me quedara en Cuba para
siempre, sirviéndole a la Revolución y nada más que a
la Revolución y al Comandante en Jefe, Fidel Castro
Ruz, y más nada.

      Isis no comprendió nada de eso. Salió todo al
revés con ella y con tantos de nuestros hijos. Hicimos
la Revolución para ellos, para que el futuro fuera de
ellos, de los nuevos hombres y mujeres, y todo salió al
revés, no les gusta sino bailar, fumar, tragar, singar y
divertirse hasta el amanecer día tras día. Y ahora es la
Revolución la que tiene que tragar, la que tiene que
pensarse si a estas alturas cabe lugar una ópera para
trancar a todos nuestros jóvenes y volver otra vez a los

sesenta, a reeducarlos en la UMAP, a obligarlos a que corten caña. Y si mañana hay una sublevación, gente que siga detrás de las Damas de Blanco, que ya lo sé, que son quince o veinte, pero si eso empieza a crecer, porque yo sé bien cómo son estas cosas, comienzan, comienzan, comienzan a crecer como si nada y cuando te das cuenta tienes cien mil personas encima de ti pidiéndote las cuentas de todos estos años. Y, entonces, si hay una sublevación, ¿qué hacemos? ¿Nos echamos encima de ellos y les prendemos candela y fierro, a nuestra propia gente? ¿Y quién hace eso, la policía o el Ejército? Y después de la matanza, ¿qué?, ¿vale la pena esa medalla?

Me pregunto todas esas cosas aquí sentado, en el Gudari, porque ya está pasando el mediodía y yo estoy aquí, medio borracho de aguardiente, calor y sobre todo malestar, con este resfrío que va a terminar en gripa o neumonía, que es más grave, y en La Habana no parece que haya pasado nada, parece que todo ha sido una falsa alarma como las anteriores, cuando lo llevaron a operar y todo el mundo comenzó a decir por los rincones y las esquinas habaneras que Fidel estaba muerto desde hacía por lo menos cuatro días, y que si lo que querían era operar a un muerto para ver si lo resucitaban, bueno, que allá ellos, y entre las bromas de los más bobos y el susto de los más inteligentes, después nos fuimos enterando que Fidel seguía vivo, coño, que se había escapado otra vez, como las otras quinientas veces que quisieron matarlo, que le montaban un atentado detrás de otro sin dejarlo respirar, y de todos escapó ileso y más vivo que nunca, porque Fidel Castro Ruz es Inmortal, es el único ser humano del siglo pasado que es Inmortal, para que se enteren de una vez.

10.

Que conste que yo soy de los cubanos que no pueden vivir fuera de La Habana. A lo largo de mi vida he tenido que estar fuera de la isla un montón de tiempo, cosas del servicio, pero no había día donde estuviera, ¿eh?, cerca o lejos de Cuba, que en cuanto me levantaba de la cama no pensara en La Habana. Cerraba los ojos un momento y me veía paseando por el Parque Central o por el Vedado Viejo; me veía tomándome un trago en la Habana Vieja o bañándome en las playas del Este, que al fin y al cabo son las playas de La Habana; me veía caminar por el Malecón y sentía el salitre dándome en el rostro y el yodo abriéndome la respiración, trayéndome el aire habanero que es único en el mundo. No en Cuba exactamente, sino en La Habana, pero La Habana no está más que en Cuba y para vivir en La Habana, en cualquiera de sus repartos, pues hay que vivir en Cuba con todas sus consecuencias. Yo no soy habanero de origen, ni de nacimiento, pero lo soy de corazón, por convencimiento, por enamoramiento, por pasión, tú, que eso sí es la cosa más grande del mundo, poder vivir en la ciudad que te apasiona.

Conozco gente, mucha gente, que se va para fuera porque no puede aguantar los rigores de la Revolución, porque todo el mundo no nace ni se hace revolucionario, hay que tener una pasta especial para esa dignidad y ese destino, ¿verdad?, hay que estar tocado, como dicen los cristianos, por la gracia. Aquí, para aguantar, para que el tiempo pase por encima de cada uno de nosotros y no nos haga el mínimo daño, hay que estar en gracia de Revolución, no de Dios, sino de la Revolución. A ver si lo entienden. Es un pacto de pasión. En la vida de un hombre hay situaciones en las que estamos al límite de nuestra propia personalidad, y ahí es donde se ve el temple, el fuego de un tipo cualquiera, cuando se deshace de prejuicios y es capaz de entregarse a la Revolución sabiendo de antemano que no es un jardín de rosas en el que se mete. Bueno, eso, pues, hay personas que se van para fuera y luego se asfixian ahí mismo, a noventa millas, hay miles de cubanos asfixiados, mirando para el mar, porque allí el flamboyán es distinto, es el mismo, sí, pero es distinto, porque aquí, en La Habana, y en toda la isla, en toda Cuba, el flamboyán hace rato que es revolucionario desde la raíz a la flor, y tan campante, revolucionario y popular como la palma verde. Todo eso va en el pacto con Cuba, en el pacto con la Revolución, y yo comprendo que no todo el mundo es fuerte para mantenerse firme y fiel a Fidel, que parece un juego de palabras, pero no lo es, fíjense bien, fiel a Fidel, ahí queda todo dicho, pase lo que pase y suceda lo que suceda.

Mi hermano Domingo se fue a Miami en los primeros años de la Revolución. Mami me miró con pena, pena de pena, no de vergüenza, que es otra cosa. Me miró cuando me vio la tristeza bajándome del rostro a todo el cuerpo, en el momento mismo en que supe la determinación de mi hermano Domingo. Se iba para Miami, no aguantaba más.

—¿Y qué vas tú a hacer? —me preguntó mi hermano en el momento de confesarme su decisión de irse de Cuba.

—Yo tengo un pacto irrompible, chico —le dije.

—¿Y qué vas tú a hacer? —me preguntó Mami cuando me vio triste. Me preguntó lo mismo que mi hermano Domingo, que qué iba yo a hacer.

—Nada, Mami, nada —le contesté tratando de no levantarle la voz—. Ya tú sabes..., mi pacto con la Revolución no lo va a romper nadie en el mundo.

—Pero, Gualtel, que ese pacto no es con Dios, chico —me dijo como si me estuviera cantando un bolero, que hay uno que tiene la letra así mismito: que ese pacto no es con Dios.

—No, no es con Dios, Mami, es más fuerte, es conmigo mismo —le contesté para dejarla callada de una vez.

En Miami City a mi hermano Domingo Cepeda le fue de lo más bien. Pudo sacar a su mujer, Aidita, y a sus dos hijos, que ahora son gimnastas y han puesto allá una casa de gimnasia que me dicen que es lo mejor de Miami. Empezó con un taxi, de ahí mi manía del taxi en Barcelona. Empezó con un taxi amarillo, y eso que ese negocio lo manejan allá los haitianos de Miami Norte, pero él se arrimó y empezó a trabajar como el negro oriental que es, con una brutalidad tremenda, como si el cansancio no fuera con él, y se hizo con una flotilla de cinco o seis taxis y ahora tiene empleados y es casi rico, según me dicen mis informantes. Pero ¿qué le pasa de verdad por dentro? Eso lo sé por él mismo, por algunas llamadas que nos hemos cruzado en estos años y por cartas que llegan de vez en cuando, de mano a mano, alguien que llega a visitarnos, alguien que regresa a La Habana para quedarse o para morirse, porque aquí, a La Habana, regresa mucha gente calladita, sin armar ruido, sin el griterío que arman fuera, todo con tal de que los dejen morir en paz sobre su propia tierra, y que los entierren en Colón, que es un privilegio para un cubano, ¿no es verdad? Pues a mi hermano el rico le pasa lo que a muchos cubanos que no han triunfado fuera tampoco: se enferman de Cuba, de la ausencia de Cuba, se van asfixiando porque no tienen el aire de Cuba, que ellos creían que se iban a acostumbrar a la manera de vivir de los yanquis, e incluso al principio ese ejercicio obligatorio lo tenían como una necesidad que les gustaba mucho, pero después se van cansando y se van enfermando de lo que ellos no quieren llamar nostalgia, pero es nostalgia, porque les falta el aire. A la contrarrevolución le falta el aire, pues. Y a nosotros, aquí, enganchados en el bloqueo desde hace decenas de años, nos sobra el aire para vendérselo a ellos en cartuchos, nos haríamos ricos si vendiéramos el aire con yodo y salitre que hay en el Malecón a toda hora del día y la noche, qué sabrosura, qué gusto de la vida, coño.

En algunas ocasiones, cuando Isis se fue haciendo adolescente y empezó con la matraquilla del baile y tuve que meterla en el Tropicana a aprender a dar todos esos pasos mágicos, Mami me pedía con los ojos que la dejara marcharse a París, ¡nada menos que a París!, para que la niña se convirtiera en una estrella mundial del baile. En ese tiempo, casi estuve convencido de que Mami se estaba volviendo loca, se estaba escapando de la dimensión de su propia existencia y perdiendo el nivel en el que se suponía que ella sabía que estaba, pero qué va, aquella perreta de París para la niña y para ella no se le quitaba de la cabeza.

—Tantas que van y vienen con una beca de esas de la UNESCO, Walter —me decía con dulzura, para convencerme—, y tú conoces bien quién da eso, ¿no?, y si no te lo digo yo, para que lo sepas. Eso lo da Alfredo Guevara.

Ya salió Alfredo Guevara una vez más. Pasados los años, al reflexionar como hoy lo hago, en el living de mi casa de Luyanó, con María Callas de vez en cuando cantando al lado de mi propia casa, ¿de qué puedo quejarme? De nada, siempre hice lo que tenía que hacer, cumplí mi deber como padre y como marido y cumplí mi deber como soldado de la Revolución en cualquier ópera que me haya movido.

De modo que Alfredo Guevara. Tremendo tipo, con sus chaqueticas coloradas y color mostaza, con sus pantalones y camisas azul marino, a juego y siempre muy bien planchados, impoluto, limpio, recién bañado en agua de flores, como si fuera un embajador de Cuba dentro de La Habana, el tipo que junto con Eusebio Leal, que también es amigo mío, lo conozco bien, el tipo que mejor relacionado estuvo nunca dentro y sobre todo fuera de Cuba, ni Hart, ni Jaidé Santamaría, ni Abelito Prieto, ni el poeta Retamar ni nada; Leal y Guevara, esos sí que son resistentes, y no Padilla, que se cagó a las primeras de cambio y pidió salir del juego en cuanto le permitieran marcharse. Se nos escapó. Yo les juro que estuve siempre convencido de que lo convencería para que se quedara.

—Haz un pacto contigo mismo, quédate con la Revolución —le decía todos los días a Padilla.

—Pero, chico, ¿con qué Revolución?, si yo aquí me asfixio —decía el cabrón, y se agarraba la camisa del uniforme sin mangas del preso cubano como si se estuviera abanicando por dentro el descarado.

Lecciones le di del pacto conmigo mismo que yo hice desde muy joven. Hasta creí que el poeta pinareño estaba ya convencido de que volvía a ser lo que en el fondo nunca había sido, un verdadero revolucionario. Le dije lo mismo que a mi hermano Domingo cuando decidió marcharse de Cuba, le hice la misma pregunta.

—¿Y qué tú te crees, que en Miami vas a tener más aire que aquí, poeta?

Poeta, le dije. A él, a Padilla, le gustaba que lo llamaran poeta. De hecho, él llamaba a todos sus amigos así cuando los saludaba. Levantaba la mano derecha y les decía con media sonrisa y con la voz alta, ¡eeeh, poeta!, ¿cómo dices que te va?

—No me voy para Miami, Cepeda, coño —contestó el poeta, siempre sin respeto—, me voy para España, para Madrid.

—Es igual, es igual, mijo —le dije tratándole con cariño—, el mismo frío vas a sentir, tú que no aguantas el calor de Cuba vas a ver el frío que vas a sentir cuando no vivas en Cuba sino allá, en Madrid. Ni el trago es el mismo, para que tú te enteres.

A Padilla le fue tan mal que se murió solo, una mañana de domingo de finales de septiembre de 2000, en Alabama. Se lo encontraron muerto unos alumnos que lo echaron de menos dos días más tarde. Por lo que supe, estaba sentado viendo la televisión, con la cabeza echada hacia la derecha y una mano en el pecho, como si quisiera cantar al final de su vida el himno de Cuba, que para él era el único himno de libertad que existía. A Padilla le fue mal, porque cuando se fue de la isla ya estaba mal y todo lo que «produjo», todo lo que escribió fuera de la isla, era de mucha peor calidad literaria que lo que escribió antes del escándalo. Ya dije que a mí ni me nombra, como si no me hubiera conocido, en sus memorias, pero para eso estamos, para que cada hombre que conocemos se tome la absoluta libertad de no saber quiénes somos y de ignorarnos hasta más allá de la muerte. Nosotros no somos así. Nosotros, la Revolución, Cuba, La Habana, somos generosos. Ge-ne-ro-sos. Ahí está ya la UNEAC preparando sus obras completas, ¡las obras completas del gran traidor a la patria!, el poeta Heberto Padilla, disidente o contrarrevolucionario, a mí me da igual. Lo que quiero decir, en lo que quiero hacer hincapié, es en lo que digo: que esta Revolución es generosa. Fue generosa con él, lo sigue siendo, fue generosa con mi hermano Domingo y es generosa con todos los que se fueron y con todos los que nos hemos quedado porque hemos hecho el pacto histórico de vivir aquí hasta más allá de la muerte, ¿entendido?

A Padilla, como a otros tantos cubanos, le fue mal, pero a Domingo Cepeda, a Aidita y a su mujer les fue requetebién, carajo. ¿Son millonarios? Eso dicen, y yo me alegro, exactamente por la generosidad de la que hablé ahí arriba no más. De vez en cuando mandaba desde Miami alguna remesa que nos vino bien. Ninguna gran cosa, que se sepa bien, pero ayudaba a sobrellevar los peores momentos que hemos vivido aquí, y eso que aquí peores momentos han sido todos, pero los del quinquenio gris y los del Período Especial puede que hayan sido los peores.

Domingo Cepeda, mi hermano, me escribió unas cartas espléndidas. Llenas de amor y de nostalgia por Cuba, por La Habana. «Me falta el aire de La Habana», me escribió en todas las cartas que tengo guardadas. ¡Ahí está, carajo! Esa es la verdad, ¡el aire de La Habana!, y eso que repito que nosotros somos orientales, pero el aire de La Habana tiene algo mágico, algo celestial, algo exactamente divino, te toca una vez y te toca para siempre, como una droga que tú necesitas para alimentarte bien. Como una vitamina necesaria, que si no te la tomas te vas muriendo poco a poco. Yo sé que de esa enfermedad, de la carencia del aire habanero del que abominaba, se murió el poeta Padilla, de eso se morirá también mi hermano Domingo, aunque las cosas en la vida le hayan salido como él deseaba, y yo me vuelvo a alegrar y lo digo de todo corazón, ahí no hay dudas ni vainas. Pongamos por caso que el poeta Padilla hubiera hecho su pacto, como todos nosotros. Su pacto con él mismo y la Revolución. Su pacto irrompible: y me quedo, me quedo, me quedo para siempre en La Habana. Ese pacto es el que yo digo. Y que, bueno, después no se amañara, se fuera descomponiendo no su pacto ni su voluntad, sino su salud física. Y se enfermara por estar en La Habana. Y terminara muriendo en su apartamento cerca del Vedado. ¿Cómo creen ustedes que lo hubiéramos enterrado? Pues como el gran cubano que hubiera sido, y no el podrido gusano, de haberse quedado aquí. Hubiera ido a su entierro una multitud de poetas y gente del pueblo que lo reconocía como lo que hubiera sido de quedarse: un cubano integral. Hubiera ido al entierro el mismo Fidel. ¿Se lo imaginan? ¿Fidel en el entierro de Padilla? Y ahora, váyanse al otro lado. Váyanse a Miami en esa mañana triste que me contaron, incluso me lo dijo en una de sus cartas nostálgicas mi hermano Domingo. ¿Cuántos fueron al entierro de Padilla? Contados con los dedos de la mano. Para ser generosos, que no nos importa ser generosos incluso con nuestros enemigos, veinticinco, ¿treinta? ¿Y eso qué es? Un fracaso para aquella Cuba de Miami que ya no es más Cuba, un fracaso para la contrarrevolución, un fracaso completo. El poeta Padilla enterrado en Miami City, ¿puede haber disparate mayor? Pues así es la vaina, terrible y horrorosa.

¿Y cuántos cubanos, además de Aidita y de sus dos hijos, irán al entierro de mi hermano, cuántos se acercarán al cementerio cubano de Miami a rendirle su voluntad y su memoria? ¿Cincuenta? Otro fracaso, estoy seguro que será otro fracaso.

Llevo toda la tarde sentado en el living, fumando un tabaquito de vez en cuando, adormilado, pero sin dejar de pensar en todas estas cosas. Me costó levantarme del taburete en el que estaba sentado, en un rincón del Gudari, y pasarme por mi parada del Cohíba, más que porque me vieran medio enfermo y resfriado, más que para que me notaran agripado, para ver el ánimo de la gente y preguntarle a alguno de los nuestros si había oído algo.

—El día que tenga que pasar, Walter, pasará, no vas a estar pendiente de lo que diga tu hija desde Barcelona —me contestó un poco altanero uno de mis amigos taxistas, mientras los otros me miraban con una suerte de silencio sospechoso, aunque no sé si el silencio era el sospechoso o yo mismo lo era por haber preguntado aquella majadería. ¿No era verdad que de vez en cuando hablaban de la muerte de Fidel y de que en La Habana había un estrépito del carajo, un movimiento de tropas de aquí para allá y todo lo demás? ¿Y no era verdad que todo aquello, toda la alarma que levantaban desde fuera, dentro era mentira, no se movía un pajullo y la vida continuaba como otro día cualquiera?

Barcelona, el taxi, los taxis de Barcelona y los de Miami de mi hermano. Mi hija Belinda March, la bailarina, que me pondría el taxi en Barcelona. Yo pensaba en todas esas cosas, como si fueran pensamientos de verdad cuando no eran más que imágenes sueltas de un delirio que entre la gripa que entraba sin parar en mi cuerpo y en mi mente y los tragos de aguardiente componían un guaguancó verdaderamente desagradable. Esta tarde incluso me he dejado llevar por ese delirio, me he ido de La Habana, de Cuba, y me he visto con mi flamante taxi por las calles y avenidas de Barcelona. Como si ese fuera a ser mi futuro inmediato, cuando Fidel desaparezca físicamente del todo, porque ahora anda desaparecido pero de lado. Sabemos que está ahí, y que lo ve todo, y a veces hemos pensado, y eso forma parte activa del pacto que solo entendemos los que lo hemos hecho, que no se va a morir nunca, que es un caballo inmortal, Pegaso, pues, porque la muerte se ha olvidado de él para siempre, o se ha cansado, tantas veces vino a buscarlo que ya se ha cansado y ya no viene más. Es delirante lo de esta tarde. Tendido en el sofá y sin camisa, sudo como nunca. Un psicólogo diría que es la ansiedad, que es una materia vaporosa e inconsciente, que no se puede evitar. Ya he sentido este sudor otras veces, sobre todo cuando el fusilamiento de Ochoa y Tony de la Guardia, eso fue en el verano del 89, el 13 de julio, cuando se hizo verdad y todos nos enteramos por la televisión cubana que los habían mandado fusilar por traidores a la patria y a la Revolución. ¿No era para descojonarse que Ochoa fuera un traidor a la Revolución?

Ahí, en el verano del 89, me entró otra vez esa ansiedad que no es más que disimulo sudoroso del pánico. Eran ataques de pánico lo que me entraba dentro y se quedaba para siempre. Así, en un ataque de esos, después de tantos fracasos personales, se había matado pegándose un tiro nada menos que Alberto Mora. Sí, ya lo sé, siempre estuvo un poco desequilibrado, pero no como para darse un tiro, un tipo revolucionario, que creía en la Revolución por encima de todo. Estuvo bajo tratamiento y todo, más de una vez, desde luego, pero eso no quita. Una depresión le pasa a cualquiera, una ansiedad también, si es que esto es ansiedad, que yo sigo pensando que es una de las imágenes del pánico. El delirio y el pánico se dan la mano, y vaya uno a saber si este sueño que yo he tenido esta tarde de la falsa muerte de Fidel no es mi subconsciente, que echa de menos a Mami y a mi hija Isis, y a mi hermano Domingo y a Aidita, y a sus hijos, a todos los que se han ido yendo y nos hemos ido perdiendo los unos a los otros.

Oí con atención lejana los timbrazos de teléfono y no hice caso. Sé que es Mami desde su celular. Seguro que el pánico o la curiosidad del miedo se la están llevando para los demonios, pero ¿qué puedo decirle más sobre este asunto? Seguro que los teléfonos están en candela en toda La Habana y en toda Cuba, todo el mundo preguntándose lo mismo, pero murió o no murió, dime algo, hermano, que estoy aquí sin saber nada y todo lo demás, a media lengua por si acaso algunos y otros, en fin, como que se acabó todo y empieza otro siglo, bueno, otros diciéndolo abiertamente, a ver, ¿sabes algo de la muerte de Fidel? La muerte de Fidel..., ¿qué iba a contestarle a Mami? Todavía no sé nada, Mami, déjame en paz, estate tranquila, deja esas boberías, no le hagas caso a nadie y en fin... Todas esas cosas, ¿ustedes me entienden, no?

11.

En una tarde como esta, llena de soledad, es cuando más echo de menos la presencia de Mami y, aunque parezca raro, también la cercanía de Isis. Al fin y al cabo, es mi única hija. Sé que tengo a Mami cerca, que un timbrazo la haría llegarse a Luyanó y acompañarme en esta fiebre, pero no estoy seguro de lo que hubiera sido mejor, el remedio (ella, su presencia, Mami) o la enfermedad (la fiebre que me subió hasta la cabeza conforme oscurecía).

¿Qué hice en este día tan importante, tan en el aire que parece que no está ni siquiera en el almanaque? No hice nada. Beber en un rincón del Gudari, echarle un ojo a Merceditas, parqueado enfrente de una de las puertas del cafetín, pensar como un loco en Isis, en Barcelona, en la fiebre, en Mami, en el pacto con Cuba, en Fidel. Pero en todo ese día del que ahora es la tarde llena de gripe para mí, roto el silencio solo por el lamento canino de María Callas de vez en cuando, vuelvo a estar solo. Mejor: sigo solo, como un fantasma, como un poseído por los recuerdos que se pasean por mi memoria libremente, sin un orden, sin un sentido interno que los clasifique; de repente aparece Angola, el avión que me llevó a la guerra de África, junto a Fidel y algunos jefes más, otra vez los ojos y los oídos de Raúl, yo en la cabeza de la Revolución; de repente me recuerdo joven, paseante por el paseo del Prado con Mami, que era una jeva impresionante, de las que paran los carros como si fueran un semáforo; de repente me veo durante siglos tirado en un despacho de Villa Marista y en ese momento escucho un timbrazo del teléfono: es el llamado Comandante América, Manuel Piñeiro, Barbarroja, que vaya a verlo, que tiene cosas que pasarle a Raúl, y ahí voy yo, bajo el sol de la tarde habanera Malecón adelante hasta llegar al despacho de Piñeiro, que hoy ya es, como casi todo, un hotel de turistas caros, de empresarios italianos y españoles que quieren invertir; y me veo con ese empresario italiano viendo tierras donde quiere poner al lado del mar un enorme campo de golf y construir un hotel para «turismo de calidad», como repite sin cesar, creyendo que me lo voy a creer, malempleaditas esas tierras junto al mar, las playas vírgenes todavía; escucho la voz del poeta Padilla discutiendo conmigo sobre el pacto. Sé que le di una lección sobre el pacto, él entendió, estoy seguro, porque se avino a esa razón, salió al paso, pero entendió.

—Eso es mierda, chico, pensamiento mágico —eso me dijo cuando le propuse que pactara de nuevo con Cuba su permanencia.

Recuerdo la sensación de fracaso, el gusto de la derrota, el acabamiento que sentí cuando al final de la lucha el tipo me dijo que él firmaba lo que fuera y que haría el teatro que le ordenara la Revolución, pero que ponía una sola condición que sería indiscutible.

—Quiero irme —me dijo en dos palabras, bajó la voz y luego la cabeza y repitió esas dos palabras dos o tres veces, como si estuviera soñando ya que estaba viajando fuera de la isla y que lo entrevistaban todos los grandes medios capitalistas como si fuera un héroe. Pero es que así lo entrevistaron al final, cuando salió unos años más tarde, y se encontró con Kennedy y todos los demás que le daban golpecitos en la espalda y le estrechaban la mano al héroe de la libertad. ¡Le zumban los cojones!... Sí, se me atraviesan los recuerdos los unos con los otros, recuerdos inconclusos, y tengo conciencia de que lo que me pasa lo provoca la fiebre, debo tener cerca de cuarenta grados en esta soledad de Luyanó, que es como si me hubiera quedado sordo y solo oigo de dentro para fuera y no de fuera para dentro, como sería lo normal. Oigo, por ejemplo, la voz de Mami cantando *Yolanda* y veo a Isis, Belinda March o Bel March, no sé ya ni cuál es el nombre artístico de mi hija, la veo encima del escenario, un escenario inmenso y profundo, lleno de luces, donde ella luce como la estrella central que es, sale al escenario, que a mí se me sigue pareciendo al Tropicana, pero no, está en Barcelona, en su triunfo, y yo estoy sentado muy cerca del escenario con Mami, viendo el espectáculo de mi hija Bel March, la gran bailarina, y después de la sesión nos iremos los tres a cenar en la madrugada de Barcelona, llena de luces y edificios modernistas.

Esa borrachera de la fiebre fue la que me hizo sentirme, ya lo dije, taxista en Barcelona. Cuando la realidad revolucionaria me llevó a Barcelona, anduve en esa ciudad esperando remesas de mucho dinero por lo menos dos meses. Paseando y mirando, olisqueando las Ramblas. Yo estaba en Cádiz una temporada, como administrador aparente de una parte de la flota pesquera que tuvimos entonces, por los setenta, por todo el mundo. Ahí en Cádiz dejé toda mi ropa de príncipe, dejé recuerdos de novias de un día y medio y un par de noches, dejé amigos que me preguntaban por Cuba y ante los que me presentaba como un administrador más, sin llegar a gerencia, de la flota pesquera cubana. Bueno, estaba en Cádiz y me llamaron para que fuera inmediatamente a Barcelona, a esperar, me dijeron, yo sabía qué. Y allí estuve. Me recuerdo todos los días subiendo y bajando la Rambla de Cataluña, a veces iba a la plaza de San Jaime y una vez subí con una novia al Tibidabo, desde donde se ve toda la ciudad, armónica, con sus calles y avenidas largas, perfectamente trazadas, una auténtica genialidad Barcelona, aunque lo más que me gustó después de las Ramblas fue el puerto. Pasear por las cercanías del puerto, traspasar la estatua de Colón y meterme en las cercanías del puerto, a esperar. Hubo un momento, lo confieso, que llegué a pensar que aquello era mi cielo, lo que me había prometido la Revolución, esa estancia larga en Barcelona, haciendo lo que me daba la gana porque estaba cumpliendo con mi deber revolucionario, esperando yo sabía qué, los millones de dólares que luego tenía que sacar para París, llevarlos a Terranova y desde ahí a La Habana. Perdí la cuenta de las veces que hice ese periplo, tantas que me aprendí de memoria el circuito y podía hacerlo durmiendo, como un zombi, por puro reflejo. Nunca me pasó nada, por eso también recuerdo Barcelona como la recuerdo: como un paraíso. Y fíjense ustedes, ¿pude quedarme o no, entonces? La gente se quedaba en cualquier lugar. Iban a echarse unos juegos los atletas y se quedaban una parte de ellos que luego se desperdigaban. Se fueron hasta generales del Ejército, aquel Del Pino que luego resultó un traidor y que no sabía tanto como se creían los yanquis, porque aquí en Cuba tampoco hay mucho que ocultar, no vayan a creerse. Figúrense, pues, me pude quedar tan campante en Barcelona, yo caminaba solo por cualquier lado y nunca tuve esa tentación de otros: mi pacto con Cuba y su Revolución era irrompible, como sigue siéndolo esta tarde. Todos los días de mi vida he renovado mi pacto, y he tenido suerte: no me ha sido necesario lavarle la cara a nadie, meterle el hocico a ningún delincuente político de los que hay tantos en Cuba, meterle la boca dentro de un cubo de agua hasta que no respirara, sacarlo y vuelta a empezar. No he torturado a nadie, lo sé bien, no llevé a nadie a la gaveta, ese armario oscuro que parece un ataúd, tiene esa apariencia, y además es horizontal, y metes al tipo ahí, cierras con llave y el tipo está allí, al oscuro, solo, como si estuviera en una muerte lenta, y grita como un loco y pide salir de ahí, los he visto ponerse de rodillas después de un par de horas de estar en la gaveta, salen sudando y pidiendo clemencia y largando por esa boca todo lo que uno quiera y más, incluso cosas que uno ni sabía ni siquiera les ha preguntado, así es la vaina.

Tampoco he matado a nadie. Nunca. Es posible que disparando en la guerra de Angola, en el frente de Cuito Cuanavale, matara a algunos cabrones, pero no lo creo, no he sentido sobre mí esa sensación. La guerra es la guerra y yo soy un soldado de la Revolución, para lo que manden. Si el poeta se quejaba del calor de Cuba, imagínense: se lo llevan a Angola y se seca al sol, se queda como una mata de tabaco sin vida.

Así que no me importaría volver a Barcelona en mi vejez. No conozco las calles, claro, tendría que aprendérmelas para manejar el taxi que me compraría Bel después de su triunfo y volveríamos a ser una familia unida como hace años, Mami, Isis, o como quiera llamarse ella, y yo. Sería un catalán más, como el mentecato de Marsans, el español que se llevó a Isis para Barcelona. Le roncan los cojones..., lo que buscaba era vivir de ella, era un chulo y más nada. Decía que la iba a convertir en una estrella completa, muy por encima de Norma Duval, la española que triunfó en París, y lo que quería era vivir de Isis, hay que joderse.

—Yo a tu hija, Walter —me decía el tipo una y otra vez—, la voy a poner en un altar. Ella es una estrella de primera magnitud, de sustancia mundial, ¿me entiendes lo que te quiero decir? Y la voy a llevar por todos los grandes teatros del mundo, hasta llegar a Broadway, ¿me entiendes lo que te quiero decir? Broadway, Walter, Broadway, ese es el destino de tu hija. Me la voy a llevar para hacerla reina del baile mundial, ¿me entiendes lo que te quiero decir?

Marsans el español, le roncan los cojones. Cada vez que soltaba una frase, iba atrás la coletilla, el estribillo: ¿me entiendes lo que te quiero decir?, ¿me entiendes lo que te quiero decir? Yo creo que le servía a él también como mecanismo mental de convencimiento, porque temblaba, él decía que de emoción, cada vez que hablaba conmigo del futuro de Isis. Se trataba de que yo consiguiera los papeles, una bequita o algo así, un permiso para que Isis saliera, porque otra de las cosas que me decía el tipo, no sé si como chantaje o qué, me decía que si no había permisos para dejarla salir, bueno, que él tenía otros caminos, así decía, otros caminos.

—Me caso con ella y me la llevo a Barcelona —me dijo—, ¿sabes lo que te quiero decir?

Claro que yo sabía lo que me quería decir el español, quien no lo sabía era Isis, que de todos modos estaba enloquecida con el español, pobre Joel, ahí tira do en la manigua de La Habana, solo, abandonado, hay que joderse con las mujeres y sus caprichos. Ella estaba loca por el español, por casarse con él antes de marcharse y joder a todo el mundo.

Había hecho yo mis averiguaciones sobre el tipo. Se había templado en La Habana, con la coartada de que era «gerente» y «representante de artistas», a toda falda que se le pusiera por delante. Se lo dije en una conversadera que tuvimos, de las tantas, ¿verdad?, se lo dije: que su famita habanera dejaba mucho que desear. Y me contestó fresco como él solo: que era un hombre soltero y que, claro, no iba yo a estar reprochándole que se tumbara a una o a otra, ¿sabes lo que te quiero decir?, seguía el tipo, pero que desde que conoció a Isis todo lo demás, las antiguas amistades, las reuniones secretas con amigos y amigas, todo lo había borrado de la cabeza, y que si yo le preguntaba ahora dónde estaba tal o cual casa a la que él había ido con frecuencia ya no se acordaba, ¿sabes lo que te quiero decir?, repetía el comemierda.

Se salió con la suya: se casó con Isis y se la llevó para el carajo. Después de un tiempo, cuando Isis le envió a Mami los primeros regalos y las primeras fotografías de su éxito en los escenarios de Barcelona, le mandó a decir que también había mandado para el carajo al español, a Marsans, y que se había cambiado el nombre artístico para que no quedara del tipo ni una huella en su vida.

—Por cuánto —le dijo a la Mami desde Barcelona, por teléfono—, no quiero volver a verlo en la vida. Tú te imaginas un hombre viviendo de mí, ¡viviendo de Bel March! Que se vaya para el carajo, a mí no me ha hecho ningún favor.

Ahora estaba con un señor bien que la trataba muy bien, como si fuera su mujer, y no con el otro comemierda, que siempre le preguntaba al final y en medio de cada conversadera ¿sabes lo que te quiero decir?, hasta que ella se cansó del gorroneo del tipo y se lo dijo.

—¿Sabes lo que te quiero decir? —me dijo Mami muerta de la risa que Isis le contó por teléfono—, ¡que salgas por esa puerta y no vuelvas a entrar más nunca!

El tipo se resistió, como buen español comecandelas, se resistió todo lo que pudo y volvió a tratar de convencerla y a decirle que pronto el éxito coronaría todos sus esfuerzos y se vería por fin su trabajo de zapa, hay que tener cojones el español, su labor callada y comprometida de gerente de Belinda Marsans.

—Y entonces ella, ¿tú te imaginas la escena, Walter? —me contó Mami hablándome por el celular que la hija le había regalado y enviado con el azafato de Iberia—, ella va y le dice, mira, chico, tú a mí no me sirves para nada, y yo no me voy a llamar nunca más Marsans, ese es tu apellido y no el mío. El mío de aquí en adelante y para los restos, ¿me entiendes lo que te quiero decir? —sarcástica Isis a más no poder en esa circunstancia, hundiendo más que nunca al español—, que ahora me llames Bel March, ese es ahora mi nombre y con ese voy a triunfar en todos lados.

Y, en efecto, lo mandó ese mismo día para el carajo y nunca más se supo.

El nuevo tipo de Isis, según me cuenta su madre (que siempre cuenta las cosas a su favor, eso ya lo sé, y voy con cuidado), es un señor bien que la quiere bien.

—Fíjate —me dijo Mami— que quiere retirar-la y casarse con ella y tener hijos y todo, Walter, una familia de verdad, como las de antes.

Pero de eso ni hablar. Eso es no conocer a Isis, eso es no conocer a su hija, pretender que Isis se va a dejar robar el chou por un señor bien a estas alturas, la guerrillera de Isis, que tumba mampara en cuanto se encabrona por cualquier cosa. Mami no me lo dijo, pero yo me imagino el estropicio que le formó a ese es-pañol de bien, ese señor bien que la quiere bien, cuan-do va el otro y le dice que se quiere casar con ella y que deje los escenarios y el baile y tengan hijos y se hagan viejos juntos en la felicidad de un hogar del carajo que él le brinda a ella en Barcelona. Me lo imagino. Me imagino el griterío que Isis le formó al español, que ni siquiera Mami sabe el nombre. Eso sí, sabe que es em-presario, que está casado pero en trámites de separa-ción, qué carajo de casualidad, precisamente ahora, cuando aparece Isis y él en la vida de Isis es cuando se está separando de la mujer de toda la vida. Un empre-sario muy influyente en toda Barcelona. Lo conoce todo el mundo, según Mami, y se le tiene un gran res-peto. Y fue ahí cuando me metió Mami el pelotazo, menos mal que fue por teléfono.

—¿Te imaginas, Walter, nosotros en Barcelona, con Isis y su nuevo marido?

Estoy convencido de que por esas cosas me se-paré de ella, o ella se separó de mí, no sé bien.

—Por tu falta de ambición, negrón, que no tie-nes ambiciones ningunas, así estamos —me reprocha-ba Mami una y otra vez.

Mami es loca, pero tiene temporadas en las que se pone peor. Y entonces no hay quien la meta a viaje.

No es que se quiera ir, como ella dice, dejar atrás Cuba. Eso nunca, eso (dice ella muy teatralmente) no lo esperes de mí en la vida, Walter.

—¿Y entonces? —le preguntaba yo.

—Bueno, ir y venir, chico, hoy las distancias ya no son nada. Tu influencia puede conseguirnos esa posibilidad, una chance para ir y venir, hay mucha gente que lo hace: seis meses en La Habana y seis meses en Barcelona, qué maravilla.

Mami es una loca y cuando tiene temporadas de sueños lo echa todo a perder. La convivencia es difícil, pero que te traten de humillar y de amargar todos los días después de llegar de un trabajo tan ingrato como era el mío, de seguroso las veinticuatro horas del día, eso le zumba el mango, ¿verdad? Pero ella seguía con la matraquilla, como si fuera detrás de mí con un escobillón, dándome la lata. No les digo nada cuando fue evidente que, después de unos años, yo era ya material inservible para Raúl y para todos los mandos importantes de la Revolución y me fueron relegando de una manera ostensible y dejando atrás, como un juguete roto y viejo. Coño, caballero, ¿y qué hacer?, ¿sublevarme, ir a quejarme a Raúl, que el hombre tiene un montón de cosas que hacer, ahora más que nunca? La Revolución nos impone muchos sacrificios, y a veces también nos impone que nos aguantemos, que la frustración forma parte de nuestros destinos. Y a mí me ha tocado ahora la más fea: quedarme en este retiro solitario, con Mami llamando desde Santos Suárez o desde donde coño se encuentre en cada momento con ese celular, que cuando le pregunto dónde está y desde dónde está llamando, va y me tira a matar.

—Acá, Gualtel, acá, chico, en La Habana, ¿dónde tú crees que yo voy a estar? Estoy en el Parque Dolores y te llamo para decirte que la niña ha vuelto a actuar en no sé qué teatro con tremendo éxito.

¡Como si yo pusiera en duda el talento de Isis para ser estrella! ¿Cuándo lo he dudado, cuándo he sospechado o dicho lo contrario?

—Tú siempre poniéndole pegas, y ahí la tienes, parando el mundo cada vez que sale a un escenario —me dijo riéndose—. Y me va a mandar un pasaje para Barcelona, Gualtel, ¿tú me imaginas, yo en Barcelona?

Es loca y soñadora. Culo ve, culo quiere, y además quiere llevarme a mí por delante, porque, como dice ella, aquí tú, Gualtel, con ese tonito de negrona botada que le sale cuando piensa que tiene toda la razón, no tienes ya ningún futuro.

—Tú aquí ya llegaste arriba, chico, al tope —me dice—, y ahora te toca bajar.

¿Se dan cuenta? Parece la letra de un bolero malo, un medio danzón o por ahí.

—Hasta el fondo, ¿me oíste, Gualtel?, hasta el fondo —me repite.

Siempre ha sido su manera de humillarme, que es una forma equivocada que ella tiene de convencerme, de doblarme la mano y decir en voz alta, que es lo más que a ella le gustaría, delante de todo el mundo, te gané, Walter, te gané, ahora apaga. Apaga la luz y vámonos para Barcelona.

Por eso con esta fiebre me he tirado una gran parte de la tarde en Barcelona, como si yo fuera también un loco y un soñador como Mami, ¿quién me lo iba a decir a mí, a mis años? Y además de Isis, y en todo caso de Mami, ¿a quién tengo yo en Barcelona, a ver, a quién tengo? Tenía a mi amigo Vázquez Montalbán, eso sí que era un hombre, carajo, un revolucionario, pero se murió y no tengo ya a nadie allí. Tal vez podría recuperar a algunos viejos amigos de los que apenas me acuerdo, me imagino que ellos tampoco se acordarán del cubano, hace ya tantos años.

Esta tarde no hay lluvia. Comienza a oscurecer y no parece que la alarma de las emisoras extranjeras haya hecho la más mínima mella sobre la población cubana ni sobre nuestros mandos revolucionarios. Todo el mundo está en su lugar. Viniendo por el Malecón al mediodía, me paré a mirar al mar: ni rastro de la invasión que nos han prometido siempre. Si supieran que estamos preparados para recibirlos con plomo y fierro, a machetazos si es preciso, los imperialistas y contrarrevolucionarios se andarían con menos bravatas y chuleos. Ni ellos mismos se creían que nos íbamos a acostumbrar a Raúl y a no ver a Fidel. ¿Desde cuándo no se hace fotos con mandatarios o con jóvenes que van a verlo? Cuando pasan tres o cuatro días, inmediatamente empiezan los rumores, el murmullo se extiende por toda La Habana, como ahora, pero nadie dice nada, nadie hace nada, todo el mundo se está quieto, esperando a que aparezca de nuevo el Jefe y, como siempre, los mande a parar, y se vayan todos de una vez para la pinga, carajo.

12.

Claro que deben quedarme fuera muchos amigos, aunque ahora mi recuerdo no es tan claro como para enumerarlos. Está perezosa la tarde habanera. Con los tragos y la inquietud de la noticia llegándose de vez en cuando hasta mí, me quita la capacidad de concentración. Aquí, a La Habana, cuando parecía que íbamos a ganar todas las grandes ligas, vinieron por centenares a firmar ese pacto que es tan difícil de llevar después. Artistas, empresarios, actores, escritores, profesores del mundo entero vieron Cuba como una película del futuro del mundo. Bien, con muchos errores, con muchos horrores, como dice mi hija Isis que dijo el profesor Jesús Díaz, que después se vio que no fue un desliz: él mismo rompió su pacto personal con la Revolución y se rajó sin decirle a nadie para dónde iba. Se quedó en Alemania y luego se fue para España, donde comenzó su campaña de tirar golpes, trompadas y cañonazos contra nosotros. Porque, como Vázquez Montalbán, por aquí, por La Habana, pasaron todos, pero todos, hipnotizados por la Revolución, queriendo ser protagonistas de la Revolución como nosotros, queriendo ser cubanos como nosotros, como si hubieran vivido toda la vida en La Habana. Se hacían de nosotros por unos días, unas horas, unos años, y luego se echaban fuera del compromiso que verbalmente habían hecho ante el mundo. Primero reclamaban que se levantara el bloqueo imperialista, luego gritaban a pleno pulmón, para que se enterara todo el mundo de que ese país, Cuba, este pequeño país que se llama Cuba, era un país sitiado por el Imperio, eso lo decían sic, oká como lo estoy contando, pero luego se iban entibiando, se marchaban a vivir al mundo burgués otra vez y se les iba para el carajo aquel entusiasmo desbordante que los había traído entregaditos hasta nosotros. Después venía el desapego, una larga temporada de dudas y perezas y, al final, el enfrentamiento y el desamor.

En esa secuencia histórica, el poeta Padilla tiene tremenda responsabilidad, porque si se hubiera atenido a las razones esenciales de su pacto con la Revolución, si se hubiera metido por sí mismo en vereda, nada habría pasado con los intelectuales del mundo, que eran un soporte sustancial para la Revolución cubana. ¡Ah, carajo, Padilla, qué desperdicio de hombre! Inteligente, político, hombre de letras, periodista. Hubiera sido nuestro Estuchenko, nuestro mejor embajador. Pero se empeñó en lo contrario, en despeñarse, en jugar a hacerse sombra en el ring, pegándole golpes a su propia sombra y derrumbándose sobre sí mismo.

Ustedes no lo saben, porque este fue otro operativo secreto de los que me encargaron Raúl y la Seguridad del Estado. Hubo un tiempo en que el poeta Padilla estuvo en Madrid, en España. Decía que dando clases en una extensión de la Universidad de Nueva York, pero qué va, ahí estaba como siempre templándose toda cuanta mujer le movía la falda por delante y trancándose de tragos todos los días. Le hicimos un seguimiento perfecto desde la embajada. Y un día, que estaba Padilla acompañado por dos amigos escritores, en un lugar muy céntrico que se llama el pub de Santa Bárbara (lo sé porque está frente a las oficinas de las SGAE, donde tenemos tantos amigos todavía a pesar de los pesares), una tarde de primavera, me recuerdo muy bien porque seguí esa ópera con todo detalle en fechas y asunticos laterales, se le acercó uno de nuestros hombres más firmes, o que nosotros creíamos que era de los más firmes, se identificó como cubano, operario de la embajada cubana en España, y se puso a hablar con él. Mi agente me pasó la información completa de aquel primer encuentro con el poeta después de su tan sonado «caso»: lo vio nostálgico hasta más allá de la enfermedad. Y débil, con muchas ganas de volver a La Habana, aunque fuera por unos días.

—Una visita de una semana —concedió el poeta Padilla.

—Por el tiempo que quieras, hermano —le dijo mi agente. Padilla se sonrió. Como que estaba reconociendo los métodos del agasajo—. Ahora mismo te deberías hacer un par de fotos...

—¿Para qué, chico, por qué tanta urgencia? —dijo Padilla resistiéndose.

—Ninguna urgencia, hermano, es que eso lleva su tiempo, son trámites, tú sabes, la burocracia es lenta...

—Ah, ja, ja, ja, la burocracia —ahí estaba el poeta insolente otra vez, impertinente siempre, doblando la esquina de un golpe cuando todo se le estaba ofreciendo con cortesía—, la burocracia es la policía... —añadió con humor y bajando la voz, mirando alrededor teatralmente.

—No, hombre, qué va, eso ha cambiado mucho —le dijo nuestro agente—, ya nada es como en tu tiempo, tú estás mal informado...

Y empezó con la retahíla que ya sabíamos: el método del convencimiento. Que sería recibido con flores, con toda cortesía, que Cuba era su país, de antes y de ahora, que todo estaba oficialmente cerrado y olvidado, en lo que se refería a su caso, que él no era precisamente lo que la Revolución entendía ahora que era un desertor, sino un intelectual crítico.

—Ah, mira eso —dijo el poeta, siempre sarcástico—, un intelectual crítico, ¡como si eso no fuera suficiente!

Después se agarró a la excusa de que no tenía corbata, y uno de los que estaban con él, uno de los escritores españoles que también era director de cine, le dijo que él le traería una, que iba a su casa y volvía con una para que se hiciera las fotos. Pero el poeta dudaba y dijo que él se las haría por su cuenta. Y que se verían allí de nuevo o en otro sitio unos días más tarde. Y no apareció nunca, ni cuando hicieron la cita ni más nada. Ese fue el único encuentro que tuvimos fuera con Padilla, que al final era un contrarrevolucionario irredento, no había nada que hacer con ese guarapo deslomado, a pesar de que Raúl me pidiera que mimara el asuntico y a ver qué renta podíamos sacar de aquello. Al final, nada. Así es la vaina.

De modo que sí, venían por centenares: era una verdadera invasión. La gente de dentro se quería marchar y la gente de fuera venía a quedarse por lo menos un ratico, una bequita para beber y bailar las canciones revolucionarias durante el tiempo que durara la fiesta, un viaje por el calor del futuro, porque nosotros éramos entonces el futuro y el calor más grande del mundo, un país tan chiquitico que no se le ve en el mapamundi y estábamos ahí, en la punta del volcán echando fuego y lava caliente, atrayendo a la gente como nunca Cuba lo había hecho, ni con los yanquis ni con los españoles, ni con las putas, ni con el vicio del juego. Éramos Cuba, carajo, el país más grande del mundo.

Pero yo quería rebuscar en mis recuerdos los nombres de algunos amigos de esa parte de nuestra historia, cuando los bolos, los rusos, sí, los soviéticos, eran nuestros hermanos solidarios e internacionalistas, cuando teníamos tantos arrestos y tanto entusiasmo que exportamos la Revolución a América y a África, aunque yo trabajé más en África que en América. Al Chile de Allende fui una vez nada más, por unos días, a un asuntico que no tuvo ninguna importancia, pero aquí conocí en el 75 al gran empresario y amigo Max Marambio.

—Trátalos con delicadeza, con guante de seda. Lo que quieran. Son de los nuestros —me ordenó Raúl.

Porque Marambio no venía solo, sino con un escritor con cara de indio y el pelo largo, como no le gustaba al Comandante en Jefe que lo llevaran los jóvenes en aquella época de tremendo prestigio de nosotros. Era un tipo atlético y atractivo para las mujeres, aunque se daba una importancia excesiva que yo calificaba propia de su juventud. Todos los jóvenes se creen que el tiempo no va a pasar por ellos: lo ven pasar por los demás y creen que nunca les va a tocar envejecer, en el mismo momento en que ya están envejeciendo incluso se sienten más jóvenes que nunca. Vestía siempre su Levi's azul oscuro y su camiseta blanca con el Che planchado en el frente. Llevaba barba y bigote poblados y caminaba como si fuera una estrella de Jolivud que ha venido a rodar una película a La Habana. Era, además y según decía (y supimos después que era verdad), bastante amigo de García Márquez, que a su vez era amigo, pero muy amigo, de Max Marambio.

Con Marambio hicimos mucha amistad. Efectivamente era de los nuestros, pero además tenía poderes para comprar de todo y entrar en todos lados. Era como un mago al que tú le insinuabas que necesitabas cualquier cosa y el tipo te venía al día siguiente con una o con dos de esas cosas que tú le habías dicho el día anterior que te eran necesarias. ¡Tremendo brujo, carajo! Claro, que yo no se lo pedía a él, sino a Cerpa, a Lucho Cerpa, que así se llamaba el amigo que lo acompañaba, el que acabo de describir.

A Marambio también le encantaba la juerga y cuando se metía en una parecía incansable y podía durar dos o tres días, siempre con gente de arriba, con gente de la élite. Sí, a veces se aparecía Raúl y me saludaba con deferencia. Yo estaba siempre con ellos vestido de paisano, mis pantalones negros muy bien planchados por Mami, chévere y rien de plus las rayas de mis pantalones negros, sin un brillo, y mi guayabera blanca, blanquísima y elegante, que Mami me había dicho que le pidiera al chileno no sé qué producto limpiador que se vendía solo en las diplotiendas y que dejaba las guayaberas más blancas que antes de estrenarlas, y estiradas como si tuvieran un engrudo invisible que podía mantenerlas de pie sin uno dentro, vaya, una maravilla.

Lucho Cerpa tenía más tiempo libre. En realidad, lo único que estaba haciendo en Cuba era turismo revolucionario. Cuando me dijo que él había sido revolucionario desde que era un niño, le di un golpe suave en un hombro, con el puño cerrado, de broma, de cubaneo. Me respondió con un gesto de seriedad que me dejó completamente cortado en ese momento.

—Revolucionario desde chiquitito —me dijo agarrándome el puño con sus dos manos. Fue GAP con muy pocos años.

GAP: la palabra mágica en el Chile de Allende y en nuestra Cuba. GAP: Grupo de Amigos del Presidente. La gente que estaba alrededor de Allende siempre. Sus escoltas personales y de confianza. No les importaba que los llamaran policías del Presidente o guaruras, todo eso les daba lo mismo con tal de cuidar personalmente de la supervivencia y el bienestar de Allende, que siempre estuvo amenazado por paramilitares y ultraderechistas.

—Max Marambio —me contestó cuando le pregunté quién lo había reclutado—. Lo conocí en una organización de barrio de Santiago, un grupo obrerista muy cercano a la UP.

Me contó que Marambio era «un jefe». No era «el jefe», pero era «un jefe» en el GAP y que de ahí había venido luego la amistad con Fidel y con Raúl, y toda esa vaina de los negocios de los que hablaba todo el mundo. Lo que ocurría, me dijo, es que la envidia es muy grande, es la peor enfermedad del mundo, como un gas maldito que no tiene todavía inventado su antídoto, a no ser que uno se haga autista o amnésico, me dijo riéndose, pero que eso era lo último que iba a ir con él. Nunca sería un amnésico ni un autista, sino un revolucionario. De modo que sí, le gustaban mucho el trago y las mujeres, muchísimo, le hacían perder la cabeza y me contó que había tenido con sus pocos años un montón de amantes, desde mujeres muy importantes en la sociedad chilena, de la más alta estirpe, me dijo así mismo, hasta poetas, que para él, dijo riéndose a carcajadas mientras se echaba a la garganta un buen golpe de alcohol, eran el final de la escala social, el estrato más bajo, porque más bajo que una poeta mujer solo había una cosa, me dijo sin dejar de carcajearse.

—¡Un poeta hombre! —estalló, dando un golpe en la mesa de madera donde estaban los vasos de ron que nos bebíamos.

Esos eran los chistes que le gustaban mucho a Raúl y que después repetía el Jefe en todas las fiestas a las que yo pude asistir, con gentes que venían del extranjero y que parecía que nos querían y siempre iban a querernos, aunque al final fuera lo contrario, que nos querían un rato y luego se iban echando pestes. Pero Lucho Cerpa, no: Cerpa era revolucionario desde chiquitico y no podía concebir el mundo si no era un mundo constantemente en revolución y él dentro de ella, bailando y cantando las canciones revolucionarias. En ese largo monólogo que Cerpa empezaba cuando estaba ya bastante ebrio, arremetía contra los enemigos, citaba constantemente a Edwards, ese comemierda, y en eso tenía toda la razón Cerpa, y después empezaba a hablar de sí mismo, como un héroe que había resistido en el Palacio de La Moneda hasta el final, cuando ya se venía abajo el Palacio y los escombros y el polvo que provocaban los bombardeos casi no le permitían salir de aquel laberinto que fue el final de Allende. En un principio, me aseguró que él había sido testigo presencial de la muerte de Allende: cómo los militares le tiraron a matar a quemarropa, sin darle siquiera tregua a que se defendiera ni a que se entregara, que él, decía Cerpa, nunca en la vida se iba a entregar, tremendo tipo Allende, decía a la cubana Lucho Cerpa. No sé por qué sospeché desde el principio que había mucho de fantasmal e ilusionista en Lucho Cerpa, aunque al final era un tipo decente. Solo que se le iba el gallo y se sentía protagonista central de la Historia y de los GAP, del derrumbe del allendismo y de todo eso que fue un desastre y un golpe de Estado con la CIA detrás y delante.

—Porque sin la CIA, nada de esto hubiera sido posible —me dijo aquella tarde en la que se atrevió a contarme lo que él decía que era su gran secreto, un secreto que no conocía nadie—. Mira aquí —me dijo de repente—, aquí detrás.

Se levantó el pelo largo muy cerca de la nuca y dejó al descubierto una cicatriz que tenía la forma de un orificio de bala. Me quedé muy sorprendido y esperando que Cerpa me diera explicaciones.

—¡Es una bala!, coño, hermano, no han podido sacarla de ahí, está ahí dentro, como un testigo de la Historia chilena.

¡Cojones!, ¡una bala en la cabeza de Lucho Cerpa como un testigo de la Historia chilena! ¡Le zumba el mango!

—Iba saliendo de La Moneda, viejo, cuando sentí el silbido y, al mismo tiempo, una sensación de calor en la nuca que después se convirtió en dolor en todo el cuerpo. Imagínate el milagro, ni siquiera perdí del todo el conocimiento, me arrimé a un muro que encontré a mi paso y me mantuve de pie, tratando de comprender lo que había pasado. Alguien se acercó a mí, primero uno y luego dos compañeros del GAP, y me sacaron de La Moneda como pudieron. Más tarde me llevaron, yo estaba ahora sí medio muerto, me llevaron al hospital Central de Santiago. Ahí estuve tirado en una cama, esperando para que me operaran, estuve allí día tras día hasta más de un mes, mientras fuera los militares golpistas se hacían con todo y mataban a quienes se les ponía en los cojones. En el peor momento, hermano, yo estaba a salvo, esperando en la cama de un hospital que me operaran.

Me dijo después, con dos rones, que no pudieron sacarle la bala y que allí tenía el tiro, para que yo supiera que él, Lucho Cerpa, y se reía al decirlo, era una viva representación de la supervivencia y de que se podía, contra lo que dice casi siempre la ciencia, vivir con una bala en la cabeza como si tal cosa.

Yo estaba asombrado y, en todo caso, como no podía desmentir a Lucho Cerpa, terminé por creerme cuanto cuento él me contaba. Hay algo de ingenuidad que no hemos eliminado los revolucionarios de nuestras cabezas, como otra bala imaginaria que está ahí y que nos abre los ojos y nos toca el alma y entonces nos creemos todo a pesar de que sabemos que no hay que creerse casi nada o nada. Esa es la ingenuidad que mató, por ejemplo, al Che, que creyó que los indios bolivianos iban a hacerle caso, vamos, que le iban a rendir pleitesía porque lo verían como un Redentor y no como un intruso, como un extraño, y no se dio cuenta de que un negro en la selva de Cochabamba es como un marciano en La Habana, descendiendo delante de todo el mundo desde el infinito azul.

—Nada de eso es verdad, chico, te engañó —me dijo Marambio años después, cuando tuve confianza con él y en una fiesta con Raúl a la que tuve que llevarlo en auto me atreví a preguntarle por la bala de Lucho Cerpa.

Sí, claro, me dijo Marambio, tiene una bala en la nuca, un poco por encima de la nuca. Eso es verdad, pero el tipo, fíjate, hermano, él es un tipo que no distingue nunca entre la realidad y la ficción que construye sobre sí mismo constantemente. Si escribiera todas las historias de sí mismo que cuenta sería un gran novelista, pero se le iba toda la fuerza por la boca, se agotaba en aquella verborrea borracha llena de inspiración con la que inventaba su propia vida. La bala existía porque cuando era pequeño, en una de las frecuentes ocasiones en las que su padre le estaba dando una paliza a su madre, Lucho Cerpa había intervenido con violencia para evitar que el viejo matara a su madre. Había saltado sobre él, por la espalda, y lo había golpeado hasta la extenuación. El padre se revolvió, se lo quitó de encima de un puñetazo, se fue derecho al dormitorio gritando sin parar, te mato, cabrón, te mato, cabrón, te mato, y agarró su pistola de asaltar bancos, como la llamaba pomposamente, y le pegó un tiro. La bala le entró en la cabeza y se le quedó incrustada en ella, a dos pasos de elementos vitales para el organismo.

—Se salvó de milagro. Estuvo en un hospital un par de meses y no pudieron sacarle la bala —me dijo Marambio.

—¿Y fue del GAP? —le pregunté.

—¡Tampoco, chico, tampoco!, ¡ah, este loco de Lucho!, ¡qué historias se inventa!

Ahora vive en Santiago, o vivía, aunque ya no trabaja para Marambio, sino en un periódico de Chile. A imaginarse la de mentiras que les contará a sus lectores cada día. Ahora podía localizarlo, ahora mismo, llamándolo, tenía su teléfono por ahí, a Santiago, por si era necesario, por si desgraciadamente tenía que salir de Cuba, salir de la isla en los próximos días, y no tenía hasta dónde ir. Bueno, no tenía hasta dónde ir y tenía dos lugares a mano, lejanos pero a mano: Barcelona, con mi hija Isis y Mami, o Santiago de Chile, los dos lugares los conocía, mejor Barcelona que Santiago, pero en todo caso no me movería como un tipo que llega a estas ciudades por primera vez y no se encuentra y no se integra y se queda ahí, parado en una esquina sin saber para dónde moverse. Pero no lo llamé por teléfono, no le pegué un timbrazo. Sí, de acuerdo, por pura pereza y porque sabía que me iba a preguntar qué estaba pasando en La Habana y me hice la composición de lugar: le cuento la historia, que aquí no hay nada de nada, que nadie se ha muerto que merezca la pena, para que entienda, y vaya uno a saber los disparates que escribirá el tipo para contarles a sus lectores los preparativos de los funerales de Fidel Castro. Ni hablar del asuntico.

13.

Vaya, la fiebre siempre me deja adormilado. Medio sumido en pesadillas, malos sueños y recuerdos que no sé si de verdad son recuerdos o me los inventa la propia fiebre y me los mete ahí, en la cabeza. Al fin y al cabo, son secuencias que deben tener un sentido, si no ¿para qué vaina iban a estar ahí, dando vueltas en la mente? Me da incluso la impresión de que no escucho el ladrido de María Callas desde hace por lo menos dos horas, solo la bulla de esa radio de mi vecino, que siempre se pasa del nivel y la pone a un volumen que parece música del conciertódromo.

Ahora, hace nada, ya casi en la noche, se me metió en la cabeza la voz de Ochoa, hay que joderse. ¡La voz del general Ochoa en África! La voz del Calingo cuando era un héroe de la Revolución mundial, mariscal de campo de las tropas cubanosoviéticas en África, en Angola, el glorioso militar cubano más condecorado por el mundo entero, y por nosotros mismos, tenía más condecoraciones que el propio Fidel y un futuro, por eso, peligroso. Aquí, el que no entiende cuál es su medida exacta, y hasta dónde puede levantar la mano, corre el grave peligro de irse al infierno en un dos por tres y para siempre. Eso le pasó al Calingo. Todavía me recuerdo las veces que tuvimos que hacer operativos y operativos por toda La Habana y toda Cuba; por las mañanas aparecían las paredes de un montón de casas, en cualquier barrio habanero, en cualquier reparto de este mundo nuestro, con la vaina del 8A, ¡Ochoa! Ya lo habían juzgado y fusilado por traidor a la patria y al Estado, por narcotraficante y todo lo demás, y La Habana entera seguía con el mismo berrido: 8A en todas las paredes de todas las calles. Imagínense, teníamos que empezar la investigadera por los niños, seguir por los jóvenes y acabar con los maduros y los viejitos para ir metiendo miedo y que la cosa se calmara.

Fue en el verano del 89, lo recuerdo muy bien, después del fusilamiento de Ochoa y Tony de la Guardia, el coronel de la Moneda Convertible. Empezó a correr por toda La Habana un rumor como un hilillo de baba que se iba filtrando por todos lados y no había quien lo metiera en cintura. Aquí lo que pasa es que cuando un rumor se va del nivel, ya no lo podemos parar ni echándole una red de acero encima. El rumor en casi nada era el mismo en todos los lugares, desde La Víbora a Marianao, desde Miramar a Pogolotti: Fidel le cogió miedo al Calingo. Los yanquis lo habían avisado: que estaban encima de un grupito que parecía el cartel cubano de la droga colombiana; vamos, que por aquí pasaban los cargamentos y que Cuba se cobraba su aduana. Y solo faltaba que acusaran a Fidel los yanquis de la DEA con que él era un narcotraficante y que financiaba el ejército de invasión africano con el dinero que ganábamos en la droga. Cuando empezó todo ese tremendo revolú, me llamó desde Miami mi hermano Domingo, al que toda la familia de dentro y de fuera llama «el rico», y yo tuve que desmentirle, aunque fuera por formas, toda la información que me estaba dando ¡por teléfono!, ¡como si él no supiera que podían estar oyéndonos tranquilamente!

—Lo va a mandar a fusilar porque le tiene miedo a una sublevación —me dijo desde Miami.

—Una sublevación, ¿qué sublevación, muchacho? Aquí cada uno está en lo suyo y nadie se mete en nada, ¡para que tú lo sepas de una vez!

—La DEA lo tiene cogido por los cojones a Fidel.

—A ver, Domingo, chico, a ver si tú respetas. Acuérdate de con quién tú estás hablando y no pierdas del tino.

¿Y qué más podía decirle, qué más podía hacer yo sino eso? ¿Cómo iba a decirle que aquí dentro estábamos al tanto de la operación de desprestigio de Fidel en la que los yanquis se habían metido? Lo dejé hablar, que se explayara. Si estaban oyéndonos, que supieran (o que no supieran) lo que yo pensaba.

Cada vez que recuerdo este episodio, me acuerdo de aquella camarógrafa que acompañó durante años a Fidel por todo el mundo, y naturalmente por toda la isla. Iba con él, a un par de metros, echando película y película, rollos y rollos, durante años, y una vez me dijo en secreto, mira, tú, yo no me acostumbro a verlo ahí delante, mirándome fijo como si me fuera a mandar para la cárcel de un momento a otro, me dijo.

—¿Y por qué pensabas tú eso, chica? —atiné a decirle, con la intención de que siguiera contando. ¿Cómo se llamaba ella, Lidia? Lidia o Lissette, o algo así.

—Estoy convencida de que sabe lo que pensamos cada uno de nosotros en cada momento —me dijo, como si estuviera embrujada—. Él te echa los ojos encima y te vacía el pensamiento...

—Chica, chica, no seas así, no te subas del nivel, que eso tú sabes que es santería pura, mi hermana...

Pero «mi hermana» Lissette seguía contándome.

—No, no es santería, ni tiene nada que ver con la brujería. Es psicología. Él sabe que, en cierto modo, es el padre de todos nosotros y sabe que nos mira y con eso ya está todo: sabe hasta los más mínimos pensamientos que tenemos.

Seguramente ese tremendo pavor fue el que acabó por echarla fuera y en un viaje a Europa se quedó por ahí, en Madrid, una temporada, y luego se vino a Miami, ahí se le perdió la pista y no se sabe bien dónde está ahora. Pero fue un ataque de pavor lo que la llevó a ese suicidio de escaparse cuando estaba en la gloria, en lo más alto. Y a ver dónde estaba Ochoa: pues en lo más alto de lo más alto.

—Ese es el peligro, chico, que no te das cuenta de que ese es el peligro y la trampa en la que ha caído Ochoa —seguía empeñado mi hermano Domingo desde Miami, por teléfono.

Para él, la gloria del Calingo era su gran fracaso y hasta su muerte. Un tipo que había sido el mariscal en África de una fuerza expedicionaria cubana de primera línea de combate, de más de cincuenta mil hombres; un tipo que además había vivido la Perestroika y la era Gorbachov; un tipo que, desde que era un niño, sabía lo que sabía y se conocía la Revolución hasta por los forros que no veía nadie; en fin, un tipo de las más grandes alturas; un general al que nadie había puesto en duda nunca, un general que, al final y para su desgracia, él era también y en lo más la Revolución. ¿Estaba en riesgo o no?

Cuando los soldados africanos llegaron a La Habana y se quedaron ahí, sin trabajo y en la cuneta, se iban de cabeza y en peregrinación a la casa de

Ochoa. Parecía un jubileo. Iban a quejarse a casa del gran brujo, que no se dio cuenta nunca que el gran brujo de verdad, el único brujo que podía ser llamado brujo y más nadie, le puso el ojo encima y adivinó lo que estaba pensando.

—Le puede dar un golpe de Estado, una sublevación militar, muchacho, que vives ahí y no te enteras —me dijo por teléfono mi hermano Domingo.

Se había vuelto un descarado Domingo Cepeda desde que se hizo rico, supongo yo. Eso es lo que da la propiedad y el dinero, una soberbia de mierda que termina matando el alma del ambicioso. Y él, a mí por lo menos en esa distancia me lo parecía, se había vuelto un vanidoso y un imprudente, como si fuera uno de los jefes de la gusanera. Todo por el dinero que había hecho en tan poco tiempo, que hasta me llegó el rumor, que resulta que era verdad, que tenía mi hermano ya hasta dos gasolineras en un par de repartos de Miami City. Pero mi hermano se fue de la isla desde hace mucho rato y desconoce cómo es la vaina aquí dentro, no sabe nada más que lo que le llega mediatizado y manipulado por la gusanera y no sabe tampoco que aquí un golpe de Estado militar es imposible. ¡Cómo nos vamos a dar un golpe a nosotros mismos! Eso le dije.

—Idiota, óyeme bien, tú, ignorante, ¿cómo tú crees que nos vamos a dar un golpe a nosotros mismos?

Pero cuando se lo iba diciendo, cuando más levantaba la voz, más me iba viniendo a la cabeza la autoridad del Calingo. Había que verlo en Cuito Cuanavale al frente de los carros de combate. Aparecía al frente, se levantaba sobre los demás y con la mano en alto lanzaba la voz de ataque, adelante, adelante, adelante. Sí, había que verlo. Y eso es lo que decía la gente en las calles de La Habana, que el luchador, que el guerrero, que el general era Arnaldo Ochoa. Que los demás, incluidos Fidel y Raúl, no habían salido en decenas de años de un despacho oficial y que estaban viejos para entender la nueva sangre y la juventud que necesitaba Cuba para salir del bache del pasado e incorporarse al futuro. No nos dimos cuenta de que ese rumor que se hizo dueño de toda La Habana, y de toda Cuba, se le caía encima al propio Ochoa y lo señalaba como la próxima víctima de los Castro. Sí, ahora lo digo, porque ahora lo sé, fue la víctima de los Castro, que vieron venir el peligro.

Cuando lo fusilaron me llegaron noticias de que Raúl se echó a llorar. En el fondo es un sentimental obligado por la Historia a ese papel de chico malo, cuando todos sabemos que él es un tipo entero, un cubano cabal, que se preocupa de todo, un tipo organizado y con conciencia. Pero también todos sabemos que le tiene un tremendo pavor a Fidel y que no le contradice en nada por si acaso. El Calingo sí, el Calingo le llevó la contraria en Cuito Cuanavale y, coño, tenía razón el general Ochoa. Si él hubiera planteado la batalla como Fidel le ordenó, habríamos perdido para siempre la guerra y, sin embargo, desobediente y todo, la ganó. Es decir, ganó la guerra porque no le hizo caso a Fidel, para que lo entiendan con una sola frase. De modo que mi hermano Domingo Cepeda tenía razón en eso: todo cuanto el Calingo había hecho por el triunfo le estaba cavando la tumba de diez metros bajo tierra. De modo que hubiera sido mejor que obedeciera a su Comandante en Jefe y perdiera la batalla y la gloria militar e histórica a ganarla como la ganó quitándole la razón militar a Fidel. Dicen que eso lo mató, la soberbia razonable, decían de broma los segurosos. Y es que a Fidel, deberían saberlo sobre todo los que trabajamos con él, no se le puede llevar la contraria, ni siquiera cuando no tiene razón, y yo diría ahora que sobre todo cuando no tiene razón. Porque eso, tú, te cuesta la vida y más nada. Como al Calingo. Así que Radio Bemba puso en circulación que Raúl se había echado a llorar delante de su espejo cuando le dieron la noticia de que ya Ochoa había sido ejecutado y que Fidel, muy serio, pidió la película del fusilamiento y se la llevaron a su despacho en el Palacio de la Revolución y cuando lo vio no pudo evitar decirlo: murió como un hombre. Eso dijo de Ochoa y eso es lo que corrió por toda La Habana cuando la película empezó a caminar de manera privada de casa en casa, de barrio en barrio, y todo el mundo pudo ver al héroe africano gritando por última vez viva la Revolución, tan tranquilo, sabiendo que en dos segundos más la descarga se lo iba a llevar para el carajo para siempre. Así fue. Así murió el tipo, como un hombre de verdad, como un guerrero, que es lo que era exactamente.

Cuando yo lo conocí de cerca en África, durante una expedición que hicimos allí llevando a Fidel desde La Habana hasta el cuartel general de nuestras tropas, emanaba un tremendo poder el Calingo. Miraba con aquellos ojos y te penetraba, te hipnotizaba, te rendía. Si además tenías acceso a su hoja de servicios y veías la cantidad de hazañas que llevaba encima aquel hombre, se quedaba uno anonadado. No había perdido una guerra en su vida, ni siquiera una batalla, eso era lo que decía su hoja de servicios y lo que decía él mismo: que las batallas que parecen menores son las que van haciendo que la guerra se gane o se pierda. Y llevaba razón, solo que llegó un momento en que sus victorias y su personalidad, su carisma en el Ejército cubano, se hicieron un peligro para Fidel. Y entonces, ahora mismo otra vez, es cuando me acuerdo de lo que me confesó la descarada de Lissette, que estaba completamente segura de que Fidel nos miraba y conocía cada uno de nuestros más escondidos pensamientos. ¡Vaya uno a saber si no supo de antemano que el Calingo le iba a dar un golpe militar para hacer una Perestroika como la rusa! Eso no lo podemos saber, sobre todo porque está prohibido hablar de Ochoa y de ese verano nefasto del 89.

Ahí, a partir del mes de julio del 89, todo el mundo creyó que Cuba se iba a partir en dos: unos, los que tomarían parte por el Calingo y por Tony de la Guardia, y otros los que seguirían fieles a Fidel. No tienen ni idea de que aquí en Cuba todo el mundo come pasta, lo que pasa es que es la misma pasta la que comemos todos, la pasta que nos da Fidel y más nada. Hubo, eso sí, un silencio, esos rumores que se levantan apestosos por toda La Habana y que parecen comenzar otra revolución contra la misma Revolución, pero todo se apaga dos días más tarde, lo sabemos bien. Se infla el globito e inmediatamente, cuando está lleno de aire, se le pincha y se funde todo.

En cuanto a Tony de la Guardia, era como nosotros, un patente de corso, pero en las alturas. Un jefe, vaya, para que me entienda. Nada ni nadie se le ponía por delante, y solo les daba parte de sus cosas a Fidel y a Raúl. Tenía el beneplácito de los dos y hacía lo que se le venía en los cojones, dentro y fuera de

Cuba. Con razón cuando vinieron a detenerlo estaba en el jardín cultivando sus florcitas preferidas y deliciosas, las orquídeas, y no se creyó nada de lo que le decían los soldados y la policía: que quedaba arrestado en nombre de la Revolución. Se quedó atontado mirando para ellos y si Fidel hubiera estado allí se habría dado cuenta de que Tony estaba pensando que cómo venían a buscarlo, si él mismo era también la Revolución, escúchenme bien, la Revolución en lo más alto. Se sonreía como el que se despierta de un mal sueño cuando le decían que se diera preso por traición a la patria y por narcotráfico. No entendía, se negaba a entender, y cuando quiso entender ya era demasiado tarde, ya estaba metido en el laberinto y ni siquiera García Márquez, su íntimo amigo, pudo salvarlo. ¿Y en qué cojones le llevó la contraria Tony de la Guardia a Fidel, en qué lo contradijo o desobedeció? Todo eso está por averiguar, pero no se puede hablar de nada de eso, como si no hubiera sucedido nunca, esa es la vaina, que aquí el tiempo está suspendido en el aire pero al mismo tiempo ese tiempo corre que es una barbaridad y cuando menos se espera te aplasta. Eso fue lo que le pasó a Tony de la Guardia, y a su hermano Patricio, el pintor, y a Ochoa, y a los demás. Pero la verdad, la verdad, que haya traicionado a la patria y a la Revolución y eso del narcotráfico..., lo confieso, ni siquiera yo mismo me lo he creído jamás.

—Se los raspó por lo que dice tu hermano Domingo, Gualtel, que tú estás cieguito, chico —me recriminó Mami cuando le pedí prudencia en lo que hablaba durante aquella temporada.

Nada más decirle yo que había que tener cuidado con lo que hablaba, y que nos habían prohibido comentar nada sobre los traidores y eso, bueno, ella empezó a despotricar como si tuviera unos conocimientos del máximo nivel. Que lo que pasó es que Él le cogió miedo al Calingo, porque las cosas habían llegado a tal estado que Ochoa tenía ya más cartel y más carisma entre las tropas y en el Ejército que el propio Raúl y el propio Fidel.

—Negrón, ¿tú sabes lo que te estoy diciendo, lo estás entendiendo?

Mami pensaba lo mismo que mi hermano Domingo: Mami pensaba lo mismo que pensaba toda la gusanera de Miami; Mami pensaba lo mismo que pensaba toda La Habana y toda Cuba; y yo, para qué cojones voy a negarlo a estas alturas, pensaba lo mismo que Mami y todos los demás. Lo pensaba pero no del todo. Lo pensaba como una tentación en la que me resistía a caer. Lo pensaba pero no quería pensarlo, entre otras cosas por si me encontraba en cualquier ópera con Fidel y el tipo de repente me miraba, me echaba los ojos encima, me dejaba desconcertado y, finalmente, me mandaba detener porque yo estaba pensando lo mismo que la gusanera y él lo sabía. Ni hablar.

Pero Mami seguía con la jiribilla. Le entró como una locura de hablar y no paraba de comentar con el primero que llegaba a casa sobre el asunto de Ochoa y De la Guardia. Me recuerdo que era como un monólogo, que la persona que llegara, fuera amigo o no tanto, guardaba un silencio absoluto, ni siquiera se le ocurría abrir la boca para echar un bostezo, se callaba mientras Mami soltaba la retahíla, y aquella persona silenciosa que estaba oyéndola miraba para todos lados buscando los micrófonos invisibles, y después miraba para mí con misericordia, porque sabía que Mami me estaba comprometiendo más de la cuenta, y hasta que la visita no se marchaba ella seguía con la misma manía. ¡Como si Tony y Ochoa hubieran sido íntimos amigos suyos! Ni siquiera los conocía, pero hizo de aquellas muertes su causa de protesta y, carajo, no había quien la silenciara. Ahí empezó, yo creo, nuestra distancia, ahí empezó el aire fétido de nuestra separación. Empecé a perderle confianza, empecé a inquietarme por lo que me pudiera ocurrir, por lo que le pudiera suceder a ella y lo que pasara con mi hija Isis, que estaba empezando a bailar en el Tropicana y a pasar modelitos en La Maison, o sea que yo la había situado en la élite y la madre con sus quejas y protestas gritonas podía despeñarla en cualquier momento y quitarle el puesto de privilegio que le habían dado a mi hija. Ella, Isis, tampoco hacía nada por darse cuenta del privilegio en el que vivía, una bequita del carajo para ser simplemente la hija bella de un coronel a punto de jubilarse de la Seguridad del Estado, pero ella no tenía en cuenta nada de eso. ¿Cómo nos llamaba? Los dinosaurios.

—Ya se están matando entre ellos, Mami, ¿lo ves? —le dijo un día a la madre, delante de mí, siempre comprometiéndome.

—¿Qué tú estás diciendo? —interrumpí, como si se hubiera dirigido a mí.

—Lo que te dije, papi, tú también lo sabes: que los dinosaurios se están ya matando entre ellos. Este es el fin, viejo, vete enterándote —me contestó, como siempre descarada.

La gente joven siempre es rebelde, pero en el caso de mi hija Isis la cosa se había pasado de color y parecía una enfermedad. El día que se lo dije, que se estaba enfermando de la cabeza por tantas boberías que pensaba, me contestó como si yo no fuera su padre, sino un policía que la había detenido en la calle y le estaba pidiendo su filiación completa, incluida su hoja médica.

—Eso se llama claustrofobia, jefe —me dijo a la cara, muy lentamente—, hay presos que no podemos soportar estar encerrados y lo que queremos es volar, volar, volar, como las mariposas o como las águilas reales, que pueden tirarse noventa millas en un par de horas y a favor del viento. Aire, jefe, aire, aire, es lo que necesitamos, y menos dinosaurios.

La claustrofobia era la coartada más socorrida por los presos para que los sacaran al patio cuando ya no podían estar más en la celda. Claustrofobia, padezco de claustrofobia, decían. Y ahí empezaban las pesquisas de los médicos psiquiatras de la cárcel, para arriba y para abajo, una preguntadera interminable que iba a la hoja médica de cada uno de los que decían sentirse enfermos de claustrofobia, y luego a la mayoría los regresaban a las celdas y uno, cuando iba a la cárcel, los oía dar gritos y llorar. Entonces les tiraban un chorro de agua fría, y otro y otro, hasta que dejaban de llorar, hasta que se callaban y se quedaban ahí, en un rincón de la celda, a oscuras, hablando en baja voz consigo mismos, ahí estaban poco a poco, hasta que perdían la razón del todo y, después de una temporada, los sacaban y los llevaban para cualquier frenopático a ver si los curaban. Pero qué va, casi ninguno se curaba, y mi hija Isis, que no estaba enferma de nada, había que ver lo hermosa y simpática que era cuando quería, tampoco parecía curarse de esa manía de pedir aire, aire, aire...

—Porque cuando te digo aire, papito, te digo libertad, ¿tú me entiendes? —me decía de vez en cuando si yo le preguntaba si se sentía mejor de lo que no tenía, de la claustrofobia de la que se quejaba.

Creo recordar que ya les dije que esa era una de mis penas más grandes, una pena que llevaba callada, una de las tristezas más grandes de mi vida: que mi hija Isis saliera calcada a su madre, y encima mucho más guapa y bella, y mucho más imprudente, aquí, en Cuba, en La Habana, donde la prudencia es un mérito que te gana galones en muy poco tiempo, y ella no hace más que dar griticos y griticos de protesta que cada vez suben más y sé, por propia experiencia, que esto va a acabar mal para ella, para la madre y para mí, me lo temo y sé por qué me lo temo.

Cuando Isis conoció a Joel y lo trajo hasta la casa de Luyanó para que lo conociéramos, yo estuve muy contento porque creía que aquel joven integral me la iba a salvar de las locuritas que su madre y vaya a saber qué aventureros amigos le habían metido en la cabeza, ideas que ya estaban al borde mismo del abismo, de la contrarrevolución, pero ni hablar. Ni siquiera Joel pudo con ella. Mejor para él. Ahora lo veo ahí, de vez en cuando, jugándose el tipo con los clientes del Cohíba, vendiendo tabaco del mercado negro. Se lo he dicho un par de veces, le he llamado la atención, porque todo el mundo lo está viendo, y que todo lo que se ve se sabe, ¿verdad?, Joel, coño, tápate, que todo el mundo te está viendo y un día te trancan y te llevan para la cárcel. Él se ríe. Hay un deje de tristeza en su sonrisa, yo creo descubrírselo, cuando me ve. Seguro que está pensando en Isis, la voladora, la mujer del aire que se le fue a Barcelona a bailar para el capitalismo, ¡hay que joderse con los hijos de la Revolución!

—No te preocupes, Walter, esto está matao, estoy cubierto, chico —me contesta con todo desparpajo.

—Eso es lo que tú te crees, mijo, pero aquí nadie está a salvo si incumple la ley.

—La ley, hermano, somos nosotros —me contesta sonriendo. Y entonces es cuando yo me acuerdo una vez más, en silencio, no digo nada, pero me acuerdo, de Ochoa y de Tony de la Guardia, ¿cómo iba a detenerlos la ley si la ley eran ellos mismos? Ahí está la vaina, ¿verdad?

14.

A partir de lo de Ochoa estuve una temporada en plan piyama. No porque me mandaran para mi casa como cómplice de los que habían sido fusilados, sino porque me entró una baja mortal, una desazón y una angustia que no había sentido en mi vida. Mami le puso nombre de fantasma: el yuyu.

Comoquiera que sea, el yuyu, vamos a llamarlo así para entendernos todos, comenzó como una especie de picazón del alma, porque yo nunca había sentido miedo, ni había sudado de pánico como sudé en aquella ocasión. Si hubo un indicio que me hizo pensar que algo aquí dentro, en mi cabeza, iba rematadamente mal, fue aquella manía que sentí de repente de tocar las llaves que llevaba en el bolsillo. Tocaba las llaves ahora mismo y dentro de un par de minutos, creyendo que las había perdido, volvía a echarme la mano al bolsillo para constatar que las llaves seguían allí, que no se me habían perdido. Pero entonces, después de tocar las llaves por enésima vez, me hacía a mí mismo la más torpe de las preguntas que jamás me había hecho: ¿qué pasaría si perdía las llaves de mi casa, las llaves de la taquilla en la Seguridad, qué pasaría si perdía las llaves del auto de la policía que tenía a mi cargo y que siempre manejaba yo? Un día cualquiera, sudando de angustia, se lo pregunté a Mami, que me miró con una expresión de asombro sorprendente.

—Pero, negrón del carajo, ¿qué va a pasar? Nada, ¿no estoy yo aquí en casa acaso? —me contestó.

Sí, ella estaba en casa, pero ¿y si no hubiera nadie en casa y yo necesitara entrar inmediatamente, qué haría si Isis tampoco estuviera, y si nadie me pudiera ayudar, nadie, nadie?

—Pues, chico, Gualtel, qué pesado te vuelves, no pasaría nada. Te esperas y ya está, más nada.

No. A mí no me parecía esa la solución del problema. Ni siquiera lo que me decía Mami casi furiosa, que en última instancia un cerrajero solventaría la cuestión en un par de minutos. No, también podía solventarlo en menos tiempo y con mis llaves perdidas un ladrón de la calle. ¡Un robo en la casa de un coronel de la Seguridad del Estado! ¿Y por qué? Porque el muy comemierda había perdido las llaves, las había dejado por ahí, en un cafetucho cualquiera, se había olvidado de ellas y cuando las había echado en falta ya era demasiado tarde. Alguien las cogió, supo dónde vivía el coronel Cepeda, se fue para Luyanó en dos minutos y le vació la casa en dos segundos. Lo peor fue cuando un día, sentado en un taburete del Gudari, se me cayeron las llaves del bolsillo de los pantalones cuando estaba tomando café. No me di cuenta de nada. Estaba pensando en cómo liberarme de aquella angustia que no sabía por qué me había entrado tan hondo (aunque sí lo sabía, eso lo supe después más bien, cuando se me pasó el yuyu). Me habían dado de baja y pasaba el día sin hacer nada, sin apetito de ninguna clase, como una yerba cualquiera, un vegetal que está ahí tirado en el sofá de su casa y no quiere levantarse. Mami me animaba a salir y de vez en cuando yo salía, porque no quería irme de casa no fuera a perder las llaves, ahí empezó toda esa locura, en las llaves.

—Las llaves, campeón, que te las dejas atrás —oí que me decía Patxi.

¡Coooñooo! Me entró un pavor y empecé a sudar como si estuviera dentro de una sauna sueca. Un sudor frío que me bañaba el cuerpo entero y me llegaba al alma, me quitaba las fuerzas y me dejaba como si las fatigas me fueran comiendo de un golpe la respiración. Tengo que decirles algo de este sudor frío: nunca lo había sentido, en la vida, pero se me quedó para siempre. Secuela llaman a eso, restos, memoria, recuerdo del yuyu que, junto con otras incomodidades, ya nunca me abandonará, jamás y nunca, como me decía mi psiquiatra, la bellísima doctora Galarza. Todavía joven, la doctora Galarza era un producto exacto de lo que la Revolución quería de un ser humano: belleza física, solidaridad, franqueza, profesionalidad, autoridad, humanidad, sacrificio. Era bellísima, suavemente prieta, con caderas tan femeninas que uno no podía dejar de admirarlas. Tenía el cabello negro y largo, recogido siempre en un moño. Sus ojos negros eran profundos y cercanos, irradiaban una humanidad poco común. Y sus piernas eran de bailarina del Tropicana. ¿Había sido ella bailarina en su juventud, atleta en los Panamericanos, en las Olimpiadas?

—Algunas cosas se quedan para siempre. Son secuelas, el recuerdo de la enfermedad que ya no abandona a uno hasta que se muera —eso decía la doctora Galarza.

Yo la admiraba hasta más allá de mi propia humanidad y creo que acabé enamorándome mucho de ella, aunque nunca se lo dije. Mami no me notaba ninguna rareza porque ya estaba raro con el yuyu, y además esa pasión que comencé en secreto a sentir por la doctora Galarza, en secreto tendría que llevarla para siempre porque no iba a decírselo a nadie, ni a ella tampoco, menos que a nadie. Me moriría de pena si ella se daba cuenta de lo que estaba sintiendo por ella en pleno yuyu, de manera que ese silencio de la pasión era como una frustración más que me provocaba una ansiedad descomunal. Cuando no la veía, mi ansiedad subía, pero cuando la veía subía mucho más, sin poderlo remediar. Los que saben de estas cosas dicen que los pacientes terminan siempre, de una manera u otra, enamorados de su psiquiatra. Y lo peor: dicen que los psiquiatras lo saben, lo notan en el comportamiento del paciente. Yo sufría mucho, se me llenaban el cuerpo y el alma de ansiedad cuando iba a ver a la doctora Galarza y trataba de no mirarla de frente. En mi delirio, recordaba lo que me había dicho Lissette, la camarógrafa de Fidel: que Él sabía lo que cada uno de los cubanos pensaba en el momento en que le echaba los ojos encima. De modo que yo trataba de huir de la mirada de la doctora Galarza, de los ojos negros y profundos de la doctora Galarza. Pero cuanto más trataba de huir de su mirada, más la miraba, más me quedaba prendado de sus ojos, de su mirada y su figura, de sus hoyuelos en el rostro, de aquella incipiente sonrisa que no la abandonaba jamás.

—Compañero, tú tienes un principio de trastorno obsesivo compulsivo —diagnosticó—. Es muy bueno que hayas venido tan pronto, porque se pasará pronto si sigues la medicación que te voy a dar.

—Trastorno obsesivo compulsivo —le dije a Mami cuando pude llegar a casa.

—Nada, Walter, nada que no se pueda quitar. Una locurita la tiene cualquiera —me contestó ella, sonriendo.

Mami, la psiquiatra de mi casa: una locurita, pronosticó. Mami la psiquiatra podía haber dicho: demencia senil, y haberse quedado tan campante.

De modo que todo había empezado por las llaves. Y cuando se me cayeron en el Gudari me asusté mucho, porque era como si se hubiera cumplido el presagio maniático que me había tenido convulso con las llaves durante meses. Después, o al mismo tiempo, o incluso antes, me empezó a venir una fotofobia sin explicación alguna. Tuve que ponerme espejuelos oscuros para que la luz no me irritara los ojos. Apenas podía mantenerlos abiertos sin ponerme los lentes oscuros y la claridad de La Habana, casi siempre tan azul y luminosa, comenzó a ser una enfermedad para mí. Cuando la doctora Galarza me dijo que era fotofobia y que, en estos procesos psíquicos, la cosa era normal, me tranquilicé un poco, más que porque me tranquilizara yo porque ella me lo había dicho, y cualquier cosa que ella me dijera me tranquilizaba. Ustedes saben cómo son estas cosas: te pones apenas sin darte cuenta en manos de alguien como la doctora Galarza y le vas cediendo todos los bártulos hasta depositar en ella tu confianza entera. Vaya, tu propia voluntad. Te entregas en sus manos y lo mejor es que te gusta estar en esa situación, dejándote ir hacia el otro lado, hacia el lado de ella, de la doctora Galarza. Me da pena contar que sí, vaya, estaba entregado, y que muchas veces cuando iba a la consulta tenía ganas de decirle de un golpe lo que sentía por ella. Pero entonces, me decía yo a mí mismo, corres dos riesgos seguros: que deja de ser tu gran secreto porque lo sabe otra persona, el destinatario de esa pasión, y que la doctora Galarza se quede sorprendida y no tome ninguna determinación en el asunto. Vaya, quiero decir, como que no te ha oído decir nada y que lo que, en todo caso, dijiste forma parte de esa jodida enfermedad que es el trastorno obsesivo compulsivo.

Cuando una mañana salí a la cuesta de Luyanó por donde está mi casa y no pude cruzar la calle por mí mismo, me vi más perdido que nunca en mi vida. En los alrededores de Cuito Cuanavale me quedé una vez solo, con el arma en la mano y más nada. La columna caminaba delante y yo perdí mi posición en ella, me fui quedando detrás sin darme cuenta y, de repente, me vi en la orilla de un riachuelo yo solo. Me entró el miedo, las dudas de lo que debía hacer con toda rapidez. No se oían sino los ruidos de la selva y quedé allí, paralizado, perdido en aquella jungla desconocida. Era como despertar de una pesadilla y encontrarme solo en un lugar que nunca había visto en mi vida. Solo, me dije, estás solo, y probablemente por tu irresponsabilidad de mal militar. Ya te advirtieron que había que tener cuidado, que te podías perder en la maraña de la selva, pero tú no hiciste caso, te confiaste, te dejaste ir y ahora estás ahí, a punto de naufragio y en una soledad en la que nunca antes has estado. Vaya, que estaba petrificado, sin voluntad ninguna, envuelto por aquel paisaje agobiante de la selva, con el viento caliente dándome de lleno en la cara como si intentara quemarme. No sé cuánto tiempo estuve allí, en aquella charca solitaria de Cuito Cuanavale que pudo ser mi tumba, pero después de un tiempo eché a andar sin rumbo fijo, hacia delante o lo que yo creía que era hacia delante. Crucé el riachuelo con lentitud, sin hacer ruido, con el arma en alerta y dispuesto a todo con tal de defender mi vida y salir de allí cuanto antes e indemne. Un par de horas después, llegué a un claro desde donde, milagrosamente, divisé mi columna a una milla de distancia de donde yo estaba. Cuando llegué a ella estaba exhausto, pero nadie se había dado cuenta de mi error, nadie me dijo dónde carajo te metiste, dónde coño te perdiste, nadie me dijo nada entonces, ni nadie se enteró del fallo que había cometido. Pero cuando salí de mi casa de Luyanó y tuve que cruzar la acera, el pánico se apoderó de mí y me quedé allí quieto, inmóvil, como un muerto, sin atreverme a moverme, como cuando estaba en la orilla del riachuelo en Angola, en pleno frente de la guerra. Algo me decía dentro de mí que no intentara cruzar la calle, que me iba a matar en ese intento. Que me volviera a mi casa y me quedara tranquilo, en mi alcoba, quieto, con mi piyama, hasta que pasara el peligro. ¿Qué peligro?, me decía yo a mí mismo. A ver: las dos voces eran la mía, la misma voz, pero tenía dos tonos, y una me decía una cosa, que me quedara en mi casa lejos del peligro de cruzar la calle, y otra, que era la misma pero diferente, me preguntaba qué carajo de peligro había en cruzar una calle que había cruzado miles de veces sin tener en cuenta aquel peligro que según la voz se me venía encima.

—Como una inminencia —le dije a la doctora Galarza en la sesión siguiente.

—¿Como una inminencia, qué es eso? —me preguntó, como si no supiera, que lo sabía, lo que yo le estaba diciendo.

—Como algo tremendo que está a punto de ocurrirme y que tengo que evitar a toda costa —le traduje la inminencia.

—Claro, claro —contestó por todo comentario, tomando notas, supongo que de las cosas que yo le iba contando.

Que la única manera de vencer ese falso obstáculo que se me había puesto delante era perderle el miedo al falso miedo que me provocaba la carretera. Eso me dijo la doctora Galarza. Que no me quedara ni un minuto en mi alcoba, que no siguiera los consejos de aquella parte de mi voz, sino que saliera para la calle cuantas veces pudiera y me paseara de manera normal entre gente normal.

—Pero yo no estoy normal, doctora Galarza —le dije.

Me hubiera gustado desde entonces y desde mucho antes llamarla por su nombre de pila, eliminar todo cuanto nos separaba en la distancia del paciente y del médico y entrar en la confianza de dos amigos que quieren pasar inmediatamente a la complicidad, el estado ideal de la amistad, donde todo es posible, incluso la pasión del amor que yo estaba inútilmente tal vez esperando de ella.

De vez en cuando reflexionaba sobre lo que me había dicho Darsy, la doctora Darsy Galarza, en la primera consulta: que ese mal que ahora afloraba al borde de los sesenta años que yo tenía era un mal que siempre estuvo conmigo.

—Desde niño —me dijo—, pero de una forma latente.

Se lo negué con toda rotundidad: yo nunca había sentido nada en los ojos ante la luz ni ante la oscu-

ridad, quiero decir, nada anormal; jamás había sentido miedo a perder las llaves de mi casa, al fin y al cabo
siempre habría otra llave que abriera la puerta de mi
casa; jamás había sentido miedo de nada, doctora Galarza, jamás, y ahora que lo pienso ni siquiera sentí ese
miedo agorafóbico en Cuito Cuanavale, cuando bom-
bardeamos la ciudad y entramos en ella soldado cubano a soldado cubano tomando cada metro, eso sí que
fue una gesta guerrera.

—Usted, compañero Cepeda, no lo ha percibi-
do hasta ahora, pero lo tuvo desde pequeño.

Adoraba a aquella mujer. Adoraba a Darsy Galarza y la respetaba hasta el punto de no atreverme
a mirarla de frente, sobre todo no fuera a leerme el
pensamiento con esa limpieza que dicen que tienen los
psiquiatras y la gente de mentalidad superior como
Fidel para mirar de frente a uno y sacarle uno a uno
todos los pensamientos buenos o malos que está teniendo en ese momento. De manera que casi nunca
la miraba de frente, a los ojos, ni siquiera cuando
ella me rogaba que la mirara, y a mí me daba tremenda pena.

Me negaba también a ver el origen de aquella
enfermedad circunstancial que, sin embargo, iba a dejarme tantas secuelas para siempre. Me negaba a ver el
cambio terrible que había representado en mi mente
el fusilamiento de dos hombres que eran los mejores
de los nuestros, dos intocables, dos inmortales: Ochoa
y Tony de la Guardia. ¿Y qué, iba a decirle a la doctora Galarza, mire, doctora, lo que me pasa es que me he
venido abajo, que este terror pánico que no he sentido
nunca en mi vida, ni aunque usted diga con todos sus
conocimientos médicos que lo tenía desde niño, y que

ahora siento que me hace temblar durante todo el día
y toda la noche con un sudor frío que me deja el cuerpo oliendo a podredumbre, este miedo procede del
episodio de la muerte de Ochoa y De la Guardia?

—Tiene usted, compañero Cepeda, que haber
sufrido grandes desengaños, grandes decepciones en
su vida —volvió a diagnosticar la doctora Galarza—.
Decepciones y desengaños, en fin, una acumulación
de desilusiones muy grande para haber caído usted en
ese hoyo donde está y de donde lo vamos a sacar cuanto antes, hombre. ¡Tenga ánimo!

Y entonces, ¿qué? ¿Iba a confesarme con ella,
entregarme a su medicina, a su confianza, a su complicidad? ¿Y si después toda mi confesión iba a parar a
manos de los míos, a la Seguridad del Estado? Estaba seguro de que la doctora Galarza era una revolucionaria completa, como yo, sin fisura alguna. Y que
era una informante porque para eso todos los cubanos estamos obligados a informar a la Seguridad del
Estado, que siempre está en peligro. Los enemigos
son legión y muy poderosos, tanto dentro como fuera, pero el problema es que hay un momento de errores
que puede llevarte por delante, como un vendaval.
Todo puede ser malinterpretado, incluso por la doctora Galarza, y su informe elevado al máximo correc-
tivo, y no, claro que no, no me voy a dejar agarrar
por mi propio oficio y las triquiñuelas policiales
como si yo fuera un traidor a la Revolución, que no
lo soy. Pero luego, la vaina es así de tremenda, hay
otra voz que me dice que quienes asesinaron a Ochoa
y a Tony de la Guardia son traidores a la Revolución.
¡Cómo cojones le voy a decir yo a la doctora Galarza
que hay una voz mía, completamente mía, que me

dice que quienes mataron a Ochoa y a Tony son los traidores de verdad!

He hecho, escrito y leído miles de informes a lo largo de toda mi carrera de coronel de la Seguridad del Estado que meten al acusado en un laberinto sin salida, hasta que el pobre se rinde y se contradice en mil respuestas. La investigadera que le hacemos al preso es de tal calibre que acaba por darnos las gracias por haberle ayudado a confesar su deriva contrarrevolucionaria y, sobre todo, por quitarle el gran peso de la traición a la Revolución de encima, que eso es lo que más nos agradecen. ¿Y en ese mismo jueguito de ficha para acá y de ficha para allá me voy yo a meter si le cuento a la doctora lo que pienso? Porque si solo me lo lee, allá ella, puedo desmentirlo en cualquier momento, en cualquier lugar y delante de quien sea, sea lo superior que sea, ¿verdad?, pero si le largo lo que pienso con mis palabras y mi tono de voz ya estoy en manos de la otra persona, en este caso de mi psiquiatra, de la doctora Darsy Galarza, de la que además creo que me estoy enamorando pasionalmente como un pionero que vive sus primeros amores.

En casa, Mami me cuidaba como ella sabía cuando quería cuidarme bien.

—Estás muy confundido, mi negrito, pero eso se te va a pasar en unos días, ya lo verás —me decía, mientras trataba de que comiera un poco de arroz amarillo y frijoles, lo único que mi estómago y mi voluntad soportaban y solo de vez en cuando.

La peor etapa de la enfermedad fue cuando me negué a salir de la alcoba mañana, tarde y noche. Me pasaba en la cama todo el tiempo, dejándolo pasar entre ataques de pánico y silenciosos sueños, donde aparecían imágenes de pesadilla que me llevaban a recuerdos que yo creía perdidos. Por ejemplo, el miedo de Cuito Cuanavale, cuando yo estaba en el riachuelo, perdido en la manigua selvática. Me veía primero en mi cama, tiritando de sudor frío, y luego al cerrar los ojos y quedarme amodorrado por las pastillas que me recetaba la doctora Galarza, ahí mismo venía la lucha conmigo mismo y me veía allá, en la selva, solo, tiritando de frío, en el riachuelo africano que pudo ser mi tumba. Pero me veía otra vez y esta vez, ahora en el sueño de la enfermedad, entre la confusión y el trastorno, estaba yo allí sufriendo aquella experiencia pero de nuevo y mucho más fuerte. Me despertaba gritando y Mami me daba un vaso de agua. Me daba agua fría y siempre me repetía lo mismo.

—Es la fiebre, mi negrito, se te quita en unos días —decía.

Yo lloraba y tiritaba de pavor, sin parar. Volvía a quedarme dormido y entonces soñaba de repente con Darsy. Estábamos los dos solos en la clínica, no había más nadie: los dos solos, juntos nuestros cuerpos como si quisieran comerse de un bocado, yo le ponía las manos por detrás y le acariciaba las nalgas y ella me besaba, me recorría el cuerpo con su lengua. Y de repente estábamos los dos desnudos y se abría la puerta y aparecía uno de los jefes de la clínica con un par de custodios.

—¡Quedan los dos detenidos por escándalo público y por contrarrevolucionarios! —gritaba el jefe con su voz de mando.

Dicen que cuando uno sueña que está soñando es porque a lo mejor está uno mismo a punto de despertarse. Bueno, yo soñaba que estaba soñando, pero no me despertaba, de modo que la cosa no terminaba ahí. Nos llevaban a una comisaría, y luego desnudos como estábamos, que me daba más pena por ella que por mí (aunque a mí me conocían todos los compañeros de la Seguridad), nos metían en una celda en Villa Marista a la espera de hacernos un informe completo. Empezaba a hablar la doctora Galarza y le decía a Álvarez, el mismo teniente Álvarez que trabajó conmigo en el asunto del poeta Padilla, que yo había confesado que mi enfermedad, la enfermedad que me había llevado a su despacho, al despacho de la doctora Galarza, era la decepción que me había causado el ajusticiamiento de los dos traidores a la patria, Ochoa y De la Guardia. Yo la oía en el sueño, que no sabía que era sueño, y me preguntaba cómo lo sabía si yo no había confesado nada de eso. De modo que el pavor se adueñaba de mí cuando me daba cuenta de que lo que Darsy había hecho era ganarse mi confianza y leerme los pensamientos con la facilidad asombrosa que se les atribuye a los psiquiatras. Así que ya sabía lo que me esperaba: la condena a muerte por traición a la patria, contrarrevolucionario y cómplice de los traidores De la Guardia y Ochoa. Además, había estado en Cuito Cuanavale, lo que hacía más verosímil todavía mi confianza en el Calingo y sus amigos.

—¿Formabas parte de la banda, compañero Cepeda? —me preguntaba el teniente Álvarez con su voz de gallo peleón.

Entonces, de repente, Mami me meneaba el cuerpo en la cama, me acariciaba toda la piel sudada de frío y me calmaba.

—Tranquilízate, negrito, cálmate, que es la fiebre —me decía sin dejar de acariciarme.

No era la fiebre, sino la paranoia que me estaba creciendo dentro incluso de los sueños y que me había atenazado el apetito y la respiración. A mí jamás me había salido nada en la piel, y bueno, ahí comenzó a salirme un sarpullido, como costras de piel enferma en los codos, en el pecho, en las piernas, en los antebrazos. Cuando lo vio la doctora Galarza me dijo que eso era una respuesta del organismo a los nervios que estaba pasando.

—Es una especie de psoriasis a gota —me dijo.

Y no, me dijo, no se te quitará más del todo, me contestó cuando le pregunté si tenía cura.

—Habrá días mejores y días peores, pero una buena pomada cura muchas cosas —me dijo.

15.

Tampoco podía ver ninguna película de la televisión ni leer ningún libro, ninguna novela. A ver cómo lo explico para que, vaya, me entiendan a la primera: todo lo que intentaba leer, todas las películas o las telenovelas que intentaba ver para entretener el tiempo de la enfermedad, me sentaban como una patada en los cojones. Sucedía que cuando veía o leía me señalaba como culpable de delitos que yo no reconocía haber cometido jamás, ni siquiera de pensamiento. Claro que en una de esas sesiones se lo conté a la doctora Galarza y ella no tuvo ningún obstáculo en volver a repetírmelo: que en el proceso de aquella enfermedad había dado un salto de calidad hacia la paranoia y que había que salir del laberinto cuanto antes.

—Como cuando no quería usted salir de la habitación y consiguió por fin hacerlo —me dijo.

Sí, verdad, lo conseguí pero con mucho esfuerzo. No quería salir de la habitación porque me podía ocurrir algo, otra vez esa sensación de inminencia sin sentido que tenía el miedo metido en el cuerpo. Un día se me acabaron las cuchillas de afeitar y tuve que salir del baño y de la habitación para conseguir una en la despensa, que es donde estaba el almacén de la casa, y ahí me quedé otra vez petrificado, sin poder dar un paso, como si temiera morirme nada más traspasada la puerta de mi cuarto. Sabía que no podía ocurrirme nada en mi casa, pero al mismo tiempo algo muy superior a mis fuerzas me impedía pasar del umbral de la puerta. Ahí me vio Mami, de pie y tieso como un palo, y se quedó asustada porque yo tenía (eso me dijo) cara de fantasma, como si me hubieran hecho un amarre y anduviera por ahí sonado como un sonámbulo, con cara de fantasma y cuerpo de muerto. Así me vio Mami, en la puerta, sin querer moverme hacia delante ni hacia atrás.

—Mira, mijo, Walter, muévete, verás que no pasa nada, ven conmigo, mi amor, verás que no hay nadie —me decía cariñosa.

Pero yo me volví sin violencia alguna sino lentamente a mi cama y me cubrí con aquellas sábanas que ya olían otra vez a la podredumbre de mi sudor enfermo y que a mí, sin embargo, incluso ese olor, me reconfortaba. Al mismo tiempo, cada vez que me acostaba y parecía que iba a descansar un rato sin pánico y sin sudores, sin pensamientos malos ni sueños de pesadillas, bueno, entonces me veía en el despacho de la doctora Galarza y oía su voz reconviniéndome.

—No pase mucho tiempo en la cama, compañero Cepeda, que la cama es muy mala consejera —me decía.

Y esa, lo confieso también, es una de las secuelas que me quedaron del trastorno psíquico que tuve: el gusto por estar en la cama, por pasar en la cama todo el tiempo que pueda. Si la gente supiera el placer que yo saco de esos ratos en los que estoy quieto, sin pensar en nada, sin moverme, en mi cama, al oscuro como estoy ahora, a ser posible en silencio, aunque ahora sigo oyendo el transistor del vecino a todo volumen; pero lo que digo, si la gente supiera el goce tan grande que yo saco de esos largos ratos que pueden llegar a días en mi propia cama, sin hacer nada, me tomarían por enfermo o por vicioso. Definitivamente yo creo que soy las dos cosas: un enfermo de la cama y un vicioso también de la cama, vaya. Pero ahí, en la cama, en la soledad, dando con lentitud pocas vueltas pero sintiéndome tan cómodo, sin nadie que venga a molestar, sin la voz fañosa de Mami, sin levantar el teléfono, solo en el mundo, ahí no solo ya no tengo pavor alguno de estar solo, sino todo lo contrario, es como mejor me encuentro, lejos del infierno y como si estuviera comenzando a vivir. Es decir, vaya, lo digo, lo confieso: en esa situación, no me duele nada, y las cosas son nada más que lo que son. Dice mi hija Isis que Fidel ya se murió, pero yo veo que al menos a mí la cama, mi cama, me sigue recompensando y ahora mismo, coño, ¿por qué no decirlo?, me siento a miles de quilómetros de La Habana. Es decir, no siento sino placer, un flote como que el cuerpo está en el aire y no quiere bajar porque allí arriba se encuentra en la gloria, en su mejor momento. Verdad que no se me borra de la cabeza la posibilidad de que Fidel haya muerto anoche y no digan nada ni nada se note en La Habana y en toda Cuba, ni Chávez haya venido para acá, ni nadie se mueva. No hay ningún operativo raro en las calles ni en los cuarteles, que yo sepa, están retenidas las tropas por lo que pueda ocurrir en el momento en que oficialmente se sepa que el Comandante se fue del aire. Ahora bien, pregunto, me pregunto a mí mismo, en este estado letárgico que tanto me gusta, ¿cuántas veces lo han matado a lo largo de estos cincuenta años? Cientos de veces, esa es la pura verdad. La gusanera imperialista y ahora también los europeos se han cansado de dar la lata con la muerte de Fidel, como si no supieran ya que eso es casi imposible, si no es del todo imposible. A veces nos hemos dejado llevar por el sentido espiritista de la vida que llevamos dentro los cubanos y pensamos que los poderes del Comandante en Jefe son inmortales. Eso no tiene lógica científica, ni mucho menos, pero mucha menos lógica, científica o no, tienen los medios informativos internacionales que se han pasado medio siglo matando al Comandante sin poder pegarle ni un tirito en un pie, sin herirlo apenas.

Ahora sabemos que está enfermo desde hace más de un año, pero ¿qué ha pasado aquí, con Él enfermo? Naaadaaa, nada, nada, nada ha pasado en La Habana en todo este tiempo en el que solo lo vemos por las cartas que aparecen en el *Granma* y cuando alguna vez viene Chávez o Lula y se hacen fotografías para que sepamos que está vivo. Sí, enfermo, pero vivo, y eso a los yanquis y a la gusanera los tiene desesperados. Creen que aquí estamos todo el día haciendo la guerra, cuando lo que estamos es resolviendo el día a día, escapando, mi hermano, de la ruina que se nos ha venido encima poco a poco aunque nos diéramos cuenta de que venía sin parar. Ya lo dije antes y ahora lo vuelvo a repetir, y lo diré cuantas veces tenga que decirlo: la Revolución es un pacto, un compromiso de solidaridad, un difícil deber, un ejercicio de responsabilidad, y sí, también es un sacrificio y, si alguno lo dice, también es un suicidio, pero es un suicidio sin locura, un suicidio por amor a la patria. Y el que no lo entienda así, queda al descubierto, queda como lo que es, como me decía el poeta Padilla cuando yo le pregunté si era revolucionario.

—No —me dijo con cara de pena.

—Entonces, poeta, eres contrarrevolucionario. He leído tus poemas...

—Tampoco —me interrumpió casi gritando.

De modo que ese era su jueguito: estar, así me lo dijo, fuera del juego.

—Entonces quieres romper tu compromiso —le dije.

—Lo rompo para siempre —me contestó el descarado.

Cuando contestaba tan seguro y tan cínico me daban ganas de tirarle otro de sus libros a la cabeza, como le hizo el teniente Álvarez, y abrirle la frente de un golpe, dejarlo sin sentido, liquidarlo más que ablandarlo. Me lo habían entregado para ablandarlo, pero también para convencerlo. Los chicos malos habían hecho su papel y ahora me tocaba a mí el del hombre bueno que quería salvar al poeta de la quema. Me importaba un par de cojones que el poeta se suicidara a su manera o no, lo que yo quería era convencerlo para que se quedara, para que al fin renovara su compromiso, y entonces el tipo, malcriado y desafiante, volvía otra vez con lo mismo, a hablar por lo bajo y a decir que ese compromiso que yo le pedía era mierda, ese compromiso es mierda, tú, me decía el tipo a la cara.

—¿A ti te parece entonces que la Revolución es una mierda, poeta? —le preguntaba yo.

—No digo eso, digo que mi compromiso es mierda y más nada —se escapaba por donde podía el poeta.

¡Ah, el poeta! Era un malabarista de la palabra. Siempre me acordaré de él, porque tenía salida para todo, incluso cuando se quedaba callado y permanecía en un mutismo autista estaba el tipo pensando cómo salirse del laberinto donde lo habíamos metido incluso con su permiso. Nunca dejaré de pensar si no fue él quien nos ganó la partida; si no fue él quien colocó las piezas en el tablero y las usó como quiso en cada momento. A veces he pensado que no, que no era tan fuerte, ni tan poderoso ni tan inteligente como para eso, pero en otros momentos pienso que sí, que nos ganó la jugada en la más grande liga que hayamos podido jugar los cubanos revolucionarios, y al final se salió con la suya y se fue para casa del carajo, a dar la lata y a echar cañonazos contra Cuba y la Revolución, contra Fidel y Raúl, contra todos nosotros.

Se lo conté todo a Raúl. Le conté cómo era el tipo, le di un informe sobre el poeta. Un informe detallado sobre sus costumbres, sus manías y sus vicios. Sus vicios: la literatura, la poesía, las mujeres y el trago. Su manía esencial: la provocación. Era un verdadero jodedor cubano, dispuesto siempre a dar gritos y a reírse de lo más sagrado con una carcajada descomunal. En fin, un suicida.

—Un mierda —me dijo Raúl.

—Pero puede hacernos más daño dentro que fuera.

Como a todos, después de muchas presiones, lo dejamos salir cuando ya estaba completamente exhausto. Sabíamos que podía escribir, pero que fuera no escribiría tan bien como lo que había escrito dentro. Al fin y al cabo, era un inadaptado que no había entendido lo que la Revolución quería de él. O no quería que la Revolución quisiera nada de él, sino que lo dejaran en paz con su vida, hacer y decir lo que se le viniera en los huevos, y eso aquí sí que no se puede hacer, y menos en épocas de crisis. Hablo y digo crisis y me pregunto cuándo la Revolución no ha vivido en crisis. ¡Si es exactamente la misma crisis! Parece que dejamos pasar el tiempo esperando no se sabe bien qué futuro y vivimos en la inminencia de una crisis o en la crisis misma. Aquí, en Cuba, en la Revolución ha habido más crisis que ciclones y huracanes juntos y hemos salido adelante, maltrechos y jodidos, pero hemos salido adelante y estamos aquí, al paso de los años, de pie y para lo que sea preciso.

¿Cuántas veces hemos vivido ansiosos, pendientes del horizonte y del cielo, esperando una invasión que solo se produjo hace siglos y fue tan, tan, tan disparatada que ahora, a pesar de los muertos y la heroicidad de gesta que le ponemos a la musiquita, hacemos hasta chistes llenos de cubaneo? Playa Girón, Bahía de Cochinos, como quieren llamarla los yanquis, pues fue eso, una frustración para ellos, una frustración definitiva, porque nunca más volvieron a las andadas y a echarse para adelante, salieron huyendo y quedaron para siempre con el culo al aire.

A veces, en las sesiones con la doctora Galarza, me salía esa vena inspirada de contar la Historia como si fueran historias cotidianas. De contarle, por ejemplo, lo de Playa Girón, donde yo no estuve pero me lo sé tan bien que me lo sé mejor que los que estuvieron. Me daba por contarle la cosa del poeta Padilla.

—Éramos, doctora, como dos espadachines, peleando todos los días a ver quién hería a quién —le decía a la doctora.

Ella me dejaba hablar. En eso consistía la terapia: en que yo hablara hasta por los codos, como si fuera una cotorra loca y ahí, en el diván, lo contara todo. Yo les confieso hoy que a mí eso, hablar por hablar con la doctora Galarza, como pueden imaginarse a estas alturas, no me costaba ningún trabajo. Entre otras cosas, porque yo quería que nunca terminara mi sesión, quería por entonces quedarme para siempre aunque hablara yo solo con la doctora Galarza, encerrados en su despacho. Encerrados un hombre y una mujer, aunque yo le llevara más de un cuarto de siglo de distancia en la edad, terminan por quererse u odiarse, pero terminan en el último momento por amarse, por desearse, por singarse el uno al otro como locos. ¿Acaso no deseaba yo que ocurriera eso en cualquier momento? Por eso hablaba sin parar, para que ella supiera que yo estaba de lo más bien echándole vainas y contándole historias.

Cuando llegaba a casa, Mami me preguntaba cómo había ido hoy con la doctora. Me lo preguntaba sin ningún tonito. Digamos que me lo preguntaba de una manera neutra. Preguntaba por preguntar y más nada. Sin intención.

—Bien, bien, Mami, me ha dado estas pastillitas —le contestaba yo, también de cualquier manera, como si fuera un modo de contestar a su saludo. Al llegar a mi casa de las sesiones con la doctora Galarza me sentía cansado y me tendía en la cama, al oscuro. Diré la verdad de una vez: me tendía a pensar en la doctora Galarza, a pensar en ella y en lo que me hubiera gustado que hubiera ocurrido en su despacho, durante la sesión de terapia oral, y que ustedes y yo sabemos que no ocurrió nunca. Pero yo me hice un mundo, qué quieren que les diga. Un mundo feliz pensando en ella, en Darsy, haciéndola mía con los ojos cerrados, desnudándola, amándola desde los pies a la frente, acariciando aquella piel prieta, entre blanca y negra pero más blanca que negra, mirándola y mirándonos a los ojos, pasándole la lengua dulcemente por las orejas, lamiéndole los pechos, besándole la cintura, las rodillas, los muslos, las nalgas...

—¡Walter, ya está la comida, ven a la mesa!

Así me interrumpía Mami las sesiones que de verdad me curaban, los sueños que yo me levantaba con Darsy, mis amores con ella y los de ella conmigo, porque en esos pensamientos ella me quería más a mí de lo mucho que yo la quería a ella. Y era nuestro secreto: nadie iba a pensar que un paranoico como yo y una psiquiatra que me intentaba curar se habían enamorado y cumplían su ciclo erótico en aquel despachito más bien oscuro y triste que sin embargo para mí, en mis sueños y en mis pensamientos, se había convertido en el único paraíso habitable y respirable. E invisible: nadie veía nada. Disimulábamos de lo más bien. Hasta llegó un punto en que me lo creía: que Darsy me amaba y que yo la amaba, la quería, la deseaba y singábamos todos los días en el despachito. ¡Ah, carajo!, la enfermedad de la cabeza es la peor de todas porque te lleva a creer que estás enfermo pero tú no terminas de creértelo. Y toda la lucha por salir de ese estado es casi inútil, porque, a ver, ¿por qué tendría que salir yo de aquel estado de inminencia si también era inminente que la doctora cayera definitivamente enamorada y en mis brazos? De modo que trataba de curarme y, al mismo tiempo, buscaba enfermarme cada vez, porque no podía dejar de verla, me había enamorado hasta más allá de las patas y, aunque me hubiera curado, hacía como que estaba enfermo. A veces ella se sonreía como entendiendo lo que me pasaba, como sospechando que eso era lo que me pasaba, que en el transcurso de mi trastorno obsesivo compulsivo yo me había vuelto un obsesivo, un compulsivo y un trastornado por meterme en la cama con ella, y esa obsesión me perseguía incluso cuando me sentaba a la mesa con Mami.

—Negro, ¿no te gusta o no tienes apetito? —me preguntaba entre sorprendida y molesta.

No es que no tuviera apetito solamente: no podía comer. Y Mami sabía que yo tenía un buen saque para la comida. A veces, hubo temporadas en que más que negrón me llamaba tragón, me lo comía todo, con un apetito voraz. Todo me gustaba, todo era poco para mí. Desplegaba unas hambres y unas ganas que Mami me decía que parecía que tenía hambre genética, que ni mis padres ni mis abuelos habían comido caliente en toda su vida. Me lo decía en broma, pero jodía en el alma, qué quieren que les diga. Y ahora, en esa situación del trastorno psíquico, que me acuciaba la inminencia de cualquier cosa, había perdido más de ocho libras en menos de un mes y amenazaba con seguir en esa lucha ridícula que me envejecía, me apocaba y me mandaba para el carajo día tras día.

¿Cómo salía del asunto? Siempre le digo a la gente que gracias a las terapias de la doctora Galarza. Y, en fin, había bromitas fuera de lugar, me echaban vainas por lo de las terapias, cubaneos de doble y tripe sentido, que si la terapia era en el piso mismo o en un sofá cómodo, que si paseábamos los dos por el despachito o si ella se caminaba delante y yo atrás, siguiéndole el paso y midiéndole mentalmente el aceite. ¡Coño! Es un descaro y una mala educación hacer bromas con las mujeres que tienen tanta clase, pero yo no podía delatarme. Tenía que disimular y me reía con la broma como si me gustara que me dijeran eso. Salí, pues, entonces, poco a poco, pero sobre todo salí porque entendí el origen exacto del pavor y qué carajo había pasado en lo más hondo de mi alma y mi cerebro. Ahí estuvo la vaina: que, desde lo de Ochoa y De la Guardia, dejé de creer en Fidel. Sí, seguía como si tal cosa, pero mi entusiasmo desapareció de un golpe y me llené, como decía la doctora, me llené de vacío.

—Ahora, compañero, usted está lleno de nada. Y tiene que hacer un esfuerzo y sacar todo ese aire viciado de dentro y renovarlo. Entonces usted saldrá de este trastorno renovado y para siempre.

Así hablaba la doctora Galarza. A mí me gustaba mucho su voz. El tono en el que hablaba, sin ninguna exageración, modulando las sílabas y las palabras. Hay mujeres cubanas que hablan y su voz te chirría, te molesta, acabas cogiéndoles antipatía precisamente por la voz. Y la viceversa: hay mujeres cuya voz las hace todavía más resplandecientes de lo que son. Eso me pasaba a mí con la doctora Galarza. Siempre quise llamarla por su nombre de pila, Darsy.

—Sí, Darsy —decirle así.

Decirle sí, Darsy, y mirarla a la cara para ver su gesto de sorpresa o de alegría porque yo me había atrevido por fin a bajarle el tratamiento de doctora.

—Estaba esperando eso desde hace mucho tiempo, mi amor —contestaría Darsy.

Y ahí hubiera empezado todo. Ahí hubiera empezado un amor secreto que yo no hubiera roto jamás, y estoy seguro de que ella tampoco. Pero nada de eso ocurrió jamás: nunca me atreví a tocarla, a decirle Darsy, a rozarla como si fuera sin querer, de manera inconsciente. Al contrario, siempre le tuve un respeto reverencial, no quería que se diera cuenta de lo que me estaba pasando, trastorno sobre trastorno, que me metía en su trastorno cuando salía del mío, vaya, y que la enfermedad en la que me estaba envolviendo su cercanía tal vez fuera peor que la que esa misma cercanía había venido a curarme, carajo, un laberinto del que no podía salir.

Cuando comencé a sentir mejoría, sucedió algo que casi me sumió en una depresión nerviosa. La doctora Galarza dio por terminadas las sesiones de terapia y me dijo que ya no era necesario que volviera más. Que solo volviera si notaba un retroceso en mi estado de salud mental.

—Un soldado con esa sobrecarga de experiencia es un hombre fuerte —me dijo—, y usted, compañero Cepeda, todavía está joven para seguir prestándole servicios a la patria. Usted es un activo muy importante para el país.

No, doctora, me hubiera gustado decirle: yo a quien quiero rendirle pleitesía es a usted, a su bandera, a usted misma es a quien quiero prestarle mis servicios, a usted es a quien quiero entregarme, abrazarme, ponerme de rodillas y cantarle cuanto tenga que cantarle. A ti, Darsy. Pero no le dije nada. Nunca me atreví a levantar el vuelo de la paloma, porque temía que se me fuera para siempre, que me echara de aquel despacho de mierda que sin embargo llegó a ser el único refugio habitable durante aquella temporada tan mala. Como fuera que fuese, salí del asunto del trastorno arrastrando una tristeza del carajo y sin poder quitarme de la cabeza a aquella mujer. Ya nunca rendí como antes. Hacia el mediodía, ya estaba cansado. Dormía como un lirón cuantas horas pudiera y así comencé a envejecerme, hasta que se dieron cuenta de lo que me estaba pasando y Raúl me dijo que, en fin, ya era hora de que descansara, de que tuviera una buena jubilación, y fue cuando poco a poco me dieron el taxi y terminé de chofer de máquinas de alquilar para turistas. Me dieron a Merceditas y el propio Raúl me llamó para decirme que era prácticamente de paquete, que había hecho muy poco camino, y que yo seguía siendo para él lo mismo de siempre, a saber, así me dijo, mis oídos y mis ojos. O sea, que seguía en activo, pero ahora en otro frente, seguía en el cuchicheo con el Jefe y seguía vivo, pero ahora de una manera más cómoda, de lo más bien, nadie me iba a pedir que hiciera este u otro servicio, sino que yo, vestidito de limpio, simpático al volante, manejaba, oía y veía, y luego si yo estimaba que era necesario levantar un informito lo levantaba y más nada.

Cuando, tiempo después, ni siquiera sitúo ya los años, a pesar de mi buena memoria, me enteré de que la doctora Galarza se había ido a Madrid y había dejado la isla, la tristeza que me entró casi me lleva al desastre del alma. Fue un desgarro. Eso es, un desgarro. No podía ni imaginarme que eso pudiera ocurrir con Darsy Galarza, y aunque no la vi más después de que me dijera que ya no necesitaba más sesiones, no dejé nunca de pensar en ella y ahora tampoco. Para más tristeza, estoy seguro de que ella no se acuerda de mí. Me imagino llegando a Madrid de turista y encontrándomela por la Gran Vía, y estoy suponiendo que está en Madrid y no en Barcelona como mi hija Isis, y decirle de repente, como si en La Habana hubiera ocurrido de verdad lo que solo sucedió en mi imaginación, llamarla por su nombre y decirle que la seguía queriendo mucho. Lo pienso con los ojos cerrados y veo la escena como si yo fuera Titón, el de *Guantanamera,* que es una maravilla.

—¡Darsy, qué sorpresa más grande!, ¡qué alegría, Darsy, mi amor! —decirle así.

Pero, claro, todo esto es ridículo, forma parte de mi enfermedad. Eso sí, he aprendido a manejar a la bestia y cuando me viene la tristeza por las noches a buscar y a acariciarme, a sobarme el alma y a decirme hasta convencerme que no soy nadie, que ya soy un piojo pegado en mi país, un despojo de la Revolución, le pego un cogotazo y me quito esa sombra negra de encima durante unos días.

Hablé de Titón y no quiero dejar la ocasión de contar una anécdota que a mí me parece muy buena. Me enteré a trasmano, porque aquí nos enteramos de todo quienes estamos en el cuchicheo seguroso, de que España le había dado el pasaporte, que le habían concedido la nacionalidad española. Y que hizo el primer viaje con el pasaporte español desde La Habana a Roma. Y cuando llegó al despacho de emigración, puso el documento encima de la mesa y el policía ni lo miró. Le hizo un gesto a Titón, como que pasara, y el cubano se quedó asombrado, sin saber qué hacer, si decirle al hombre, oiga, señor, que soy yo, Tomás Gutiérrez Alea, o hacerle caso y seguir para adelante como quien va por su casa y no por una aduana, ¿eh?, ¿verdad?, ¿no? Y cuando volvió a La Habana y los amigos le preguntaron qué tal, Titón, qué tal con el pasaporte español, el tipo contestaba siempre de la misma manera.

—De lo más bien, ni siquiera me miraron a la cara —y se reía al decirlo.

Ahora mismo mi hija Isis tendrá derecho a ese pasaporte español, y de repente Mami y yo también, porque pasaríamos a ser padres de una española, y los padres creo que tienen el mismo derecho que los hijos. Además, yo vengo de españoles, estoy seguro que mis bisabuelos eran españoles, uno isleño, creo recordar, y los otros de España, de la misma Península Ibérica, y los derechos hay que ponerlos encima de la mesa si uno quiere tenerlos. Digo yo que Bel March ya será una celebridad en toda España. Y que como a todas las celebridades de este continente y esta isla, España les concede la nacionalidad. ¿Es o no un honor para España? Claro que lo es, por eso lo hacen. Y Bel, o Belinda March, es una artista, mi hija se ha convertido en una artista y seguro que le darán el pasaporte español, un honor también para ella. En fin, las cosas que hay que ver en La Habana. Lo que se ve aquí no se ve en ninguna parte del mundo.

16.

Ese amor frustrado por la doctora Galarza me dejó una huella dentro que a veces sale y se transforma en una cicatriz de tristeza. Ya sé que los años no perdonan y que los jubilados estorbamos en todos lados, sobre todo en aquellos que hemos trabajado toda la vida. Ya sé de sobra que no nos hacen caso, que nos ven como fardos inservibles. Pero a veces, atreviéndome mucho, he vuelto por la clínica donde me curó la doctora Galarza. Me di una vuelta por las oficinas y entré un par de veces al despachito aquel que pudo ser la cueva de nuestros amores, si yo me hubiera atrevido y se lo hubiera dicho. Ahora me arrepiento de no haber sido más valiente, porque lo único que podía haberme sucedido es que me dijera que no, que qué me creía yo, que ser un combatiente de primera fila en África y un hombre de confianza del general de Ejército Raúl Castro no me daba para más ni menos. O me hubiera echado del despacho, que es lo que yo temí siempre y lo que me hizo sentirme viejo, porque yo de joven era un león, una fiera, y prefería quedar mal que quedarme corto. Así fue siempre, hasta que conocí a Darsy y ahí hinqué el pico y ya, entré en otra época, en otro ciclo de mi vida, el de los jubilados. Pero, claro, hay un problema, porque yo soy un jubilado con memoria y cuando la memoria no se rinde y los recuerdos están sanos y ahí delante de tu memoria, bueno, hay un problema porque uno quiere ser el joven león que se recuerda a sí mismo como una fiera y ya eso, aseres, ya eso no puede ser igual.

Siempre tuve una habilidad mayor para zafarme de los problemas. Para quitarme de encima las cargas que no me correspondían y que de no ser yo tan hábil habría tenido que pencar con ellas. Por eso, a pesar de ser los ojos y los oídos de Raúl, siempre he sido también un tipo discreto, que prefirió la sombra para trabajar que la luz que lo alumbra todo y lo jode todo, porque todo lo seca. Fíjense, por ejemplo, lo de Angola. Corrió el rumor de que en una juerga de noche los mandos se emborracharon con sus mujeres y se metieron todos a la pileta, a la piscina, a carcajadas y con tragos, y que allí se desnudaron y se cambiaron las parejas los unos a los otros, ¿qué les parece? ¡Chupa la caña, negra! De manera que los jefes se divertían cambiándose las mujeres y me echaban el rumor tal vez para que yo diera parte a Raúl de lo que me estaban contando, vaya uno a saber si era cierto. Me aseguraron que vieron a los De la Guardia, a sus mujeres, Ochoa y los demás, todos en la pileta, al oscuro, desnudos, a carcajadas, ¡coñooo! ¡Como si estuvieran en París celebrando el triunfo en la Tercera Guerra Mundial! Me aseguraron que vieron a Ochoa salir como un loco ululando detrás de la mujer de no sé quién, ni siquiera me atrevo a recordarlo en esta confesión última de mi vida de seguroso, y que se escondían debajo de unos matojos, siempre en la oscuridad, y que les dijeron a los escoltas que se fueran, que no los necesitaban, ¡una orgía en la pileta de los jefes en el cuartel! Oiga, fue un escándalo. Al día siguiente, las tropas estaban sublevadas, los soldados parecían periodistas, levantándose información unos a otros. Sí, en la guerra misma, y van los tipos y les dicen a los escoltas que se vayan para el carajo que esa noche no los necesitan.

Entonces me imaginé lo que Raúl podía decirme. Walter, me diría, estás en el punto de mira de todos estos y tú no has visto ni oído nada. Me imaginaba a Raúl unos días después, cuando regresara a La Habana.

—¿Qué hubo, Cepeda, qué viste y qué oíste, qué me traes de nuevo?

—Ninguna novedad, mi general —y yo así, negándolo todo sin decirle nada.

A ver, ¿cómo se lo hubieran dicho ustedes? Mire, Jefe, le voy a hacer un informito sobre los jefes, se imagina, una orgía del carajo en medio de la guerra, todos con todas. Como en un cabaré privado de París, singando como enfermos de la cabeza y como si no tuvieran en cuenta en sí mismo el asunto, y lo peor, que las tropas estaban mirando escondidas, que había mucho soldado vivo y despierto que se hizo eco del asuntico, que vio a las tipas en pelota y a los generales corriendo desnudos detrás de ellas a carcajadas y con las copas llenas de champaña. A ver, díganme, ¿cómo levanta uno un informe de este calibre sobre gentes que uno admira, cómo mancha uno nombres intachables de la Historia de Cuba y de la historia del comunismo, porque una noche de juerga en plena guerra les dio por perder el sentido de las cosas? Díganme, entonces. Sí, me dirán. Perdieron el sentido de la dignidad y de quién era cada cual, pero cada cual es cada cual y cada uno es cada uno, y yo, ya lo saben ustedes, ni vi ni oí nada, sino mentiras que los cabrones contrarrevolucionarios agrandarían al instante desde la mierda de Miami y el griterío insaciable de la calle 8.

Así que decidí callarme ese asuntico. Zas, zas, zas, si no se sabe, si no se escribe la cosa, el suceso no ocurrió de verdad. Es, entonces, una habladuría, de mala fe todo, para joder el ánimo de las tropas en guerra.

Pero que yo silencie un asuntico de la envergadura del que vengo hablando en estas últimas páginas no quiere decir que no se hable de él. Yo puedo decir: una leyenda más. Una leyenda más inventada por los enemigos de la Revolución contra unos héroes que se juegan la vida en el frente africano, el mismo frente africano al que el Comandante en Jefe daba la importancia que exactamente tenía entonces, la máxima. Los cubanos estábamos perennemente en guerra y había que estar entrenados para el momento en que las tropas del imperialismo norteamericano nos entraran por donde mejor les viniera en gana. Ahí se iban a encontrar el fierro de más de cincuenta mil cubanos hechos a la guerra y en el frente peor del mundo, Angola en África, que nada menos ni nada más. De modo que ¿para qué iba a levantar un informe cabrón contra los héroes de Cuba, contra la gente que más admiraba yo en el mundo, contra mí mismo?

Sí, como soy además experto en escritores conozco ese título como la palma de mi mano: *Informe contra mí mismo*. Conozco muy bien a su autor, respeté y respeto todavía mucho a su padre y a sus tíos, y a sus primos los músicos, pero a él la Revolución se lo dio todo, hasta el grado de teniente del Ejército. Le pudo el complejo de Padilla, que ha sido nefasto para tantos. Le pudo ese síndrome maldito del poeta que se creyó mucho más importante que la Revolución y que el Comandante en Jefe, ese tipo que se creyó Luzbel, el ángel más bello que Dios tenía ante sí y que, como se creyó lo que no era, lo mandaron de un golpe para el infierno. Eso pasó con Padilla, y Lichi Alberto quiso recorrer el mismo camino que Padilla y escribió ese libro de mierda que no dice sino mentiras y que quiso por todos los medios desacreditar a la Revolución. ¡Lichi, que era un hijo predilecto de la Revolución! Se fue de la isla y se quedó vacío, tan vacío como los otros. Porque cuando se van, carajo, dejan el alma aquí, no pueden vivir en la isla, dicen, pero la verdad de la verdad es que no pueden vivir sin la isla e incluso algunos piden de rodillas regresar para poder morir en paz con ellos mismos y respirando el aire limpio de Cuba. Esa es la vaina: para ellos, para los que se creen los ángeles más bellos de La Habana, la Revolución es el infierno y terminan rebelándose contra ella, pero al final el resultado está más claro que el agua del Almendares cuando baja limpia desde arriba hasta el mar. El infierno, queridos poetas del carajo, está fuera. Ahí fuera ustedes no son nadie. Sí, un ratico: bailan, salen en los periódicos, pegan tiros contra Cuba, se cagan en Fidel, echan pestes de Raúl, desairan a la Revolución, singan un momentico con las putas de los llamados «países libres», muestran la heroicidad del disidente y después, nada, comemierdas. Ustedes no serían nada si no fueran cubanos y no existiera la Revolución cubana. Ustedes serían lo que realmente son cuando se van: son mierda y más nada. Por eso se van muriendo poco a poco, se asfixian sin aire, no respiran bien, sufren de asma, de pérdida, de anemia, de hambre, son alérgicos a esa libertad que iban buscando, están ahí fuera como gallinas sin nidal y cuando oyen el himno nacional cubano se vuelven locos, les entra tremendo telele de emoción que termina emocionándolos y haciéndolos llorar.

De manera que por qué razón del carajo iba yo a escribir un informito para Raúl sobre la «noche de Walpurgis», como la llamaba Max Marambio por lo bajo y muerto de la risa desde el día siguiente. Marambio ya era coronel de Tropas Especiales y estaba allí, como siempre, en «misión secreta», esas misiones de las que yo sé mucho porque me he encontrado con el Guatón en un montón de lugares del mundo a lo largo de mi vida. Y las únicas preguntas que nos podíamos hacer, además de darnos un abrazo, eran para dónde vas y de dónde vienes, aunque nunca nos decíamos la verdad. Nosotros lo sabíamos. Yo le decía que iba para Sofía y después para París, y no era así, sino que cogía por Terranova para llegar, qué sé yo, a Panamá. Y él me decía voy para España, a negocios de cine, con las novelas de García Márquez. Tenía muy buenos contactos en todo el mundo el Guatón y siempre lo recibían con los brazos abiertos en cualquier parte, fueran revolucionarios o no, porque con Marambio llegaba el dinero, llegaba el Millonario de Cuba. Y eso se llegó incluso a cantar entre nosotros: «Millonario de Cuba, Cuba, Cuba». No era para hacer cubano al chileno, sino porque el tipo se había ganado a pulso nuestro cariño y nuestra admiración. Para no cansarlos a ustedes: era también un patente de corso. Como yo y tantos otros. Entrábamos y salíamos de la isla e íbamos donde nos daba la gana sin levantar sospechas y sin dejar rastro, eso es lo que hacíamos: la Revolución por otros medios que no eran precisamente el fierro, ni siquiera cuando fuimos a África cumplíamos esa misión de soldados de primera fila, sino tal vez misiones de muchos más altos vuelos de lo que ustedes pueden imaginarse. Y la «noche de Walpurgis», pues eso, un episodio más sin ninguna importancia.

Marambio, que era un mamador de gallo y un tipo que andaba de bromas todo el día con los amigos, fue a La Habana y lo contó entero en una juerga en su casa, con García Márquez y todo, pero ¿qué pasó al final? Que como el Millonario era un elemento de cuidado, que se inventaba la mitad de las farras y la otra mitad la contaba como si hubieran sucedido, nadie le creyó. Solo se rieron de aquella ocurrencia del Guatón y le dieron un consejo: que se callara y no diera más ideas. Y volvían a reírse y a brindar con ron en la noche habanera. Claro, que el asunto salió de allí y se metió en todas las esquinas de los despachos oficiales, y cuando llegó a Raúl, en fin, el Jefe me llamó y me dijo qué pasó, qué viste, qué sucedió esa noche de mierda.

—Nada, mi general, nada de nada, ganas de mamar gallo —le contesté.

Yo estaba firmes allí en su despacho y Raúl me miraba serio. Estaba sentado en su sillón de mando y con todo el uniforme puesto y me seguía interrogando en silencio y yo, firmes, lo miraba de vez en cuando y luego saltaba los ojos para el frente y aquel silencio duró, carajo, una puta eternidad. Aquel silencio no se acababa nunca. Y yo firmes. Me decía a mí mismo: Walter, ya no hay marcha atrás, o te trancan en esta historia o sales reforzado. Porque en una de esas como la noche angoleña a la que me refiero, cualquiera, el más grande y el más seguro incluso, se juega el honor, el pescuezo y la vida. Y yo sabía que Raúl se la tenía jurada a Marambio, que se le había escapado de las manos tres o cuatro veces antes de ese episodio que el Guatón, más bocón que Guatón esa vez y casi siempre, había contado en la juerga de su casa.

—Chismes, cubaneos. Nada de lo que cuentan es cierto, ganas de hablar y sentirse protagonista, Jefe —le añadí al Jefe.

También sabía yo que algunos raulitos, pinchos mimados por la confianza de Raúl y que le iban con todos los cuentos y todos los asunticos sin importancia, le habían contado lo que Marambio había dicho a carcajadas en su fiesta y los detallicos macabros, que si la mujer de tal se fue con cual, que la del otro se mandó a mudar desnuda y a carcajadas con mengano, que si aquello fue, como decía Marambio muerto de la risa, no una cama redonda, sino una «pileta redonda», como los tres mosqueteros, dicen que dijo el Marambio descojonado de la risa, sin apenas poder respirar, con aquella barriga que no le dejaba sino echar resoplones en lugar de bocanadas de aire, la barriga del Guatón para arriba y para abajo, y todo el mundo celebrando su ingenio, pero yo tampoco podía hacerle a Raúl un informe sobre la fiesta porque no estaba allí. Seguro que él lo sabía todo, porque le tenía puestos al Guatón micrófonos hasta en el forro de los cojones, y no se le escapaba nada a Raúl.

Todavía me recuerdo cuando Álvarez le puso la cinta al poeta Padilla. La cinta de la fiesta en que su amigo Edwards contaba tonterías de la Revolución y de Fidel en una fiesta en la casa de Carlos Fuentes, en México, cuando lo echamos de aquí como lo que era, agua sucia, en la sangre y en la realidad. Todavía recuerdo la cara de confusión y pavor del poeta Padilla cuando oyó la voz de Carlos Fuentes entre carcajadas de los asistentes, todos ellos muriéndose de la risa. Y Álvarez le dijo que si reconocía la voz y poco menos que el poeta Padilla le contestaba que no tenía ni puta idea de quiénes eran. Y Álvarez le reclamaba el nombre, que dijera que era Carlos Fuentes el que gritaba. Y allí se oía clarito, meridianamente clarita la voz del mexicano como si empezara a cantar un corrido.

—¡Ja, ja, ja!, ¡el bongosero de la Historia, ja, ja, ja!

—Dime, poeta, ¿no es ese tu amigo el mexicano, no es su voz?

Coño, vamos a decirlo de un vez: era una falta de respeto con el Comandante en Jefe llamarle nada menos que «el bongosero de la Historia». Y yo, allí en Villa Marista, viendo y oyendo todo aquello donde no me podía ver ni oír nadie, diciéndome a mí mismo, carajo, si estos son los amigos de la Revolución no necesitamos ningún enemigo más en la calle 8 ni en Miami.

Entonces fue cuando Álvarez, cansado del poeta Padilla y de sus excusas, dándose cuenta de que el poeta era lo suficientemente inteligente para hacerle perder el tiempo y no sacarle ni una puta confesión de sus labios, le tiró con toda la rabia revolucionaria el original de su novela a la cabeza, sus poemas o no sé qué novela de mierda que estaba escribiendo y con la que amenazaba a todo el mundo. Le tiró aquel libro del que todavía nadie tenía conocimiento, porque no se había editado, y le abrió la frente del golpe. Lo dejó sin conocimiento y la brecha del poeta en la frente echaba sangre como si se la hubieran abierto de un tajo de machete. Esto del «bongosero de la Historia» fue clave para joder al poeta, que se resistía por sus cuatro costados a contarnos la verdad, a decirnos de una vez una confesión que lo condenara.

Lo de Marambio no es ni mucho menos un caso paralelo al del poeta. Ahora, después de su caída, y de saberlo todo, yo pienso lo que piensa la Revolución: que es un delincuente internacional; que se metió aquí para subir en la escala del dinero y aprovecharse de la Revolución y terminó robándonos. Después, más tarde, contaré toda la historia de Max Marambio, al final un traidor como otro cualquiera.

—¿Y entonces, mayor? —me preguntó el Jefe después de un siglo de silencio.

Pude contener las ganas de sudar que tenía. Las ganas de quitarme el sudor de la frente. El Jefe sabía que yo no era un traidor, ni mucho menos, que en todo caso lo que quería era tapar aquel asuntico de la «pileta redonda». Y yo sabía de sobra que cuando el Jefe me llamaba mayor, carajo, yo tenía que mantenerme firme en esa posición que casi no se respira y dar una respuesta firme, casi sin respirar.

—Nada, mi General, habladurías —contesté de un golpe.

—Pero esas no son mis noticias, mayor —contestó el Jefe. Seguía llamándome mayor, el grado que yo tenía entonces en la Seguridad del Estado, y yo sabía lo que sabía: que no daba por terminado el asunto. Que, en fin, me estaba barrenando para ver hasta qué punto yo sabía y no quería que la gente supiera sino que se fuera del aire el rumor en veinticuatro horas y se prohibiera del todo hablar de la mierda de aquella noche, la noche de los mosqueteros, todos para todas y todas para todos, menuda orgía, y menos mal que a mí no me agarró la cosa dentro del agua y jugueteándo en pelota y puedo ponerme firmes delante del Jefe sin que se me salten los colores a la cara.

Hay que ver lo que es el Jefe cuando se encabrona. Marca unas distancias que parece que estás al borde del abismo. Y ese silencio que cultiva, coño, que te deja ahí, solo, delante de él, esperando que te delates. Eso lo aprendió, seguro, cuando era un niño en el colegio de los jesuitas de Belén. Un día estaba en tragos y me lo contó, cagado de la risa.

—Agarraban a un pobre chico y lo ponían ahí, solo, en silencio, delante de todos los alumnos. Le hacían una pregunta complicada y el muchacho tenía que declararse culpable o dar explicaciones de que él estaba en otra ciudad en ese momento.

Y volvía a reírse. Me contó que cuando el chico contestaba a la primera pregunta, el cura jesuita se callaba, lo miraba acusándolo delante de todo el mundo, sin hacer un gesto, sin decirle nada. Y ahí es cuando el muchacho sentía el abismo, él solo ante el mundo, acusado de lo peor, pensando en que lo iban a expulsar del colegio y lo condenarían a que todos los alumnos se rieran de él durante una temporada.

—Y ahí lo veías tú y toda la clase temblando de miedo, a punto de desmoronarse —me contó el Jefe.

Porque Raúl no es como el Comandante en Jefe. Raúl se ríe, Raúl hace chistes, Raúl deja a uno hablar y te da golpes en la espalda y te hace cómplice, te hace sentirte cómplice de la conversación en cada momento. El Jefe quiere que la gente que trabaja con él sea organizada y cómplice, para eso tenemos patente de corso y me acuerdo muy bien de la ocasión en que me citó en su despacho otra vez. Yo estaba saliendo del yuyu cabrón que me había mantenido casi un año fuera del servicio normal, ya era coronel, claro, y seguía siendo un hombre de suma confianza de Raúl, sus ojos y sus oídos, como él me había repetido durante casi toda mi carrera, hasta que terminé por creérmelo. Y entonces me recibe en su despacho de Jefe, parado, con una sonrisa en su cara, con un gesto de amistad que nunca voy a olvidar, me da un abrazo y yo se lo doy a él, y me llama de repente compadre. Me dejó emocionado. Me invita a café o a un trago de aguardiente, él tiene siempre aguardiente en su despacho, el mejor ron de Cuba. Y de repente, cuando ya he tomado confianza, va el Jefe, me mira con sorna, ya está sentado en su sillón de mando, y me dice:

—Bueno, Walter, carajo, cuéntame de tu aventura con la doctora. ¿Cómo dices que se llama?

¡Le roncan los cojones!, me dije yo sobre la marcha. Y ¿qué quieren que les diga? Me sentí como aquel muchacho en el colegio de los jesuitas, como el del cuento que me había echado el Jefe unos años atrás. Y, en fin, sentí el silencio eterno y el abismo sin fin abriéndose debajo de mí. ¿Y qué le digo al Jefe?, me pregunté en silencio, un silencio que podía cortarse como la mantequilla, coño, con un cuchillo mellado.

—Doctora Darsy Galarza, Jefe —le contesté de un tirón, como pude. Me faltaba la respiración, me notaba alterado y no quería que el Jefe resolviera que había vivido una historia que desgraciadamente para mí no había existido.

—Eso es, Darsy Galarza. Bueno, cuéntame —volvió a la carga.

—Nada, mi General, no sucedió nada. Me siento curado y...

—Eso ya lo sé, Walter, carajo, no me hagas bromas aquí mismo, en mi despacho..., cuéntame lo otro.

¿Lo otro? Seguía allí, sentado, de una pieza, a punto de empezar a temblar, porque aquí le cuentan un embuste al Jefe, comienzan a caminar los papeles y después no hay quien refute la acusación que te hacen.

—Lo otro no sé lo que es...

—Tu reputación, Walter —dijo el Jefe aflojando—, está por suelos. Un Jefe de la Seguridad, carajo, que tiene a tiro la mejor paloma del servicio psiquiátrico de Cuba y la deja escapar.

Respiré hondo. Sonreí. Me di cuenta de que me estaba haciendo una broma. Pero se lo dije para que lo supiera.

—Me hubiera gustado, Jefe —le dije sonriéndome, ya libre de culpas.

—Ya lo creo, ya lo creo, ja, ja, ja —dijo el Jefe.

17.

Marías Callas es insaciable, no deja de cantar ni a las horas más intempestivas. Estaba profundamente dormido, o tal vez no tanto, pero descansaba en el silencio absoluto cuando la perra del vecino empezó a llorar, me despertó de un golpe y me llevó de nuevo a pensar en la muerte. No en la muerte del Comandante en Jefe, sino en mi propia muerte, porque de tanto cavilar sobre la muerte de los demás uno no se da cuenta de cómo se acerca la Matona a decirnos que nos toca. ¿Tengo suerte? ¿Diría que tuve suerte hasta hoy? Diría que sí. Fui y sigo siendo un funcionario que cumplió con su misión por la patria y la Revolución. Tuve momentos difíciles, como el de Padilla, que se nos escapó de las manos después de poner en él todos los estudios de los que éramos capaces. O como el de Ochoa, que de ahí vino el yuyu que se me quedó tanto tiempo y ahora tengo las secuelas que tengo. Tuve a una mujer que me quiso hasta más allá del final, Mami, aunque ahora vivimos separados porque nos va mucho mejor así. Tuve la suerte de Isis y la de Bel March, mi hija y la bailarina de Barcelona, que son una sola persona, y tuve la suerte de la salud que, al fin y al cabo, sigo teniendo. En fin, como dijo el Negro, tuve lo que tenía que tener, yo Juan sin nada no más ayer.

De modo que estuve durmiendo con toda la placidez del mundo durante un rato largo, sin que nada ni nadie, ni los ladridos de María Callas ni el timbrazo del teléfono me importunaran. También eso es una suerte, quedarse dormido cuando uno quiere, en las horas de la tarde y ya para la noche, como si uno fuera dueño de su propio horario o, lo que me parece a mí que es el caso, que ya no cuento para nadie y ni siquiera soy un número en la Seguridad del Estado, sino un jubilado, que es como un fardo ahí, tirado en la acera y viendo pasar el tiempo que le queda a uno de vida sin querer molestar a los demás.

Pero aquí la fiesta, como el carnaval, comienza nada más oscurecer en La Habana. Después del trompetazo de María Callas, que de verdad de verdad me asustó porque me despertó del golpe, sonó el teléfono. Otra vez y otra vez. No quería levantarlo porque sabía que era Mami, desde su pretencioso celular de Barcelona, el regalo que le mandó su hija la bailarina con el azafato de Iberia hace ya unos meses y que ella usa a toda hora más para joder a las vecinas que por necesidad. Mami es así.

—¿Qué pasa, Mami, cómo tú estás? —le dije adivinando que era ella.

Estaba bien. Ella estaba bien, lo que no estaba bien era lo que estaba pasando en Cuba y que yo no supiera nada. Seguía con la matraquilla: había que joderme la cabeza como fuera. Yo seguía, me dijo, siendo el mismo de siempre, un tipo sin voluntad que donde mejor estaba era echado sobre la cama y soñando con la felicidad, como si yo fuera un fumador de opio. Eso me dijo de golpe, sin dejarme meter una sílaba entre palabra y palabra de las suyas.

—Cálmate, Mami... —traté de calmarla.

—¡Cálmate, cálmate, cálmate!, yo no sé qué tú vas a hacer, Gualtel, pero yo me mando a mudar para

Barcelona mañana mismo. A mí no me coge el torbellino este que viene aquí, mientras tú estás durmiendo serenamente como al final de un bolero. Aquí lo que se viene encima es un turbión de mierda del que no escapa nadie. Yo lo sé bien, aunque tú te sigas haciendo el loco, el hombre tranquilo y experimentado, que además adivina el porvenir. ¡Habrase visto tipo más descarado!

Esa retahíla de Mami es del carajo. Ahí, en ese puñetazo de palabras, suelta todo el veneno que puede, aunque siempre guarda algo para intercambiar golpes en medio de la conversación, que casi siempre es un monólogo con su voz patética dando chillidos por el baquelita. Ella es así y fue siempre así: una cubana pasional. Recuerdo la juventud de los dos, que cuando nos encamábamos era la guerra mundial, terminábamos sudando y echando el poco aire que nos quedaba por nuestras bocas secas por el esfuerzo del amor, ¡ah, carajo, qué tiempos! Después de uno de esos calambrazos la casa entera olía a nuestros cuerpos sudados y a una especie de perfume fino que venía directamente de nuestros sexos e inundaba todo el cuarto... Del carajo. Nunca se me hubiera ocurrido pensar que ahora, de viejos, íbamos a vivir separados sin poder vivir separados el uno del otro.

—Así que tú mismo, tú verás —seguía Mami—, yo me voy, no quiero que me coja aquí el huracán que se nos viene encima.

El huracán de Mami: la muerte de Fidel. ¿Cómo cojones iba a decirle yo a ella que todo estaba tal cual y que aquí, aunque sucediera esa tragedia, no se iba a mover ni un bombillo de su lugar?

—Figúrate —me dijo imprudente— que siguen deteniendo a todos los que trabajaron con el chileno y con el general Acevedo, ese de los aviones. No quiero estar aquí para ver lo que nunca quise ver en mi tierra, chico, yo me voy...

—Pero, Mami, atiende, chica, ¿cómo tú te vas a ir ahora de la isla?

—Me voy de turista a España, ¿o es que yo porque soy cubana no tengo el mismo derecho que los españoles que vienen de turistas aquí? Me invita mi hija Belinda, la artista internacional, para que tú te enteres de una vez. Además, chico, ya tú sabes, mis abuelos eran españoles, catalanes para más señas, y yo tengo derecho a ir a conocer la tierra de mis antepasados, ¿o no?

España, la tierra de sus antepasados catalanes. ¡Le zumba el mango! Una negrona del carajo, de las afueras de La Habana, de Guanabacoa o por ahí, aunque una vez me dijo que era de Alquízar, y dice que sus antepasados son españoles. Solo me falta oírle decir a la descarada que ella es del Norte, como me dijo Raúl que había dicho la doctora Galarza cuando se fue de la isla, que en realidad ella era del Norte y que no podía vivir entre tanta dureza.

—Te lo podías haber imaginado, negro —me dijo cariñoso Raúl—, que la blanquita no iba a aguantar en el purgatorio.

Lo dijo riéndose y yo me estaba acordando cuando Mami me hablaba de sus antepasados españoles. El fraude llega aquí hasta la sangre y se pierde en los siglos, madre de mi alma, cómo es la vaina cubana. Total, que Mami quería irse mañana mismo y yo tenía que levantarme de mi cama y salir de una vez del bohío, decía bohío y se quedaba tan campante, tenía que salir del bohío y conseguir las influencias y los papeles necesarios para que la señora madre de la artista internacional saliera de turista de Cuba a visitar la tierra de sus antepasados españoles, en Cataluña, donde ahora reinaba su hija la bailarina Bel March. ¡Díganme de una vez si no es del carajo!

Las veces que pudo viajar al exterior durante estos muchos años y conmigo a Mami no le interesó jamás.

—¡Por cuánto, en la vida voy a dejar mi islita, chico, para ir por el mundo capitalista cagándome en todo! —me decía desdeñosa y descarada—. Yo soy revolucionaria, Gualtel, a ver si de una vez te das de cuenta, y voy a defender esta isla de lado a lado mientras tenga vida, mi amor, las cosas son como son y más nada —acababa invariablemente, como si cerrara un libro de un golpe.

—¿Y yo no? —le preguntaba yo aguantando la furia.

—Tú sí, pero tú eres un soldado, no lo olvides, y yo no soy más que una ciudadana. Así que no te las des de lujoso que no es para tanto y nos conocemos desde hace mucho tiempo, Gualtel.

Gualtel. Ya lo saben ustedes. Cuando ella me llamaba Gualtel y no Walter lo que buscaba era aplastarme con su fonética cabrona de guajira, porque en el fondo la negra era una mujer de campo que no había terminado de hacerse a la ciudad ni a la Revolución ni a nada; la negra, en fin, había lanzado las campanas al vuelo cuando se casó con un militar como yo, con una gran carrera por delante y con la confianza del general de Ejército Raúl Castro, y creyó que la iba a sacar de pobre. Después, vinieron las rebajas y ella empezó a cantar de esa manera y a llamarme Gualtel cuando quería aplastarme y no dejarme decir ni una palabra.

—De modo que te lo digo por última vez: sal del bohío y arréglame los papeles —me dijo. Y colgó.

Colgó. Colgó y me la imaginé riéndose por lo bajo en su casa de Santos Suárez, abriendo una latita de conservas de las que la hija le enviaba todas las semanas desde Barcelona con el azafato de Iberia. Conservitas, celular, ropa, dólares, tenía de todo y ahora quería papeles urgentes para irse de Cuba antes de que muriera Fidel.

Era ya por la noche y yo seguí tendido en mi catre. Me gustaba quedarme ahí, quieto, ya lo he contado, sin que me doliera nada y como si estuviera fuera de los peligros de este mundo cubano, que la gente cree que es muy calmado y tal, pero no, por dentro uno se estresa y no puede pararse en ningún momento, hay días que ni para tomarse un cafecito, menos ahora que ya estoy y soy un jubilado. Y ella no lo sabe, pero tampoco se lo voy a explicar, que cuando un militar pasa aquí al plan piyama definitivamente ya uno no manda nada, ni puede entrar en los despachos que resuelven los asunticos cotidianos como si tal cosa ni nada. No existes. Eres un fardo, ya lo dije antes. Pero no, no le voy a dar ese gusto a Mami, sería para mí una humillación confirmarle que yo ya no tengo mando ni sobre la vida del más ínfimo escritor de La Habana, que yo soy solamente un chofer de máquina alquilada con parada en el Cohíba y que incluso cuando me enfermo con levedad tengo que dar parte a mis superiores de la empresa de turismo, ¿oká? No, ni hablar, quiero que siga pensando, ella, Mami, y todas las gentes con las que habla, que yo soy Walter Cepeda, ojo, ¿eh?, coronel de la Seguridad del Estado de la Revolución cubana, casi nada, ¿eh? Si yo pudiera contarles de verdad las cosas tan grandes que yo he vivido aquí, desde dentro de las sentinas del Estado y desde fuera con lo que ya sabía desde dentro, se quedarían asombrados.

Ya era tarde para volver a dormir otra vez. Me encendí un tabaco y me puse a pensar en la doctora Galarza. ¿Qué hubiera pasado si nos hubiéramos empatado, cómo se habría puesto Mami, cómo respondería Isis desde Barcelona? Aquí todo el mundo se empata, vive el asunto y después, cuando todo se va para el carajo, no pasa absolutamente nada. Y esa aventura de mi vida, ya de mayor, tenía que haberla vivido yo con la doctora Galarza. Me la imagino por la Gran Vía de Madrid y me imagino yo paseando por ahí y que me la encuentro de frente y que le digo, qué hubo, mi amor, cómo tú estás, cómo te ha ido. Y que ella me reconoce, me abraza y nos vamos a tomar unos tragos a la primera cafetería que encontramos en la Gran Vía, que está llena de bares y cafeterías, y que ahí renovamos el amor que vivimos en Cuba y, en fin, que un bolero y un danzón es poco para contarles el cuento. Y, sin embargo, nada de nada. No me atreví porque pensé que la doctora Galarza, Darsy, mi amor secreto, no iba a estar para el asunto y me iba a mandar a parar un momentico, qué hace usted, Walter, compañero, cómo se atreve, cómo se le ocurre esa falta de respeto. Una falta de respeto muy grande, sí señor. Eso me imaginé yo y que luego diera parte y que el Jefe me formara un escándalo y volviera a darme el yuyu del carajo, que me ha dejado lo que la doctora llamó la psoriasis a gota, y ahora que lo pienso, imagínense ustedes, me está cayendo ya la gota fría por la nuca, una gota de sudor que me da pánico porque es otra de las secuelas que me dejó el yuyu y la doctora

Galarza me dijo que no se me quitaría más nunca, que la gota bajaría por el pescuezo, por detrás, en la nuca, y llegaría a la espalda como si fuera un río lleno de frío y que esa gota provocaba miedo, que yo tenía que aprender a domarla porque no se me iba a quitar más nunca. Y, entonces, tendido allí, en mi chinchorrito, como decía Mami, volvía a sentir la gota bajar por detrás, de la nuca al cuello y después otra y otra, y eso era el preludio del pavor cuando yo tenía el yuyu, carajo, qué lucha.

Las secuelas del yuyu: psoriasis a gota. Una pesadez que solo se quita con sol, pomaditas y agua salada.

—Hay que bañarse en la playa, compañero —me dijo la doctora Galarza—, ¿le gusta a usted el sol y la playa?

—Claro que sí, doctora, claro que sí —mentí.

Porque ¿para qué les voy a decir otra cosa? Odio el sol, odio la playa, la arena y toda esa mierda toda llena de gente chillando y jugando con la pelota. De jóvenes íbamos Mami y yo a las playas del Este con Isis, porque según Mami había que llevar la niña a la playa para que creciera fuerte y le diera el sol, ¡a una mulata!, para que la salud se le metiera a la niña por todos los poros del cuerpo y creciera fuerte y preparada para el arte del baile, que todo eso le entró a Mami antes de que Isis se fuera para el Tropicana a entrenarse y a bailar, no antes, bastante antes de conocer a Joel. De modo que tenía que coger sol en la playa, curtirme la piel y bañarme en el agua del mar para que la psoriasis a gota no me fuera carcomiendo la piel, para estar siempre fresco y saludable. Así es la vida, cuando ya estaba entrando en la vejez viene la doctora

Galarza y me dice que Mami tenía razón, que en la playa se crece más fuerte porque te pega el yodo en la piel y es muy buena el agua salada para todo tipo de enfermedades, también para la suya y sobre todo, me dijo Darsy, y yo no supe qué contestarle y le dije que sí, que me gustaba la playa.

—Tres días en semana por la tarde, esa es mi recomendación, compañero Cepeda —me dijo.

—Bueno, no es mucho —contesté con disimulo.

Pero para mí sí es mucho, muchísimo, ir a la playa tres días en semana, a Tarará, a ver aquellos niños de Chernóbil que vi una vez sola cuando llevé a unos turistas a la playa y allí estaban todos, lisiados, torcidos, caminando despacio, con los huesos destruidos y la piel enferma y blanquecina, los pobres niños de Chernóbil. Aquí los acogió la Revolución, ¿o se olvidan ustedes de eso? Los acogió Fidel, les puso una clínica para ellos solos en Tarará, y un colegio para que aprendieran a hablar español y no perdieran tiempo con la terrible enfermedad que les había causado la explosión nuclear y aquí, carajo, los salvamos, les dimos alimentos, recuperamos su fortaleza y su salud, que conste en acta para que no digan después los contrarrevolucionarios que esto es un infierno.

—Bienvenido al infierno —me acordé entonces que Isis le había dicho al catalán que la convenció para llevársela a Barcelona, el tal Marsans tú me entiendes, ¿no? Siempre con el tú me entiendes a cuestas, como si uno estuviera hablando otra lengua distinta de la de él, como si estuviéramos en otra onda, en otra frecuencia, o jugáramos en ligas diferentes, el cabrón de mierda de Marsans tú me entiendes.

—Oye, chico, Marsans, deja ese jueguito tuyo de tú me entiendes que te estoy entendiendo perfectamente —le dije una vez encabronado.

Pero él nada: como si pasara por su lado un carro de pescado haciendo ruido, no le importaba un carajo que yo le llamara la atención, que le dijera que me molestaba que me confundiera con esa verborrea que siempre preguntaba si lo entendía. Se lo decía a todo el mundo, el gran carajo.

Pues aquella noche me dio, después del timbrazo de Mami, por pensar en la familia y en el yuyu. Sin darme cuenta me estaban castañeteando los dientes por el jodido bruxismo, que es una palabra que yo no había oído en mi vida y que hay que ponerse una férula, según me dijo la doctora Galarza, para salvaguardar la salud perfecta de la dentadura, que si se van a ir machacando unos dientes con otros, una mandíbula contra la otra y se van a ir cayendo a pedazos los dientes más fuertes y las muelas hasta arruinarse toda la dentadura.

—Y eso en un hombre joven todavía está muy mal —me dijo simpática la doctora Galarza.

Y ahí tengo la férula, en el cuarto de baño, pero no me la pongo nunca y ya estoy notando el deterioro de la dentadura, carajo, pero no me amaño, no me acostumbro a ponerme la dichosa férula para dormir y así parar el golpe de una mandíbula contra la otra, eso es el bruxismo. Dormido dicen que es peor porque uno sueña y no se da cuenta y ahí están los nervios ejerciendo su labor de deterioro sin parar. Eso es el bruxismo del carajo.

—Tampoco se quita más, compañero Cepeda —me dijo la doctora.

Ninguna de esas secuelas se me iba a quitar, podemos paliar sus efectos nocivos, me dijo muy profesional, pero son incurables. Y luego está el bicho, la bestia que acaricia para meterse dentro poco a poco, sin que tú caigas en la cuenta.

—Y luego está la bestia —me dijo sonriendo—, que es como una mano que acaricia —me enseñó la doctora.

—¿La bestia? —le pregunté un poco asombrado.

—Sí, compañero Cepeda, la bestia, la autoconmiseración, el desprecio de uno mismo. Usted la deja entrar, se pone mustio y ella, la bestia, entra y le da ese estado de ansiedad que lo obliga a venir aquí, al centro clínico. A veces con un ataque de temblores y otras veces sudando y llorando sin saber la razón, como si usted estuviera realmente loco. Hay que parar eso porque después vienen las visiones falsas...

—¿Las visiones?

—Sí, compañero Cepeda, las falsas visiones, lo que se llama en psiquiatría las alucinaciones.

¡Alucinaciones! Hasta ahí podíamos llegar con el yuyu, hasta tener alucinaciones en el momento que menos lo esperara. Sí, decía la doctora, visiones negras, figuras de monstruos que se le acercan al lugar donde usted está y parece que van a comérselo. No, hay que hacerles frente antes de que aparezcan porque si llegan tampoco se van.

Monstruos, agujeros negros, espejismos, ¡vaya vaina más horrible! Y entonces esa noche pensé en mi familia y en mí mismo, y en el cuidado que tiene usted que tener ahora, a partir de ahora, con el alcohol, con el aguardiente, compañero Cepeda, me dijo la doctora Galarza. Nunca me apeó el tratamiento, siempre mantuvo la compostura, jamás me dio pie a que entrara con el asuntico, ¿cómo entonces me echo yo en cara ahora no haberme metido hasta dentro, haberme atrevido a decirle yo la quiero, Darsy, yo te quiero, amor mío, y todo eso que es una cursilería pero hay que decirlo porque si no no se entra, no puede uno invitar a su amor a tomarse un trago, a cenar por ahí, en el Templete o en otro restaurante o en una paladar de las que estén de moda? ¿Cómo si no? De modo que ella siempre me hablaba y, al final, me decía siempre, siempre, pero siempre, compañero Cepeda, y ahí me frenaba y me ponía en mi lugar por si las alucinaciones, pienso yo todo el tiempo echándole humor a la vaina.

Así fue como se me escapó la paloma más importante de mi vida y me entró de repente la vejez. La gente joven cree que esa etapa no le va a llegar nunca y se ríe de los viejos porque ya no sirven para nada. No es así. A Joel se lo tuve que decir un día para que entendiera las cosas de la vida.

—Tú procura llegar a mi edad y después hablamos —le dije embromándolo. Después le expliqué que una cosa era la vejez y otra la ancianidad. Y, como era natural, el pobre Joel ni siquiera había caído en la cuenta de la diferencia sustancial que hay de una cosa a otra, creyó siempre hasta que yo lo saqué del error—. Un viejo sirve para todo, no como un hombre de cuarenta o cincuenta, ¿oká? —le dije—, pero un anciano no puede servirse por sí mismo de nada, ¿lo ves tú?

Y entonces le vi en la cara lo que estaba pensando pero no se atrevía a pronunciar. Los ojos se le fueron a Isis, que estaba a su lado, sonriendo mientras yo le contaba mis cuentos de viejo y la diferencia con un anciano. Ella, yo estaba seguro de eso, sí se atrevía, salió a Mami, no había quien la metiera a viaje, la niña rebelde.

—¿Y entonces Fidel qué es, un viejo o un anciano? —se atrevió a preguntar Isis, con todo descaro y sarcasmo.

—Los héroes no son ni viejos ni ancianos, son héroes —le dije para salir del paso, y yo creía que había salido, pero ella insistió. Se reía, miraba a Joel, que tenía el rostro pálido hasta morirse, le daba un pellizcón en el antebrazo y seguía entrometiéndose, destrozándome mi explicación.

—Pero, papi, tú sí que eres un descarado, chico, ¡es un anciano al borde de la muerte, hombre!, ¿tú me entiendes?

Se le había pegado esa vaina del Marsans, esa coletilla de su habla, y me la repetía igual que el catalán.

—Tú no has visto ese video clandestino que funciona por toda La Habana, ahí está con los hijos, con los nietos, vestido con un chándal con los colores de Cuba, sin apenas poderse levantar de su silla, como un ancianito al que se le cae la baba con sus nietos, ¿no te parece eso un despojo humano y no un héroe? Los héroes, al fin y al cabo, mueren jóvenes, no te olvides que eso me lo enseñaste tú desde que era chiquitica. Sí, hombre, papi, acuérdate bien, los héroes de verdad, los que hacen la verdadera Historia, la historia con mayúsculas, esos mueren jóvenes como Alejandro Magno, Simón Bolívar y el Che Guevara. Y como los toreros de verdad, que mueren en el ruedo y eso fermenta la leyenda, ¿no era así como tú me lo contabas?

Y sí, carajo, la niña rebelde tenía una memoria de mil demonios y se acordaba de todo aquello que yo le conté cuando era una niña, que los héroes se sacrificaban por la patria, por los ideales, por cambiar el mundo y que nunca envejecían. Isis tenía clavadas esas enseñanzas en el medio de la frente y ya era demasiado tarde para borrárselas o para ponerle una excepción a la norma, a la regla: Fidel Castro. Eso ella no lo habría admitido nunca y me habría dicho que yo le estaba mintiendo siempre, y Mami se reiría de que Isis me venciera una vez más, me destripara dialécticamente y me dejara sin palabras. Esa noche, después del timbrazo de Mami, yo recuperaba todos esos recuerdos viejos que se agolpaban en mi cabeza y la gota de sudor comenzó a caerme por detrás de la nuca, como si estuviera a punto de suceder algo nuevo y único en la historia del mundo, y de nuestro mundo, y entonces ahí, en ese momento, pensé por primera vez en toda mi vida que Fidel Castro Ruz, el Comandante en Jefe, se podía morir en cualquier momento, que las emisoras del mundo entero lo daban por muerto desde hacía casi veinticuatro horas antes y que en La Habana y en toda Cuba se respiraba esa calma cabrona que preludia siempre un huracán destrozador y criminal.

Por eso sudaba mi nuca, y comenzó después a sudar todo mi cuerpo, y después me entró como un vendaval el pánico de sentirme solo, sin Mami, sin Isis, sin Joel, sin mis amigos, los que fueron combatientes conmigo, sin la doctora Galarza, sin Raúl, sin poder llamar a nadie y darle un timbrazo y preguntar tan tranquilo qué sabes tú de esta vaina que dicen las emisoras del exterior. Porque eso es un secreto de Estado y nadie me lo va a decir, como nadie nos ha dicho nunca cuál es la enfermedad que tiene el Jefe del Estado, el Comandante en Jefe, Fidel. Y noté el temblor de mis manos porque el cigarro también temblaba, y cuando me lo ponía en los labios para dar una chupada volvía a temblar. Y ahí, tumbado en mi cama, sudando y temblando, por primera vez en toda mi vida me di cuenta de que estaba completamente solo, que podía morir yo entonces antes que Fidel y que nadie iba a enterarse durante días. Y me di cuenta de que Fidel se podía morir, porque era ya un anciano endeble, incapaz por sí mismo de mantenerse en pie, a las puertas mismas de la muerte a la que tanto temía, según sus enemigos.

18.

La soledad de la tarde inacabable, aunque ya era de noche en La Habana, me hizo reflexionar y me amedrentó mucho más que si las alucinaciones de las que me habló la doctora Galarza comenzaran a entrar en procesión por mi cuarto para delante. La soledad. Vale la pena sentirla de cerca cuando toda la vida creíste que vivías acompañado y que la Revolución velaba las veinticuatro horas del día por ti, por mí y por todos nosotros. Pero hubo un momento en que el grito salió a la calle y ya no se detuvo más: sálvese quien pueda, que cada uno resuelva su vida como le venga en gana, sin joder a los demás y sin levantar escándalos. Ahí está la vaina. Cuando los misiles en los sesenta, nos quedamos solos frente a los yanquis y les hubiéramos hecho la guerra. ¡Nosotros solos! Estábamos preparados para la invasión, para luchar contra los mercenarios y los marines, para empezar a echarnos paracaidistas que aparecieran en el cielo lanzándose contra La Habana. Ah, no, aquí no iban a tener paz ni un minuto. Pero nos quitaron los cañones de largo alcance y no teníamos petróleo. Imagínense ustedes la Cuba de los primeros tiempos de la Revolución, en los sesenta, con petróleo. Hubiéramos invadido Florida sin dar un tiro y Nueva York saltaría por los aires con las tumbadoras y los metales que íbamos a meterles por el culo a los yanquis. Pero nada de lo que previmos salió como quisimos que saliera. Todo nos salió mal y tuvimos que empujarnos después de lo de Angola, en la ratonera del Período Especial y el turismo como solución económica inmediata. Lo que ayer era el peor pecado para la Revolución, el famoso turismo, ahora era la gran solución económica. Y, después de los años, la tarde cayendo lentamente, como escriben los poetas, sobre tremenda soledad que le da a cada uno por pensar loqueras y demencias.

A mí me dio durante unas horas por pensar sobre lo que tal vez tenía que haber hecho y no hice. Por ejemplo, no mostrar tanta debilidad ante los jefes, tanta fragilidad. Esa manía del lacayo, de estar siempre a lo que mandan, que por otro lado es lo que mandan, estar siempre a disposición de los que manden. Ya lo sé, parece un juego de palabras y lo es, pero después de ir y venir, después de ser un fiel servidor de la Revolución, a uno, a mí mismo, que siempre estuve a gusto y a disposición de Raúl o de cualquier otro jefe para lo que mandara en cada momento, le entran ganas de soñar con la otra vida soñada tantas veces y que nunca viví. Como diría Marsans en su mejor y más repetido momento, ¿tú me entiendes, no?

La otra vida. Aquí, en la soledad y al oscuro, el bolero es otra cosa. No es tan dulce ni tan sentimental, sino que resulta amargo, como un café sin azúcar, amargo como el recuerdo de no haber vivido lo que se pudo vivir y ya se fue todo para la pinga. Vivir, por ejemplo, el sueño de la doctora Galarza. Haberme echado para delante y haberle dicho que me había enamorado de ella. Y si ella tenía pensado mandarse a mudar, yo correría la misma suerte. ¿La suerte del traidor, entonces? ¿Abandonar la Revolución en peligro siempre por el amor de una mujer? Bueno, sé de muchos casos y no se les puso una pistola en la sien para que se pegaran un tiro. Y sé de otros muchos casos en los que la mujer se fue para Miami, para España o para Italia y él, héroe integral y silencioso de la Revolución, se quedó aquí, al pie del Malecón, coño, con las armas en mano esperando una inminente invasión que no llegó jamás hasta hoy.

Cada vez que hablaban en estos años de la invasión, yo los veía llegar como una alucinación, como un espejismo, los veía llegar a cientos los aviones con paracaidistas que rompían el azul de La Habana y sembraban el pánico. Me imaginaba la guerra y las bombas estallando en las calles de La Habana y nosotros, los revolucionarios, defendiendo la Revolución, adelante, cubanos, que Cuba será siempre socialista y los demás himnos de la patria y la guerrilla. Coño, yo los veía cuando era más joven desembarcando en las playas de Pinar del Río y en Matanzas, por cientos y por miles cayendo bajo las balas revolucionarias de los cubanos que proclamaban así la victoria de la Revolución sobre el imperio de mierda y la gloria de Cuba bajo el sol de la tierra, ¿oká? Así lo soñaba, pero ese escenario se volvió poco a poco un merenguito lleno de mentira. Nadie venía, nadie nunca vino, salvo Girón, y a eso nos agarrábamos cuando pasaba el tiempo y la invasión no se daba. Acuérdate de Playa Girón, decían, decíamos, nos inyectábamos en el cerebro que Girón podía repetirse pero no se repitió nunca, jamás, y todavía, ya viejos y con unas barrigas que van por delante de nuestros cuerpos, estamos esperando con el uniforme destruido que lleguen las señales de la guerra para entrar en combate y derrotar al enemigo impostor. ¿Y por qué no invadimos nosotros a los yanquis? Invadimos América del Sur, invadimos África. ¡Cuba!, ¡una islita invadiendo la mitad del mundo! Y luego vino el silencio, la grisura, el Período Especial. Y Ochoa. Y De la Guardia. Ahí, por esa decepción, me dio el yuyu que nunca más se me quitó, sino que dejó ahí en el alma y en el cuerpo las señales de su paso por mi vida, como un huracán destrozador. El yuyu por lo de Ochoa. ¿Tengo que dar más explicaciones? Las doy, me las doy a mí mismo y lo recuerdo y me entran ganas de llorar, como dicen que Raúl lloró delante de su propio espejo cuando le comunicaron que se habían cumplido las penas de muerte y que dos de nuestros héroes más queridos y atrevidos ya eran ceniza de la Revolución. Ese día entré en mi casa de Luyanó donde sigo solo confundido y entristecido por lo que sucedió, por la manera tan cruel que escogió la Revolución de quitar de en medio a dos de sus mejores hombres. Mami se dio cuenta de mi estado de ánimo, de mi decaimiento, del descrédito ante el que caíamos todos los militares y la Seguridad del Estado por ese episodio tan lamentable.

—Se acabó todo, Walter —me dijo muy seria, en baja voz, con los ojos brillantes, a punto de echar para fuera un par de lágrimas del tamaño de dos diamantes. Yo la veía a ella también destruida, como que por lo menos hasta ese momento pensó en la victoria moral que éramos frente al mundo, pensó en la roca de resistencia que era Cuba frente a los abusos del agresor histórico, los Estados Unidos de América, pensó en que hacíamos lo que teníamos que hacer, a pesar de no entender muchas veces por qué hacíamos lo que hacíamos si no lo entendíamos—. De aquí en adelante se acabó todo. Cualquier cosa puede suceder, Walter —me dijo acariciándome la cara y dándome un beso en la mejilla, como si me estuviera consolando.

Y sí, se acabó todo. La poca fe que nos quedaba en la Revolución se fue del aire conforme fuimos sabiendo y conociendo por lo bajo los pormenores de lo de Ochoa y Tony. ¡Cómo cojones iban a ser traidores a la patria los más grandes patriotas de Cuba! ¿Acaso no eran los más altos patentes de corso, los intocables de las alturas, los ungidos por la propia Revolución? Por lo bajo, tam-tam y Radio Bemba, se supo, y eso tuvo que salir de los despachos como una orden que va creciendo desde un eco lejano hasta convertirse en una verdad revolucionaria y entonces y por lo mismo incontrovertible, que el general Ochoa y «sus secuaces», así los llegaron a llamar, ¡a los De la Guardia nada menos!, estaban preparando un golpe de Estado. Ochoa intentaría la sublevación contra la Revolución desde Pinar del Río, en cuanto le dieran el mando de aquella parte del Ejército, y sus hombres le seguirían como uno solo hasta decirle al mundo que la Revolución iba a seguir hacia delante, pero con más libertad, con más derechos humanos y sin tanta guerra contra los Estados Unidos. Ese era el golpe y sacar a Fidel y a Raúl de Cuba, o darles dos tiros, fusilarlos por traidores como los fusilaron a ellos. ¿Narcotráfico? También. Tony se había aprovechado más de la cuenta del departamento de Moneda Convertible que dirigía y se había quedado con millones de dólares. ¿Para qué?, si él era más aquí en Cuba sin un dólar que cualquiera en el exterior con los millones que dicen que se robó y que no aparecieron nunca más...

No me creía ninguna de esas patrañas, pero la Revolución es la Revolución y Fidel es Fidel, y no dije nada, nadie dijo nada sino otro escritor, está visto que aquí los que dan el grito son siempre escritores, Norberto Fuentes, compinche célebre y reconocido de Tony y Ochoa, y encima el encargado por el propio Fidel Castro de contar las guerras de Cuba en Angola. Ya lo dije, que yo iba una vez en el avión en el que el propio Fuentes hablaba con el Comandante en Jefe haciéndose chistes como si fueran íntimos amigos, y entonces de repente, cuatro meses más tarde, todos eran unos espías del enemigo, unos contrarrevolucionarios, unos traidores derrengados que querían quedarse con Cuba eliminando a Fidel y a Raúl. No, no me creía nada, nadie se creyó nada, pero nadie hizo lo que Fuentes, que se puso en huelga de hambre como todos estos desde hace unos meses, ¡vaya moda la de no comer y dejarse morir de hambre en un lugar donde no hay nada que comer y uno puede morirse de hambre sin ponerse en huelga de nada!

Esa tarde Mami no me dijo nada más sobre el asunto. Se acercaba a mí y me decía, levanta el ánimo, las cosas que pasan no deberían pasar, pero levanta el ánimo, Walter, que esto no va contigo. Pero sí iba conmigo. Y tanto que iba conmigo, conmigo y con la Revolución. Hasta en mis tenebrosos pensamientos de esa noche que pasé por primera vez en mi vida despierto de pavor se me apareció el Apocalipsis, hay que joderse, a mí que no creo en nada se me apareció esa noche la alucinación del fin del mundo. Esa era una señal del fin del mundo, del fin de la Revolución que mataba a sus propios héroes, que exigía víctimas cada cierto tiempo para que se le tuviera pavor, el mismo pavor frío que me entró a mí en el alma y que pude traducir con una cierta reflexión, trincando los dientes, como el acabamiento, la Revolución ya sin sangre dentro, sino secándose al sol del cielo y más nada. Eso, los viejos matando a los jóvenes, de modo que nadie estaba a salvo de ser esa víctima que los dioses iban a seguir pidiendo, sedientos de envidia, sedientos de la sangre joven, sedientos de todo. Y me volví a acordar de la película de Titón, cuando después del diluvio, la voz de fuera de la película, en off se dice técnicamente, habla de Olofi y de su olvido de los viejos; que Olofi se había olvidado de la muerte de los viejos, como es el orden natural de las cosas, y que los viejos mandaban sobre los jóvenes y no se morían nunca. Esa imagen y la del caballo hermoso dando patadas al aire y quitándose de encima el agua del diluvio para volver a mandar sobre todos. Ahí estuvo claro, pero a mí no me gustó porque entendí lo que realmente significaba y quién era el caballo, quiénes eran los viejos y quiénes éramos nosotros y lo que el diluvio significaba. Todos lo entendimos pero no dijimos nada, como que nadie había entendido ni se había dado cuenta de nada y nada había que objetar a aquella obra de arte de Titón que era tremenda crítica contra la Revolución, y nos olvidamos de todo después de aplaudir la película y seguimos en plan silencio hasta hoy, una vez tras otra.

Esa noche del 89 me convencí de mi propio acabamiento, que no me quedaba ya otra cosa que disfrazarme para pasar inadvertido, que no me quedaba ya más que jubilarme y quitarme de en medio de la vista de todos. Y entonces fue cuando me entró el yuyu. Lo noté por la gota fría que me caía por la nuca y me helaba la espalda y llegaba hasta el culo, como un río enorme de gotas frías que me inundaban el cuerpo y que no eran el sudor normal, sino otra cosa, la angustia, la ansiedad, y de repente me di cuenta de que los dientes me estaban castañeteando, y las manos, como si en un segundo se hubieran llenado de tics y de Parkinson y yo fuera un enfermo irreductible. Fue cuando pedí permiso para quedarme en casa una temporada y Raúl me lo dio con una condición.

—Ve a verte, que te miren eso —me ordenó.

Cuando lo miré y le dije sí, Jefe, voy a ir, me acordé de Alberto Mora en el despacho del Che, tantos años atrás, con el color de la muerte dibujándose en su rostro, como que ya tenía la decisión tomada, como que en cuanto tuviera un momento de descanso iba a pegarse un tiro. Sí, estaba mal, pero ¿por qué Alberto Mora se pegó un tiro? Me lo había estado preguntando todos esos años, y ahora me salía a mí el crucigrama completamente hecho, no le faltaba ni una palabrita. Se pegó el tiro porque no pudo aguantar la ansiedad, porque se lo llevó el descreimiento de la Revolución, porque estaba lleno de mierda cuando él era limpio. Y cuando se pegó el tiro, el golpe retumbó en toda La Habana, en toda la isla, como el cañón del Morro a las nueve de la noche, y no hicimos nada, sino que todos dijimos lo mismo: estaba mal, muy mal, pobre Alberto Mora, teníamos que habernos dado cuenta..., pero lo dejamos que se matara, la Revolución lo dejó que se matara porque, como dice el Comandante en Jefe, el que no es revolucionario y no tiene fuerza para aguantar en primera fila de la Revolución, que se vaya para el carajo, con un tiro o nadando noventa millas hasta llegar a Miami. ¡Hay que joderse! Y cuando se mató la Santamaría, la heroína con apellido de héroe, tampoco hicimos nada, al contrario, tapamos su muerte, dijimos que se había suicidado el 27 de julio porque era una temeridad decir que se había matado el 26 de julio, eso no podía admitirlo la Revolución, y no lo admitió y por eso se cambió la fecha y todos asistimos al teatro de su entierro como si no nos hubiera dado una señal que nos negamos a ver. ¿Era una traidora acaso? No, no era una traidora, estaba enferma y luego se le enfermó la cabeza y se mandó el veneno que terminó de matarla. Mentimos sabiendo que mentíamos. De eso se trataba, de mentir a sabiendas en beneficio de la Revolución porque decir que se mató el 26 de julio hubiera ayudado el enemigo eterno. Le entró el yuyu del descreimiento, se agotaron sus esperanzas, no pudo más, se afligió, y el que se aflige se afloja, como decía Omar Torrijos.

—¿Quieres un cafecito con azúcar, viejo? —me preguntaba Mami esa tarde casi de noche.

Yo estaba tendido en el sofá, como si estuviera borracho, con los pensamientos idos, yendo y viniendo, recorriendo mi vida, y ella, cariñosa, se acercaba de vez en cuando y me ofrecía un cafecito. Y un rato más tarde, volvía al living y me preguntaba si lo que me provocaba era un roncito, tenemos buen ron, Walter, y te hará bien. ¡Cómo decirle que estaba ya cargado de aguardiente, que la caña me ardía en el estómago con tantas preguntas sin respuestas, con tanta sospecha evidente!

Nunca estuve tan perdido como aquella noche. No me reconocía, no reconocía el lugar donde estaba, que era esta misma casa mía de Luyanó, no reconocía las voces que me hablaban cada vez más alto en mi interior. No sabía qué era aquel sudor raro, ni aquel temblor que se quedaba dentro y me daba pavor de todo, hasta de mirar a Mami. Vi, en un momento determinado, que Mami me estaba mirando mal, como que iba a hacerle llegar a la Seguridad que yo mismo era un traidor, que ella iba a levantar su informe contra mí mismo y a entregarme a los segurosos, a mí que era uno de los segurosos más segurosos de la Revolución y que ahora me olvidaba exactamente de quién era y de que no tenía nada que temer.

Pasé una noche de perros. Con un insomnio desconocido. Hasta ese momento yo tenía siempre la conciencia en la Revolución, pero ahora no, ahora no tenía conciencia de quién era y de quién había sido, y sobre todo no tenía conciencia de quién iba a ser de allí en adelante, con el yuyu golpeándome como se golpea a un boxeador sonado, en la esquina del ring lleno de sombras que se mueven y te dan golpes hasta que te tumban sobre la lona y después te recogen y te echan a los perros para que tus despojos sobre la tierra no perduren más de lo que tardan los animales en saborear el festín. Por eso me levanté como pude al día siguiente y me fui a ver a la doctora Galarza. Como un clavo ardiendo: me agarré a ella, como se agarra uno a la última guagua que le queda en la vida. Y me enamoré. Disimulé que me había enamorado, para que ni siquiera Mami se diera cuenta, que no sé si al final se dio o no, pero nunca me preguntó por la doctora Galarza. Yo llegaba y le decía lo que me había recetado Darsy: las pastillitas para despertarme todos los días con ganas de hacer ejercicio y salir para la calle, a caminar, al Parque Dolores, al Parque Central, a entretenerme y no quedarme en casa, acostado y sin hacer nada, dándome vueltas el pánico durante horas; las pastillitas para dormir, una cuando apague la luz todos los días, como un niño pequeño, como un pionero.

—Usted, compañero Cepeda, apaga la luz y como un chiquilín se dice a sí mismo, a dormirse, da la orden, y ya verá como funciona la pastillita —me decía la doctora Galarza.

Y todo lo que me daba Darsy funcionaba. Las pastillitas funcionaban. Por la mañana me levantaba todos esos días, me tomaba la pastillita y un par de horas más tarde, con mi guayabera blanca completamente limpia y mis pantalones negros perfectamente planchados, salía a caminar durante horas, como un náufrago.

—Usted tiene que caminar por las calles, hablar con la gente, distraerse —me decía Darsy.

Y yo lo hacía y trataba de entretenerme y hablaba con la gente y me sentaba en un banco del Parque Central, miraba como un viejo las bandadas de palomas volando alrededor y me quedaba absorto sin poder quitarme de la cabeza el yuyu y lo que lo había provocado: el fusilamiento de Ochoa, el fusilamiento de Tony. Pero no se lo decía a nadie. Las únicas que lo sabían eran Mami y la niña, que me miraba con sorna, como queriéndomelo decir una vez más, ¿lo ves, papi?, ¿lo ves cómo son? Isis, la niña, Bel, la bailarina que cogió puerta y ahora triunfa en Barcelona. Por eso ahora, esta tarde en la noche ya, me ha entrado esa soledad del carajo que me hace temblar de nuevo como si fuera el último hombre que hay en Cuba, como si fuera la única persona que está en la isla y que tiene que sobrevivir a base de creerse que está todavía vivo. Solo, me dije una vez más. Estás solo, no están ya muchos de tus compañeros, que ya te han olvidado y de los que te has olvidado. Solo: sin Darsy, sin Mami, sin Isis. Nadie a tu alrededor, sin agua salada y sol de mañana para que te cure la enfermada de la piel que ya no te abandonará nunca, Darsy. Me dio por soñar una vez con Darsy y me veía con ella viviendo en Madrid, yo con una máquina nueva de alquiler y ella en su despacho médico, por la mañana en su clínica, cuidando locos, y por la tarde en su despacho ya prestigioso de psiquiatra. Y cuando salía del trabajo, yo iba a buscarla en el taxi, otro Merceditas de paquete, blanco como los taxis de Madrid, y nos íbamos a comer unos filetes y unas cervezas a un restaurante de las afueras, los dos solos, y el amor que nunca viví con ella ni con nadie. Me imaginaba ese idilio delirante y me pasé horas recorriendo el mundo con Darsy y mi pensamiento loco, porque en realidad estaba solo y al oscuro y en el silencio solo roto por los bramidos de María Callas y los timbrazos repetitivos de Mami para decirme qué había de los papeles. Unas horas más tarde recuperaba la cordura y volvía a la realidad, a pensar en que Fidel se había muerto y los cubanos no nos enterábamos de nada hasta que la Revolución nos dijera qué estaba pasando. Aplicaba el oído en la madrugada para poder saber, o sospechar aunque fuera, que en las calles y las avenidas de La Habana había movimientos de tropas. Me convencía de ello, que estaban tomando posiciones para dar la noticia nada más amaneciera. Fidel se fue del aire. ¿Y cómo carajo iban a decirnos eso si estábamos convencidos de que era inmortal? Y, de repente, se metía de nuevo el delirio y me preguntaba a mí mismo cómo sería mi vida si me hubiera ido detrás de Darsy. Me hubieran tomado por traidor a la Revolución y no por un viejo muerto como estaba ya casi en mi living de Luyanó, tumbado en el sofá y sudando de angustia. Me asomaba de vez en cuando a la ventana y oía la noche, oía la oscuridad, respiraba el aire fresco de esa parte de La Habana como una droga limpia. Y nadie: no pasaba un carro, y menos un carro militar. Aunque oía de vez en cuando el ruido acelerado de algún motor y me tiraba a la ventana a ver si eran militares, no vi ni uno y me volvía a tumbar sobre el sofá a ver pasar la noche, mientras de vez en cuando la perra María Callas se mandaba un par de arias que parecían truenos de tormenta en mis oídos, y rompía el silencio de la noche y mi hipotética calma.

La cabeza se me iba en pensar en Ochoa, como si hubiera sido ayer que lo conocí en África. Después aparecía Tony, y Fidel hablando con Norbertico en el avión, jovial y amistosamente, ¡hay que joderse! Y, de repente, aparecían recuerdos de tiempos que, visto lo visto, fueron mucho mejores para todos que los que ahora estamos viviendo en esta inminencia definitiva. Y apareció Max Marambio, el Guatón millonario, y empecé a pensar en su caso no tan insólito como yo había imaginado al principio, porque ese era otro aprovechado, un delincuente internacional, según la Revolución, y no un cómplice leal y cercano como había sido en todos estos años. Aparecía el espectro de Marambio en la Seguridad del Estado, él, que era coronel de Tropas Especiales y que era en sí mismo secretos y secretos de misiones secretas de la Revolución. Aparecía el Guatón en Villa Marista en mi imaginación y Álvarez dándole golpes con los libros de Padilla y gritándole que podían destrozarlo en cualquier momento y decirle al mundo que lo que tenía dentro era un gusano más lleno de mierda, ¿oká?, Álvarez subido de tono y Marambio creyendo que por una vez lo iba a salvar Fidel. Marambio, el Guatón millonario, no sé por qué cojones me dio por reconstruir todo su caso en esa noche de la muerte de Fidel, donde nada, ni siquiera la muerte ni lo que yo estaba pensando en esos momentos, era verdad o se podía decir que fuera verdad, sino todo lo contrario, producto de mi imaginación, de mi delirio, de mi locura, cuando en realidad Marambio nunca estuvo en Villa Marista, jamás lo interrogaron, y lo que hizo cuando las vio venir fue escaparse, como hubiera hecho otro cualquiera, ¿no?

19.

Tremendo tipo Max Marambio, aunque a Mami le gustaba hacer bromas con su nombre. Cuando llegaba un poco tarde a casa, me encontraba a Mami con la cara regañona. Entonces ya estaba preparado para la lucha, para la bronca, y ella descargaba. Me olía la ropa como si fuera un animal, a ver si había rastro de mujer, porque con Marambio ya se sabía, era célebre como jodedor y mujeriego. Quiero decir que tenía tremendo éxito con las mujeres, porque tenía poder, porque las hacía reír a carcajadas, las divertía, y tenía influencia y dinero, además de una simpatía que repartía gratis entre tantas amigas que tenía. Y Mami no se fiaba. Yo lo ponía siempre de parapeto durante la temporada en que fuimos más o menos cómplices, que no sé bien yo quién vigilaba a quién, o si al mismo tiempo un tercero nos vigilaba a nosotros dos. Lo ponía de trinchera y lo culpaba de llegar tarde. Mami pensaba que yo le estaba ocultando algo, alguna mujer secreta, una pasión escondida de las que a mí, ella lo sabía, me gustaba tanto vivir, repentina y rápida, de las que aparecen y desaparecen en una semana y más nada, pero te dejan un rumor de perfumes y letras de poesía que no se te cae más nunca.

De modo que Mami me esperaba en casa con todas las divisiones en regla y listas para entrar en combate. Se acercaba a mí, me tocaba la guayabera con delicadeza, como una caricia de doble sentido, volvía a olerme como huelen solo las hembras animales, me volvía como a rozar la piel del antebrazo y lo decía.

—¿Qué, Gualtel, otra vez con ese Max Manubrio? —preguntaba llena de sarcasmo. Y se iba de mí sin esperar ninguna respuesta. Ella sabía que no tenía nada que decirle, que se me había hecho tarde tomándome unos tragos con Marambio, a quien no se cansaba de llamar Manubrio. Ni una sola vez lo llamó Marambio delante de mí, sino siempre Manubrio o Rebumbio, que si Marambio se enterara de una vez se habría partido de la risotada, a él le hacían gracia esos chistes—. ¿Y hasta dónde te llevó en helicóptero tu amigo Manubrio? —volvía a preguntar desde la cocina.

Resulta que mi amigo Marambio iba y venía a Cuba también en un helicóptero. Su hiperactividad de millonario en un sistema político y social que no admitía a los millonarios, salvo a él y dos o tres más, que eran más que generales de división en la isla, le conseguía y le aplaudía de admiración que fuera de un lado a otro de la isla en helicóptero. Como si él mismo fuera el Comandante en Jefe. Y bien mirado, ¿no lo era? Radio Bemba entera sabía que Marambio era un tipo de cuidado, con voz directa con el Gran Jefe, al que le recomendaba y le llevaba sus negocios. En mi vida me hubiera nunca atrevido a pensar que Fidel tiene negocios fuera y dentro de Cuba, pero todo me hacía sospechar que Marambio era uno de sus testaferros, uno de sus hombres de confianza en los negocios, si no el que más. La leyenda habanera dice, y es verdad, que Fidel le regaló en un mal momento suyo, quizá cuando empezaba por mal camino, quiero decir, por caminos oscuros y peligrosos, a ser el millonario que ahora es, nada menos que un millón de dólares americanos, y estoy hablando de una época en la que un millón de dólares eran todos los dólares del mundo, no como ahora que un millón de dólares solo sirve para darle de comer arroz con pollo a una banda de música de Tropas Especiales, que se lo comen todo, parecen termitas, así están estos de ahora, cuadrados, que te tropiezas con uno de ellos y el estropicio es tal que te tienen que llevar al hospital a enyesarte hasta el pelo, desde los pies a la cabeza.

—¿Y por qué tú no traes a tu amigo Rebumbio a comer a casa un día de estos, Gualtel? —cantaba entonces la rana volviendo de la cocina al living y enfrentándose conmigo sin perder una sonrisa cínica que me hacía coger tremenda lucha.

Gualtel, Manubrio, Bel. Porque ella no llamó nunca a mi hija Isis, que es su verdadero nombre, y lo que fuera, cuanto se le ocurriera, a ella le daba igual con tal de salirse con la suya y meter el naipe más alto en los ojos del adversario, que en este caso era yo mismo, Gualtel, una vez más. Esa es Mami en estado puro, destrozar los nombres para empezar con ventaja la partida.

Las mujeres son todas iguales, se quieren enterar hasta de tus secretos más profundos y húmedos, pero además hay algunas que son más iguales que otras, que son más empecinadas en la averiguadera, y barrenan. Barrenan y barrenan tu resistencia hasta que te rindes y, aunque les digas una mentira para salir del paso, ellas siguen y siguen bombardeando y no se cansan. Te dejan lisiado, contradiciéndote en todo. Y Mami es de esas, en casa del herrero cuchillo de palo, como dice el refrán. Venga usted para arriba y para abajo a investigar, a sacar piojos horribles de la cabeza de los contrarrevolucionarios, venga usted a denunciar y a vigilar todo el día y todas las noches de servicio a los miles de cabrones que trabajan para joder la Revolución, y llegas a casa destruido por tu propio trabajo y comienza la descarga de la banda de música por toda la casa, esa preguntadera de Mami de dónde fuiste, de dónde viniste, que si Manubrio, que si el helicóptero, que como yo me entere te corto los cojones con un machete y te dejo ahí, en la calle para que todo el mundo se entere. Un disgusto cada día que llegaba tarde. Pero ¿acaso ella no sabía con quién estaba casada, carajo? Pues no, al menos parecía no saberlo y echaba por el camino del medio a joderme hasta que yo me quedaba dormido en el sofá agotado, escuchando desde muy cerca la matraquilla de su voz, que atravesaba mi cerebro como si me estuvieran dando martillazos en la cabeza.

La primera vez que me encontré a Marambio en el exterior, él cumpliendo su misión secreta y yo la mía, fue en el bar Hermitage del hotel Cassidy, en Montreal, en pleno invierno, un temblor de frío del carajo, tremendo hielo para un cubano acostumbrado a ir por todos lados en guayabera. Ahí, en el Hermitage, me miró y me dijo, coño, mira el gallo que está aquí, ¿qué estás haciendo?, me preguntó Marambio.

Me lo preguntó a sabiendas de que yo no se lo iba a decir, ese era el juego, y después de decírselo él sabía que yo le iba a preguntar que qué hacía él y para dónde iba y yo sabía que él me iba a mentir como un segundo antes yo le había mentido. El juego de los agentes secretos que saben que son agentes secretos y unos mentirosos profesionales.

—Voy para Terranova, a coger el avión de la Cubana —le dije de un golpe.

Marambio se sonrió y me preguntó, antes de seguir hablando, qué es lo que estaba tomando. Yo estaba muy cómodo solo, sentado en uno de los cuatro taburetes que había al lado de la barra del pequeño bar llamado pomposamente Hermitage, como si fuera un museo lleno de reliquias suntuosas (cuando no era más que un barcito de un hotelito donde íbamos a parar algunos cubanos en misiones especiales), y él se vino hasta el taburete que estaba a mi lado y me preguntó qué estaba tomando. No le dije nada, le señalé el vaso largo con la bebida ambarina que hacía un momento había estrenado y entonces él soltó una carcajada de hiena, de las suyas, de las de mil sentidos, y me dio otro golpecito en la espalda (y tuve que sonreír a la fuerza) antes de oírle decir lo que yo ya sabía que iba a decir. Exactamente lo que yo (y él, seguro) sabía que iba a decir.

—¡Coño, coño, coño, el Walter Cepeda con la bebida del enemigo! —dijo, riéndose a carcajadas, como si fuera también el dueño del bar y del hotel—. Pues si el compañero Cepeda se empuja un whisky, yo quiero otro y que sea doble y seco. Como se sirve el ron en Cuba.

Doble y seco: ahí estaba Marambio empezando a bailar su rumba.

—Así que para La Habana, ¿y de dónde vienes? —volvió a preguntarme, mientras miraba al barman que le servía su bebida enemiga.

—Vengo de España, de los pesqueros —le dije mirándolo de frente.

Yo sabía que él sabía que no veía de España ni un carajo, pero también sabía yo (y él seguro que lo sabía) que él no sabía de dónde venía y adónde iba.

—¿Y cómo tú estás? —aproveché para preguntarle en el momento en que se llevó el primer buche a la garganta.

—Ahí, metido en negocios. He de volar a Moscú —me engañó, como era natural.

—A Moscú. La cosa más grande del mundo.

—¿Cuánto tiempo tú hace que no vas a Moscú, güevón?

—Años, viejo, años —le contesté de inmediato.

—Ahora los negocios se hacen ahí y en China. A lot of money, bocú de bisnes, Walter, para hacernos multimillonarios —y volvía el chileno a darme un golpecito en la espalda.

El Hermitage estaba bien iluminado, pero Max Marambio era un experto sobrado en no mirarte a la cara cuando tú esperabas que te mirara y, todo lo contrario, en mirarte cuando tú estabas distraído y no te dabas cuenta de que te estaba vigilando hasta el más mínimo gesto. Inteligente, previsor y psicólogo el Max Marambio. Raúl, esa era la leyenda, no le tenía ningún aprecio. Ya he dicho que se le había escapado en más de una ocasión cuando el Jefe creía que lo tenía trincado por el cuello, pero Marambio se deshacía del operativo cuando estaba prácticamente arrinconado en su casa de La Habana. Siempre por orden superior. De lo más alto. Conmigo tenía confianza, yo creo que incluso me apreciaba, porque nunca me había rozado con él, nunca había participado en su seguimiento ni le había levantado nunca jamás un informe. A mí, ¡qué quieren que les diga!, me merecía toda la confianza. Si a Fidel se la ofrecía, y era uno de sus hombres de confianza, ¿por qué a mí no?

La primera vez que llegó a Cuba estábamos en el año 66, le zumba el mango. Año 66: el mundo nos mira. Somos un pequeño país que se ha hecho grande en cinco años y que le toca las barbas al Tío Sam delante mismo de su cara. Max llega a La Habana entonces, y apenas tiene diecisiete. Llega con su padre, que era diputado socialista en Chile, Joel Marambio. Max dice en su libreto autobiográfico que Fidel le preguntó lo que quería estudiar.

—Arquitectura, Comandante —le contestó el muchacho.

—Muy bien, muy bien, Max, porque aquí lo que necesitamos son agrónomos —le contestó Fidel.

Y ahí está Max Marambio estudiando Agronomía como le ha dicho Fidel, empezando a ser ya un hijo suyo, un predilecto, un intocable. Lo mandaron para Pinar del Río a aprender instrucción militar, pero de repente volvió a Santiago de Chile. Dejó todo y volvió a Chile para hacerse GAP de Allende. Estamos en el 70. Fíjense que allí se metió en el MIR, en primera fila, con el nombre de guerra de Ariel Fontana, y coño, imagínense al Guatón, ¡montando la guardia personal del Presidente! Ya ahí Marambio tenía el beneplácito y toda la confianza de Miguel Enríquez, el jefe del MIR. Cuando en septiembre 11, en el 73, cayó Allende, ¿dónde fue Marambio? Al lugar donde tenía que ir: a nuestra embajada en Santiago de Chile. Diez meses estuvo encerrado en el cuchitril de nosotros en Santiago luchando contra los militares que quisieron invadirlo una y otra vez. Ya era un héroe entonces. Después, viajó de incógnito a La Habana, ingresó en Tropas Especiales, se ganó la confianza de Fidel otra vez y se empujó cientos de operaciones en Nicaragua,

Guatemala, El Salvador, Panamá, Etiopía y Angola. Ahí lo vi yo por primera vez, cuando fui en el avión con Fidel. Y quizá ahí comenzamos la amistad que tenemos hasta ahora mismo, cuando el tremendo tipo, no se sabe bien por qué, aunque yo sí lo sé, cayó en desgracia y Raúl está a punto de agarrarlo y meterlo preso. Y ¿a qué se dedicaba entonces el coronel de Tropas Especiales Max Marambio? A lo mismo que yo, a hacer operaciones financieras clandestinas para burlar el bloqueo yanqui. ¿Oká? Lo mismito que yo y por eso nos encontramos aquella vez en Montreal y otras tantas veces por ahí, por el mundo, él para Moscú y yo para La Habana, cuatro o cinco veces, tomando en hoteles y bares del mundo la bebida del enemigo, el whisky, la cosa más grande del mundo.

Mientras tanto, Max se hizo rico. Algo de los millones y millones que el jefe de Moneda Convertible le daba para traer o para llevar, y para financiar la guerra de Angola, sea dicho de paso porque eso no es un secreto, eso lo sabe el mundo entero y no estoy cometiendo al decirlo ninguna traición a la patria, ni mucho menos. Bueno, eso, algunos millones se le quedaron pegados, además de que constaba que Fidel le había regalado otro millón cuando le fueron mal las cosas de las inversiones y todo eso que él manejaba como un prestidigitador. No todo el mundo tiene una inteligencia tan brillante para hacer aparecer millones y al minuto hacerlos desaparecer como si tal cosa.

El caso es que el Guatón, en el 89, escapó loco. Íntimo de Tony, como Norbertico y otros más, escapó de la candela de puro milagro. La mano de Dios otra vez lo sacó del juicio y se lo llevó al Cielo. ¡Imagínense que llegó a montar sus propios negocios, una

cosa llamada Network Group, con nombre america-
no, que englobaba secreta o no tan secretamente casi
cuarenta empresitas! Turismo, tabaco, líneas aéreas,
hoteles, centrales de leche condensada para los niños
cubanos. A esa altura ya ni Marambio sabía cuántos
millones tenía en su poder, lo rico que era, quiero decir, y por eso de siempre lo llamamos el Millonario.
Y dondequiera que iba no guardaba cola jamás. Entraba y salía cuando quería, con una patente de corso que
tenían dos o tres en la Revolución. Y encima se casó
con una compatriota suya que era, ya no sé si sigue
siendo, una de las accionistas de la mayor aerolínea
chilena, la LAN. Con el pretexto de ser el jefe de campaña, en las últimas presidenciales, del hijo de Miguel
Enríquez, lo que son las cosas, Marco Enríquez-Omi-
nami, se mandó a mudar, cerró sus empresas en Cuba
y ahora lo reclama la Fiscalía, que, como no podía ser
menos, depende de Raúl Castro, mi Jefe, que como se
ve nunca fue el suyo.

Ahora dice que le debemos más de cuarenta
millones de dólares, aunque no es para tanto, y advier-
te de que no va a ir a Cuba a dar parte de lo suyo si no
se le hace caso a su reclamación. Max Marambio en
estado puro. ¿Quieren más? Pues lean su libro, su mi-
tología, su historia contada por sí mismo, que no es
para nada un informe negativo, sino todo lo contrario.

Recuerdo que estaríamos en el 93 por lo menos, y cuando estuvimos en el 78, cuando coincidimos
en el Hermitage del Cassidy en Montreal. Me quedé
con la fecha porque el tipo me preguntó de repente
qué hubo de la vietnamita.

—¿Sabes algo de ella? —me preguntó como a
bocajarro. Así, sin avisar.

Se estaba refiriendo a Phan Thi Kim Phuc, nada menos, con lo que me estaba dando el dato: él sabía todo de la vietnamita. ¿Saben quién era la vietnamita? A mí no me gustaba que me hablaran de ella, que me la recordaran, ni hablar, como si no hubiera existido nunca. Y no me gustaba porque había sido uno de mis más grandes fracasos en mi carrera de seguroso. La vietnamita me engañó y, en cuanto pudo, se echó fuera y se quedó precisamente en Canadá. Se mandó a mudar y nos dejó en ridículo. Sí, van a saber ustedes enseguida que la vietnamita es aquella niña que aparece en la foto universal contra los horrores de la guerra del Vietnam. La niña que corre por la carretera de Saigón, desnuda y quemada por el napalm de los bombarderos de los yanquis. Un crimen. Bueno, pues a ella la trajimos para Cuba, la cuidamos, la educamos, la instruimos en la Revolución, le dimos carta de naturaleza, la hicimos nación, la convertimos en un icono de la Revolución cubana, del Vietnam libre y de la lucha universal, y la cabrona va en un viaje a Canadá, se queda y pide asilo político. Ahora trabaja o trabajaba hace nada para la UNESCO.

—¡Cómo se nos escapó! —exclamó Marambio con una sonrisa más cabrona que la vietnamita.

A mí se me escapó. Yo fui uno de los jefes del operativo que le teníamos puesto a la vietnamita quemada por el napalm. Y ahí nos dejó tirados, en ridículo.

—No te preocupes, esas cosas pasan, Walter —me dijo Raúl después de echarme una reprimenda del carajo.

Fíjense que ahí, cuando se fue la vietnamita, pensé por primera vez en la jubilación, que debía plantearle a Raúl mi retiro antes de que él me lo planteara a mí. Se lo vi en los ojos. Ya yo había pasado por el yuyu unos años antes, y las secuelas salieron delante del Jefe en aquella audiencia por lo de la vietnamita. ¡Cuántas veces cuando sudo por la nuca, cuando me resbala el sudor frío en la soledad de mi espalda y corre hasta el culo, cuántas veces me he acordado de la vietnamita! Porque en esa ocasión, delante de Raúl, sudé como un puerco, estaba ahogándome en sudor cuando me dijo que podía retirarme y a duras penas pude mantenerme en pie hasta salir del despacho.

—Se puso bellísima la vietnamita —insistía el Guatón. Encendió un tabaco y me dijo si yo quería otro. Un Bolívar del carajo, un tabaco de primera dimensión que era muy difícil de encontrar en Cuba fuera de las tiendas oficiales, algunas de las cuales se decía que eran del chileno.

—Se me escapó a mí —le dije ensayando un respiro de cabreo.

—No te preocupes —me dijo como si remedara a Raúl, y sin perder la sonrisa sardónica que llevaba siempre en las fotografías que se publicaban en la prensa cada vez que aparecía Marambio por algún lado de algún negocio raro—, esas cosas pasan en nuestro oficio.

¿Y cuál era nuestro oficio? Porque yo sé cuál era el del Guatón: millonario en un país donde los millonarios son considerados delincuentes. Pero era un millonario de la Revolución, un tipo que se había jugado la vida mil veces en combate, en el frente, en muchos frentes, y que le había dado mucho dinero a la Revolución.

—Sí, el Rebumbio ese le habrá hecho muchos negocios a Fidel y a Cuba, pero yo no me fío de su jueguito —me dijo Mami en más de una ocasión. Mami en estado puro me sacaba de quicio, me destruía los argumentos, me quitaba la opinión y el criterio: me desarmaba. Yo no la podía controlar. Tenía una inteligencia natural para el «debate», era tremenda y se terminaba por robar el chou y llevar la voz cantante cada vez que se le venía en gana. Como Marambio hasta que se pasó al otro lado. Como la vietnamita. ¡Y ahora el hijoputa nos pide cuarenta millones de dólares como si fueran suyos! Hay quien dice que tenían que haberlo fusilado con Ochoa y Tony, y no se habría dado lugar a estos calambres que nos dejan en ridículo ante el mundo. A ver, ¿cómo vamos ahora a convencer a nadie de que Max Marambio, que ha sido un intocable durante decenios dentro y fuera de Cuba, es un delincuente profesional, un ladrón profesional que se burla del derecho internacional y le roba millones de dólares a un país pobre y atenazado por el bloqueo de los yanquis?

De manera que, al final, su oficio no es precisa y exactamente mi oficio. Yo soy un servidor absoluto de la Revolución, con sus pequeños y grandes errores, y cuando se me ha pasado por la cabeza mandarme a mudar no ha sido ni siquiera una tentación, sino un canto de sirena al que nunca jamás hice caso. Aquí estoy todavía oyendo ulular en la noche del silencio y mi soledad a María Callas, incansable, aullando vaya uno a saber qué carajo de pena, pronosticando qué cosa va a pasar o está pasando.

Me acuerdo de Marambio de vez en cuando, y me acuerdo de lo que me dijo en el bar Hermitage. Fuera hacía un hielo para matar, treinta grados bajo cero por lo menos, pero en aquel bar yo me sentía como en casa, porque estuve allí decenas de veces y siempre fui tratado como lo que los canadienses no sabían que era realmente: coronel de la Seguridad del Estado cubano. Y tomamos varios tragos, y una ensaladilla que no estaba mal, y hablamos de todo Marambio y yo, como compañeros que éramos, pero yo no tenía un peso. Me iba a pagar mi trago, uno y no más, con un par de dólares, pero Marambio me dijo que me estuviera quieto, que guardara los dólares para cuando me hicieran más falta, él sabía bien lo que era la necesidad, me dijo, y pagó todos los tragos y la comida y me hablaba más y más de Fidel y del futuro de los niños en Cuba; me decía que Cuba era un país grande porque llevaba la guerra por la paz a todos lados y que los cubanos éramos (decía éramos porque él se consideraba un cubano más) unos héroes de la Humanidad porque luchábamos para liberar al mundo del imperialismo y éramos (volvía a repetirlo dándome un golpecito en la espalda de nuevo, que ya me estaba jodiendo, pero él era así, el Guatón de los cojones estaba acostumbrado a ser y hablar así, sin que nadie le dijera nada) un país chiquititico. Cuando decía chiquititico yo creo que se estaba olvidando de que Chile no es más que un choricito de tierra que se desmorona por los Andes para abajo hasta que los terremotos lo derrumban de vez en cuando y hay que empezar de nuevo a fabricarlo. ¡Le roncan los cojones! Hablaba de Cuba como un país chiquititico, pero se olvidaba del suyo, donde ahora ha vuelto a refugiarse. No, nunca volvería a Santiago a ponerme bajo las órdenes de Rebumbio, ese Manubrio, como decía y sigue diciendo Mami, que no deja de timbrar el teléfono dándome la matraca con que la noticia es verdad. Yo sé que no es verdad porque nada sería igual. Aquí no está sucediendo nada. ¿Cuántas veces han estado a punto de matarlo?

Cuando hace cuatro años cayó enfermo, nadie daba un peso por Fidel. Pero, coño, ¿no se han enterado de que es Inmortal? Claro, que las dudas se meten en el alma como la bestia del yuyu: acaricia, acaricia, te erotiza, lo dejas entrar y la bestia se come poco a poco tus verdades, devora los dogmas y hace saltar por los aires el jarrón chino en el que creemos desde hace ya medio siglo, la Revolución cubana y Fidel Castro, que son la misma cosa.

Verdad que Mami lleva años advirtiéndomelo.

—No seas carajo, Gualtel, aquí todo el mundo está resolviendo a su favor, se cogen lo que haga falta, aunque parezca que todo es del Estado, y cuando se acabe esto se lo quedan, ellos y sus hijos, y tú con una pensión de mierda de tu retiro, ¿qué cojones te queda que hacer en la vida?

A veces pienso que la vieja tiene razón, por lo menos en algunas cosas.

—Mira lo que pasó en Rusia. Todo eso se ha desmerengado en un minuto, como un castillo de arena, y ahí están las hienas que son ahora unos millonarios.

Las hienas se lo han quedado todo en Rusia. Hasta el punto de que los capitalistas se han convertido en aliados de los gánsteres que salieron de la Lubianka.

—De policías a capitalistas, eso es saber, Gualtel, y no lo que tú haces —me reprochaba Mami día y noche. Una jiribilla, Mami en estado puro. Y es verdad: no tengo un peso. Yo he sido honrado con la Revolución, con Fidel, con Raúl, con la gente del pueblo, no he matado a nadie y he impedido muchas veces que la tortura se llevara por delante a más de un conocido. Me cago en María Callas, la perra del vecino, que no deja de cantar en este silencio. A ver, ¿qué hago? ¿Pongo Radio Minuto, pongo música, busco el unicornio azul que ayer se me perdió, me voy para el carajo, duermo en este duermevela de la madrugada de la muerte de Fidel? A ver, ¿qué hago?

Y encima hace nada más que unos meses va y se suicida Roberto Baudrand, otro chileno, el hombre de confianza de Marambio. Mami me llamó y, como si yo no conociera la noticia, me lo estampó en la cara, por el celular que le ha regalado su hija Isis.

—¿Lo ves, Gualtel? Te lo dije. Mientras los marineros se ahogan en su propia mierda, las ratas gordas abandonan el barco en helicóptero. ¿Lo quieres tú más claro todavía?

Claro, se refería a Marambio esta vez, al tremendo tipo al que ella, queriendo y para joderme, llamaba siempre Max Manubrio. O Rebumbio.

20.

—¿Cómo te va aquí, gallo? —me preguntó.

Yo estaba en mi parqueo, delante de la puerta del Cohíba, en las vísperas de la llegada del Papa a La Habana, un calor sofocante, guayabera blanca y pantalones negros, mi uniforme civil. Mis brazos cruzados y apoyado todo mi cuerpo, como descansando, sobre el capó de Merceditas. Y, entonces, se bajó de su carro, como un general de división, me vio, se viró y vino para donde yo estaba antes de entrar al Cohíba. Fue la última vez que lo vi en persona, el tiempo corre aunque digan que el reloj está detenido en Cuba. ¿Cuánto hace de aquello? Muchos años ya. Ahí estaba Marambio en estado puro, cómo te va aquí, gallo. Quería decir que no es lo mismo un parqueo de lujo con un Mercedes que cubrir operativos que son siempre secretos de Estado. Él seguía más o menos en eso, con el magnífico disfraz de empresario en un país socialista. Empresario e intocable, hijo predilecto de Fidel y respetado por todos.

—De lo más bien, asere —le dije cercano—, ¿y cómo tú andas?

—Echando, pues —me dijo en habanero popular.

Echar: correr. Echando: corriendo de un lado para otro sin parar y a toda velocidad.

—Echando, pues, como siempre —me dijo.

No creo en las casualidades, no creo en el azar. En cuanto lo vi supe que venía al hotel a ver a alguien e intuí que ese alguien era mi cliente favorito, el escritor Vázquez Montalbán. No sé si les dije que el edecán, o el anfitrión, como ustedes quieran, que el gobierno le puso a Vázquez Montalbán para que lo guiara y lo instruyera y ayudara en su libro era quien fue el Comandante América, nada menos que Barbarroja, Manuel Piñeiro, que fallecería años después en un accidente en el túnel de La Habana al Este. Piñeiro se llevaba muy bien con Marambio y yo había visto, minutos antes, que Piñeiro entraba en el Cohíba y se iba directamente a la carpeta del hotel y preguntaba por un cliente. Intuí que venía por Vázquez Montalbán. Y que ahora Marambio se les uniría, tal vez en un almuerzo para cruzar información, quizá para tomarse unos tragos y conocerse mejor, como decía el chileno, unos tragos de confraternidad.

Me recuerdo el frenético desembarco de la gente de Tropas Especiales y del Ejército en los días previos a la llegada del Papa. La venida del Papa, decían los habaneros con el sarcasmo que nos corresponde, o ya estamos todos del todo empapados, para explicar el blanqueo y la limpieza que les dieron a las calles y las avenidas por donde iba a pasar la comitiva. Al fin y al cabo, esa visita era lo nunca visto y Fidel la organizó para demostrarle al mundo lo que la Revolución cubana y él mismo eran capaces de hacer: traerse al Papa polaco hasta La Habana y hacerlo sudar al calor del trópico en aquel papamóvil. Yo lo vi desde mi parqueo del Cohíba: pasó por delante de mí, a menos de tres metros, y el pobre anciano iba largando espuma por la boca, con un cansancio atroz, nada más llegar a La

Habana, con aquel calor de la pinga que volvía loco al
más santo.

En efecto, Marambio, Vázquez Montalbán y Piñeiro se vieron en el bar del lobby del hotel Cohíba y estuvieron un rato hablando y riéndose. Después se les
pegó un rato Alarcón, el presidente de la Asamblea del
Poder Popular, y yo me dije que allí no faltaba más que
el negro Laso para que estuviera todo el conciliábulo haciéndole la corte al escritor español. Pero ¿qué quieren
que les diga? El Cohíba se había convertido en esos días
antes de la llegada del Papa en un centro de reunión internacional, desde las primeras horas de todos los días
anteriores hasta la madrugada de ese mismo día. Tragos
de los tipos de la CNN, música de los maestros cubanos dejando asombrados con su poderío a los yanquis
que venían a Cuba por primera vez, turistas y gentes que
se hicieron su viaje para no perderse la ocasión histórica. Y los «jefes» de todo. Y entre los «jefes» de todo, uno
de los más visibles: Max Marambio. En esa ocasión, se
me fue la cabeza a pensar en cuánto dinero tenía Marambio, cuánto era de él, cuánto de la Revolución, cuánto de Fidel... Si alguien me hubiera leído el pensamiento
me habría ido directamente para el carajo, porque a uno
no debe importarle nada qué es de la Revolución y
qué no. De sobra sabemos, por lo que dijo Fidel, que la
Revolución es todo y que fuera de ella no hay nada. Y si
Marambio estaba con la Revolución, no había nada que
preguntarle entonces. Ahora, vaya, ahora es otra cosa.
Esa fuga es sospechosa, y cuando se le pide que regrese,
lo menos que puede hacer un revolucionario —aunque sea millonario— es volver a dar parte y dejarlo todo
clarito. Si no, ya se sabe que tiene mucho que ocultar, y
mucho que temer porque algo o algunas cosas ha hecho

muy mal. Y de eso a formar parte de la delincuencia internacional no hay más que un paso.

Recuerdo que esa noche, antes de llevar a Vázquez Montalbán a ver el montaje descomunal que estaban terminando en la plaza de la Revolución, llevé a otro turista también español. Un pintor bastante conocido en España. Úrculo, se llamaba. Nada más salir del parqueo con el carro, me dijo que era pintor y yo le pregunté qué pintaba.

—Desnudos, pinto desnudos —me dijo.

Era un tipo afable, conversador, se reía de todo cuanto veía y me dijo que era la primera vez que venía a Cuba. Por curiosidad y a ver si encontraba algunas raíces en la isla, porque algunos de sus tíos se habían venido para Cuba y no supo más de ellos. Aquí tampoco, en La Habana al menos, había encontrado nada. Se parecía un poco a Picasso, con sus ojos «miradores» y la calva y después esa sonrisa como maligna clavada en su cara casi siempre.

—¿Desnudos de qué? —le pregunté a bote pronto.

—¿De qué va a ser? —me preguntó riéndose—. ¡De mujeres hermosas! Culos de mujeres hermosas —me dijo riéndose. Y yo no sabía si creerle o no.

Cuando llegamos a la plaza de la Revolución el frenesí de las hormiguitas de campo de Tropas Especiales era tremendo. Había refrescado el inmenso calor bananero que tuvimos durante todo el día y ahora la brisa de la mar entraba hasta arriba de la ciudad, llegaba a la misma plaza de la Revolución y daba allí la vuelta para que los hombres pudieran trabajar con menos sudor y con más ganas. Allí estaba el gran altar preparado para la misa católica. Allí estaba el enorme cartel del Corazón de Jesús frente por frente al del Che Guevara, allí estaba el Totus Tuus para quien quisiera leerlo en latín, aunque también se entendía en español e incluso en el habanero más popular: todos empapados contigo, Papa.

—Lo que hay que ver —dijo casi con una risotada el pintor español.

—¿Quiere bajarse un momento? —le pregunté.

Úrculo se bajó e hizo un montón de fotografías. Claro, que yo no me la estaba jugando. Había un montón de turistas haciendo lo mismo, porque aquel atractivo histórico no se había visto nunca y jamás se volvería a ver en Cuba.

—Lo que no se vea en La Habana no se ve en ningún lugar del mundo —le dije bromeando a Úrculo. Y el pintor rompió a reír como si le hubiera contado un chiste.

¿Y acaso no parecía un chiste todo aquel montaje católico en un país cuyo gobierno había intentado por todos los medios abolir de un plumazo en los sesenta todo lo que tuviera que ver con las religiones? Y yo esa noche seguía preguntándome, mientras el pintor tomaba fotografías desde todas las perspectivas posibles, qué pensarían ahora los negros, qué estaría pasando por la cabeza de los babalaos, de los abakuás, de los negros del palo, qué estarían pensando y a qué santos les estarían poniendo ahora sahumerio y ron, a dos pasos de llegar el Papa polaco y católico a Cuba.

Lo pensaba para mí: era la contradicción de la contradicción de la contradicción, y de todas las contradicciones que ustedes quieran. ¿No había sido aquel Papa el que decían que se había cargado con su políti-

ca de acoso a la Unión Soviética y había desmerengado también el bloque socialista europeo? ¿Y a qué venía ese homenaje, quiero decir, por qué entonces le
hacía la Revolución cubana, que era comunista, el homenaje a alguien que además Fidel llamaba el Papa
amigo? Le zumba el mango a la cosa. Pero así era, y tal
vez por eso no dejaba de reírse el pintor español mientras sacaba todas las fotos del mundo.

Más tarde llevé al mismo lugar a Vázquez Montalbán. Pero él no sacaba fotografías. Miraba y lo obser-
vaba todo desde dentro del coche (me hizo dar un par
de vueltas lentas a la plaza de la Revolución, mientras
tomaba notas), sin una mínima sonrisa, sin ningún comentario significativo. No quiero decir que su gesto
fuera de asombro, pero tenía el rostro serio, como si estuviera descubriendo un mundo que en Cuba había
estado oculto tantos años. Yo sabía que todo lo que estaba escribiendo en su cuaderno personal lo quería para
después, para el libro que sobre este episodio único iba
a escribir cuando regresara a España. Y su mutismo era
propio de un profesional que ponía los cinco sentidos
en lo que estaba viendo y haciendo, sin que se le escapara ningún detalle de cuantos le interesaban allí, que
eran todos.

—Es inabarcable —dijo de repente, como si
hablara consigo mismo. No le respondí y él siguió ob-
servándolo, examinándolo, escribiéndolo todo.

Lo dejé que terminara y cuando ordenó que volviéramos al hotel, una hora más tarde y ya en la madrugada, lo invité a tomar una copa a La Tropical, para que
viera otro ambiente, «más joven y díscolo», le añadí. Le
gustó la idea y me dijo que sí, que fuéramos, y yo tiré
para Miramar hablando de cualquier cosa con él.

—Dije que era inabarcable porque carece de toda razón —dijo otra vez, en tono muy bajo. Tampoco le contesté a lo que me decía.

Parqueé como pude muy cerca de La Tropical. Había allí dentro una jarana que no tenía nada que ver con aquella religiosidad presuntuosa que le había entrado al mundo oficial cubano para que todo saliera bien en la visita del Papa. En La Tropical había otra euforia: gente muy joven bailando al ritmo de los Van Van.

—Esto es Cuba —le dije.

—Pues más parece Puerto Rico —me contestó de inmediato. Tenía un instinto de tirador de primera Vázquez Montalbán. Era un cuarto bate de verdad. Sus frases eran repentinas, las pensaba en un segundo, pero parecían reflexiones de largo alcance, pensadas durante mucho tiempo. Y entonces me atreví a decírselo.

—Y mañana Eusebio Leal inaugura en Habana Vieja dos jardincitos con sus respectivas estatuas.

Vázquez Montalbán se quedó estupefacto. No me habló. Noté que quería que continuara, que yo mismo le dijera lo que él quería sin tenerse que involucrar más de la cuenta en la conversación. Estaba tomándose una cerveza con cierta desgana, sorbo a sorbo, más por cordialidad y educación que con sed.

—Una es para Lady Di y otra de la Madre Teresa. Mañana a las diez —le dije.

Volvió a mirarme desconfiado. Como si yo le estuviera contando un chiste exagerado para que supiera que yo también me estaba dando cuenta, como toda Cuba, de que la Revolución podía ser todo lo socialista que quisiera pero que también, en ciertos momentos, La Habana podía ser la reina del surrealismo. No me dijo nada a mi comentario. Como si pensara para él lo que yo pensaba para mí: que era ya mucho, que era demasiado.

—Eusebio Leal, otro intocable —le dije.

Él sabía perfectamente quién era Eusebio Leal, ya había hablado con él y sabía también lo que saben todos los cubanos: que cuando habla Leal habla un pontífice sumo de la Revolución, un tipo que muchas veces ha estado a punto de caer desde el edificio más alto al infierno tan temido y que, sin embargo, se ha mantenido como un funambulista en las mismas tempestades por las que hemos atravesado en estos tantos años. Tremendo tipo, capaz de vender toneladas de hielo made in Cuba a los esquimales.

—Él sabe lo que hace —le dije.

Siempre supo Eusebio Leal hacer lo que hacía, incluso en el borde del abismo, más allá de las envidias y odios que podía levantar entre mucha gente del Gobierno. Era y es un tipo integral, firme y recto, que todo lo ha hecho por la Cuba revolucionaria. Tiene gente que lo adora dentro y fuera de Cuba y a los que convence con una verba que solo tiene aquí dentro Fidel. Y eso es bueno y malo, porque a Fidel nadie se le puede subir a las barbas y muchos interpretan que Eusebio Leal se ha ido bastantes veces por encima del nivel. Lo que deben saber todos es que cuenta con el beneplácito de Fidel y más nada. A él no le hace falta nada más para trabajar, para tener en sus manos las llaves de los tesoros secretos, como dicen los enemigos, que incluso lo han acusado por lo bajo de tener millones en obras de arte guardados bajo su manto, en multitud de lugares que solo él y algunos de sus más fieles conocen. Leyendas de La Habana, porque todo está a la vista, y Eusebio Leal hace honor a su apellido, no es un ladrón, es un revolucionario hasta más allá de sus cojones y sabe perfectamente lo que se cuece y cómo hay que comportarse en estos lares revolucionarios.

—Primero a Lady Di y después a la Madre Teresa. Eso también es Cuba —le añadí a Vázquez Montalbán.

—Mañana vamos a ir allí —me dijo—, a las diez.

Y allí, en mi sitio del Cohíba, estaba yo esperando al escritor español a la mañana siguiente: a las nueve y media, como habíamos quedado. Me invitó a desayunar en el Cohíba, pero yo le dije que no, que más bien iba de frente a buscarlo y salíamos para Habana Vieja. Y allí, en estado puro el hombre: Eusebio Leal dirigiendo los rituales de la inauguración de los parques.

Como durante la madrugada anterior, tomó notas de todo y no dejó de escribir en ningún momento. No se le notaba ningún sentimiento especial. Parecía una máquina tomando notas, haciendo garabatos sobre el papel, apenas sin respirar, pero sin que se le notara ninguna excitación por el momento raro que estaba viviendo en La Habana. Pareciera, esa es la conclusión que yo saqué, que lo único que le importaba al escritor es que no se le escapara nada, ni los gestos llorosos del embajador británico, ni las demostraciones de adoración y agradecimiento de los indios, hay que joderse. La Habana se había convertido esos días en el centro de la atención mundial, como cuando la crisis de los misiles en los sesenta, y el escritor no quería perder la oportunidad que le brindaba la Historia tan extraña que estaba viviendo. Y sí, tenía toda la razón

Vázquez Montalbán, lo había definido y calificado con un solo adjetivo la noche anterior: Cuba en esa ocasión era inabarcable. Todo el mundo se había hecho eco de la visita del Papa y el Gobierno el primero había puesto a trabajar en un acontecimiento tan especial a todas las Tropas Especiales. A Fidel no se le iba a romper en esos días ni un bombillo, aquí no iba a pasar nada más que lo que tenía que pasar, una visita del Papa, la irónica venida habanera, a Cuba, y todo lo demás estaba matado completamente. Lo de La Tropical era otro mundo, un mundo joven y musical al que no le importaba nada lo del Papa, y ahí había que decirlo una y otra vez: que la Revolución había perdido el tiempo durante años tratando de extirpar la pasión juvenil de la música y no había conseguido nada. Después de tantos años con los bolos y tanto militarismo, allí estaba la estatua de Lennon, a la que todos los días le robaban los espejuelos como si fuera una reliquia sagrada. Y sí, después de tantos años, los cantantes y artistas cubanos se habían convertido en la aristocracia del régimen. ¿Cómo iba yo a explicarle eso a Vázquez Montalbán? Me había preguntado un par de veces que si sabía quiénes eran esos gordos negros con traje y corbata que desayunaban en el Cohíba, donde no podía entrar cubano alguno sin permiso del Gobierno, todos los días y con toda la familia.

—Artistas, músicos, cantantes —le contesté.

—¿Cubanos? —me preguntó sin sorna, tal vez un poco asombrado de aquella libertad de ricos.

—Cubanísimos, ahora son la aristocracia.

A pesar de ser un experto en música moderna, no sabía gran cosa Vázquez Montalbán de los nuevos movimientos musicales de Cuba. No conocía casi nada de los nuevos grupos que habían levantado la música moderna por encima del tiempo. Sí, claro, sabía de la Nueva Trova y de los viejos cantantes y músicos cubanos, pero de ahí en adelante solo podía hablar con fluidez de Bola de Nieve (nos hicimos incluso una pequeña excursión para mostrarle el Monseñor, donde cantaba el negro), Rita Montaner, Benny Moré, Omara, en fin, gente que había resistido y había salido a flote con Ry Cooder y Buenavista Social Club, desde Compay Segundo y lo que quedaba de los Santiagueros. Y Chucho Valdés, claro, y algo de los Vitier. Y sabía, me dijo que había oído más de una vez lo de *Guillermo Tell,* algo de Carlos Varela, un poco díscolo, pero más nada. De ahí para adelante, no sabía gran cosa, porque el escritor español de todos modos estaba más interesado por la política que por la música, que yo creo que no le importaba gran cosa, me refiero a la música cubana joven, aquella que estaba saliendo adelante en La Tropical la noche que lo llevé a verlos.

—Aquí hay muchos mundos secretos —le añadí de repente.

—¿Como cuánto de secretos? —me contestó preguntándome.

—Secretos del todo —le dije—, aunque muchos los conozcamos.

Intentó con su silencio que yo hablara más, que le dijera, que le contara. Pude hablarle del Papito's Party y de la redada que hicimos en aquella iglesia vieja del centro de La Habana, donde todo el mundo sabía que en la jungla que habían dejado crecer en el jardín se celebraban tremendas orgías. Los cogimos a todos, pero ¿quién era el dueño de aquel garito? Nosotros nunca lo supimos. Como la historia del asesinato de un catolicón llamado el Niño de Luto, que vivía en Lawton. Lo mataron y se desató la lenguaraz Radio Bemba por toda La Habana. Que al bugarrón lo habían matado algunos muchachos a los que invitaba a comer y a oír música clásica para después empatarse con ellos; que al bugarrón lo había matado un comando que vino desde arriba, sí, casi de lo más alto, un comando formado por dos o tres tipos que no iban a matarlo, sino a saber qué tipo de cosas tenía guardadas en el fondo de sus sótanos secretos. Se encontraron con el tipo y no pudieron hacer otra cosa más que matarlo, eso también se dijo por entonces. Y dijeron que allí habían aparecido obras de arte por valor de millones y millones de verdes, que eran dólares contantes y sonantes, ¿y de dónde había sacado Diosmediante Malaespina, que así se llamaba el tipo, de dónde había sacado aquella fortuna? Se dijo que aquel tesoro era de la gente que se había marchado fuera de la isla durante años y que pensaba que esto se iba a caer en cualquier momento, y el Malaespina era un depositario secreto de aquellos tesoros, hasta cuadros de Goya y Rembrandt dijeron que había en aquellos sótanos. ¿Y qué pasó al final? ¿Qué se encontró allí, qué se confiscó? Nadie lo sabe. Entró otro comando especial y todo se quedó en nada. De allí no salió nada, dijeron oficialmente que al maricón lo mataron dos muchachos que querían robarle, aunque la muerte parecía más un crimen pasional que otra cosa, y nada más. El globo se desinfló y todo se quedó en un aguaje que se fue diluyendo al paso de los días, en un run-run de nada, y a otra cosa.

Se lo conté a Vázquez Montalbán como quien cuenta un cuento, una fábula quiero decir. Y él no se inmutaba. Tomaba notas de lo que yo iba contando sin decir una palabra, sin interrumpirme, sin pedir la más mínima explicación. Nada de todas estas cosas que yo le conté salieron después en el libro que escribió y publicó Vázquez Montalbán. Como que no le interesaron lo suficiente. O como que no supe contarlas bien y él no se estremeció ni le hizo mella alguna ninguno de esos episodios, sobre todo el del Niño de Luto, pero que fue verdad, fue verdad. Lo mataron y tal vez, vaya usted a saber cómo, se quedaron con todo. O no había nada y lo mataron como dijo el Gobierno: dos muchachos marginales que fueron a comer a su casa, atraídos por el maricón, y cuando se dieron cuenta no tuvieron más que mandarlo para Colón. Todavía no los han cogido, eso es todo, le dije a Vázquez Montalbán cuando estábamos llegando al Cohíba.

21.

Nunca me tomé a broma esto de las alucinaciones, los ruidos imaginarios, las cosas de la mente cuando se camba todo y sale por donde menos uno se espera. Se cogen manías, uno se aferra a ellas y es esclavo de esas imaginaciones. Para no cansarlos: como si llevaras espejuelos con cristales negros y todo lo vieras de ese color. Tampoco sé por qué cojones el negro es el color de lo peor, cuando a todos los blancos les gusta quemar petróleo y a todos los negros jugar con las blancas a mantener la especie. De ahí el mulataje: yo soy casi blanco, pero Mami me dice siempre que quien es casi blanco también es casi negro y que aquí en Cuba quien es blanco del todo es que está disimulando, porque aquí lo que sobran son negros. Ya dije que de vez en cuando para tapar los gritos ululantes de María Callas pongo en el viejo tocadiscos a Tata Güines y una orquesta atrás. La bulla que arma el negro oculta los inaguantables ladridos llorones de la perra y yo puedo descansar unos minutos de esa obsesión soñando con África, dicen que de donde venimos yorubas, carabalíes, congos y demás. Ellos serán blancos, pero Cuba es más negra que el teléfono. Negra de nación, no hay duda. Abres los ojos y, en cualquier lugar, ahí está el negro, qué voy a decir de Laso o del pobre Almeida, que en paz descanse, que parecía la guinda negra en la tarta del blanquerío revolucionario.

Sí, regreso a lo de las obsesiones. Hace años tuve un compañero de trabajo, un seguroso profesional que era un perfecto caballero, al que se le empezó a ir la memoria sin que nadie, ni siquiera los psiquiatras, pudieran encontrar la razón. Hasta que en una de esas confesiones largas, una de esas sesiones en las que el enfermo larga hasta el hígado por la boca, en las que te sacan ahí hasta las muelas del juicio y las del alma, dijo que lo primero que había perdido era el sueño. ¿Por qué?, le preguntaron. No sé, dijo él. Y añadió que encima de su casa vino a vivir de repente una bailarina que para estar en forma estaba todo el día caminando en zapatos de tacón de aguja. Él la oía primero de lejos. Se hacía a la idea de que se había sentado en la cama, se había puesto los dichosos zapatos y, como si bailara, caminaba por la galería durante horas. Y él oía y oía el taconeo insaciable de la bailarina, que vivía siempre como en un escenario. De vez en cuando, pero muy poco, escuchaba también unas notas de música que se escapaban de la garganta de la diva y luego, inmediatamente, el repiqueteo de los tacones. ¡Caballero!, cómo sería eso, vaya, que al principio, según me confesó a mí también, se volvió loco de sexo por la diva, sin siquiera haberla visto. La acechaba en la escalera, intentaba trancarla en algún rincón del edificio, coincidir con ella, trabar conversación. El tipo tenía un buen pico para hablar y estaba convencido de que se la llevaría a la tabla en un dos por tres. Pero hubo un momento, después de más de una semana, que la diva seguía sin aparecer. Él, sin embargo, la acechaba. Y, sobre todo, escuchaba sus taconeos durante todo el tiempo que estaba en su casa. Sí, me lo confesó. Todo empezó porque se masturbó un par de veces soñando con el cuerpo divino de la bailarina sin haberla visto y después ya nada más escuchar el taconeo le entraban unas ganas locas de singar con ella.

—Me mataba botándome la paja, todos los días. Trataba de contenerme, me iba para la calle, tomaba un par de tragos, pero al final, qué va, volvía a mi casa, me acostaba y escuchando aquel baile del piso de arriba me la singaba sin poder evitarlo.

De modo que, agárrense los timbales, la diva seguía invisible y el pobre hombre, que era un hombre duro y hecho en mil combates, se venía abajo loco de amor por alguien a quien no había visto nunca, alguien que vivía arriba de su casa, alguien que bailaba todo el tiempo (o él creía que bailaba). El caso es que se obsesionó y empezó a perder la memoria. Dejó de salir de su casa.

—Solo para oírla todo el tiempo y pajeármela —me dijo con desparpajo.

Un vicio de la imaginación, pensé yo, cuando todavía no tenía yo tampoco la experiencia cercana de María Callas. Cayó en el psiquiatra porque hubo un momento en que confundía sus apellidos, el primero con el segundo y el segundo con el primero.

—¿Cómo te apellidas, compay? —le pedía el doctor su filiación, sus propios apellidos.

—Galdón de la Cruz.

—¿Seguro? ¿No será De la Cruz Galdón? —preguntaba entonces el psiquiatra.

Mi compañero Galdón de la Cruz dudaba. Se quedaba como bobo, mirando unos segundos las musarañas del techo bajo el que se celebraba su sesión. Después balbuceaba...

—Eso, De la Cruz Galdón, así es, doctor...

Pero el doctor no cejaba. Quería estar seguro.

—¿De la Cruz Galdón o Galdón de la Cruz? —preguntaba el doctor.

El hombre se iba otra vez al techo, se rascaba la cara como si dudara, y dudaba, y después otra vez miraba para el médico, como asustado, y volvía a empezar.

—Sí, creo que Galdón de la Cruz —respondía el pobre.

O sea, que no estaba seguro de cómo se llamaba. Y había llegado a capitán seguroso con todos los incentivos posibles. Sabía de duchas, de cataratas, de gavetas, sabía retorcer el pescuezo de los contrarrevolucionarios, sabía quemarles con cigarrillos la planta de los pies y las tetillas. Sabía gritarles y volverlos locos, pero no sabía su nombre y sus apellidos. Se metió en ese laberinto, según dijeron los doctores, por el repiqueteo y la manía de la paja que le había entrado por la inasible bailarina.

Y el caso es que al final descubrieron, que esa es la vaina más tremenda del mundo, que arriba de su casa no vivía nadie desde hacía muchos años, que era un piso clausurado porque podía derrumbarse en cualquier momento, un piso que estaba en ruinas, como él mismo había caído en su propia ruina. Las cosas empiezan como si nada y luego no hay medicina que las vire. Lo peor es una enfermedad del alma, que te hace perder la memoria. Al tipo lo sacaron del servicio y yo me lo encontré deambulando por La Habana como un poseso tratando de encontrar a la bailarina que jamás había visto. Un delirio. Un tipo que toda la vida se había dedicado a sacar información de los contrarrevolucionarios y ahora estaba ahí, botado en la calle y contándoles a todos los amigos con los que se encontraba que estaba a punto de descubrir a la mujer de su vida, estaba a punto de encontrarla porque seguía estando seguro de que un día se la iba a encontrar en la escalera de su casa y ese día sería el más feliz de su vida.

—He nacido para ella —me dijo una vez en el Parque Central, convencidísimo de la existencia de la mujer.

Cuando un hombre va de culo, ya lo dice la canción, no hay barranco que lo pare. Galdón de la Cruz (o De la Cruz Galdón) nunca logró salir de su laberinto. Le perdí la pista hace unos años, porque yo seguí adelante, con mis misiones, mis cosas, mi mando, hasta que me llegó la jubilación, el retiro de mierda, y ahora ya nadie cuenta conmigo. Mami tiene razón.

—Gualtel —me dice por teléfono—, ya no vales nada. Cumpliste con tu país, con tu Revolución y con todo y ahora ya no sirves. Ni siquiera estás enterado de lo que está pasando en este país, desde que estás en la máquina esa que llamas Merceditas y ya no ves sino a turistas de hotel y así no sabes nada.

Ella tampoco sabe nada de mis penurias con María Callas. Tuve que comprar unos discos viejos de Guillermito Rubalcaba a ver si así me entretenía, pero el que mejor me lleva para el carajo y me saca del mundo es Tata Güines y sus tambores con orquesta atrás. Eso sí es música y no la de la perra quejumbrosa que me trae a mal traer incluso en esta madrugada en la que los peores auspicios se disparan sin que sepamos a ciencia cierta qué está pasando en La Coronela. Porque Fidel sigue viviendo en su casa. Dicen que allí tiene un recinto que es un verdadero hospital, con cuatro enfermeros y tres médicos que lo vigilan en todas sus constantes cada diez minutos. Dicen que hay días que no puede hablar y que se pasa tumbado en la oscuridad todo el día, pensando y dormitando, apenas puede moverse y los muy cabrones de Radio Bemba repiten la matraquilla de que se está secando, que se está descomponiendo y desintegrando en vida, pero que no quiere morirse y hace examen de conciencia ¡para confesarse y comulgar!, carajo, para morir como Dios manda después de vivir ochenta años mandando a Dios al carajo. Conste que no me creo ninguna de esas leyendas habaneras. Conste que sé que para inventar cositas no hay nadie como un habanero fino y ninguna ciudad en el mundo tiene más leyenda contemporánea que La Habana. Para resumir, La Habana es un constante rumor, no porque mi hija haya llamado a su madre desde Barcelona diciéndole lo que le dijo la descarada, que se murió el arbolito donde dormía el pavo real. Que se acabó el danzón, que se le acabó el agua al pájaro y todas esas frases que caminan como hormiguitas por La Habana y hacen un daño del carajo.

No. Yo no puedo decir que Fidel goce de buena salud. Hasta ahí no llego. Leo sus recomendaciones y reflexiones en el *Granma* cada vez que se publican, pero los cabrones de Radio Bemba sostienen que esos papeles se los sigue escribiendo Núñez Jiménez. ¡Como si no se hubiera muerto hace años! Como siempre, dicen, como si Fidel no fuera ya un doctor de toda la vida y no supiera lo que dice. A veces me entra el reconcomio: pienso que lleva un año o dos muerto y que nos van a decir cuando mejor le venga a Cuba que se fue del aire ayer mismo. Aquí todo se hace dentro de la Revolución y fuera de la Revolución, ya lo dejó claro él hace muchos años, no se hace nada, y nada tiene valor si no viene con su cuño, ¿está claro? Pues eso y más nada.

Los telefonazos de Mami no me inquietan nada. Ella se ha echado encima esa manía y ahora el celular es como su propia voz. Algunos amigos me dicen que no se desprende ni un instante de ese bicho y que incluso cuando habla a dos metros de otra persona se lo pone en la oreja, coño, como si estuviera hablando por teléfono, así es de loca Mami. A veces pienso que no debió separarse de mí, que debí insistirle en que se quedara aquí y no se fuera para Santos Suárez, pero me lo dejó clarito, que no me soportaba, que no estábamos de acuerdo en nada, que cuando uno no quiere dos no pueden andar juntos y todos esos tópicos a los que se agarró como un clavo ardiendo para dejarme solo delante de todo el mundo después de una vida entera juntos, como una pareja ideal de la Revolución, le zumba el mango a la guitarra, ¿verdad?, pero así fue la vaina.

Así, solo, me acostumbré a pasar las madrugadas. Mami en la cama no era cualquier cosa, también tengo que decirlo, se divertía como la más, pero eso, como me lo dijo un día aciago del que no quiero acordarme, «no me es suficiente, negrón, entérate de una vez». Que la cama no le era suficiente. Me lo dijo como de repente, cualquier día cabrón. Toda la vida se la había pasado convenciéndome de que la cama era lo mejor del mundo y que singar era la gloria para la que habíamos nacido, y me lo decía mostrándome aquellas nalgas negras que a mí me volvieron loco durante años, y de repente va y me dice que la cama no es precisamente un viaje.

—Ni siquiera es un destino, negrón —me dijo
poética.

—¿Y entonces qué es? —le pregunté azorado.

—Una mierda, chico, es una mierda, un embuste de la Revolución para que nos estemos calladi-
tos y sumisos. Para que nos cansemos en esto y en la
musiquita y más nada. Entérate de una vez, el sexo es
el verdadero opio del pueblo.

Y de ahí en adelante comenzó el calvario: no
hubo más sexo, ni hubo más amor, ni más cama, ni
más caricia, ni más nada. Hubo una distancia del carajo y cuando nos cruzábamos en la galería de mi casa
de Luyanó nos saludábamos como viejos amigos, o
como hermanos que se ven todos los días. Una vez traté de tocarle las nalgas y me contestó con una grosería
que no se la perdonaré jamás.

—Deja eso, negro, que el asunto está muy caro.

En el fondo, interpreté aquella distancia como
lo que en realidad era: un repudio. Aquí en La Habana sabemos de sobra lo que es un repudio. A lo largo
de mis misiones, organicé una pila de actos de repudio
a ciudadanos hostiles a la Revolución y sé cómo empieza y cómo termina el asunto. Con la persona repu-
diada en un rincón de la calle y martirizada por la
multitud que tenemos siempre a nuestra disposición.
Si es necesario se traen elementos de Tropas Especiales
que jalean a la masa y la enardecen para que se destru-
ya la moral del contrarrevolucionario y lo humillamos
y escupimos. Bueno, caballeros, así me sentía yo: escu-
pido en mi propia casa, como perro en un rincón. Después tuve que empezar a prepararme la comida. ¿Lo
ven? Mami siempre me había dicho, desde que estábamos de novios, que ella me prepararía sabrosuras en la

cocina cuando nos casáramos, y así fue un montón de años. Es una maravillosa cocinera, les da un sabor a los platillos que yo me chupaba los dedos delante de ella y le aplaudía aquella manera mágica que tenía de hacerme de comer.

—Mira, Gualtel —me dijo otro día cabrón cualquiera—, ya me cansé de hacer de esclava. La Revolución tuya esa me liberó y me abrió los ojos, ¿tú me entiendes?

¡Carajo! Había cogido la manía de Marsans y siempre me soltaba aquella matraquilla: que si yo la entendía. Claro que la entendía, pero teníamos un pacto. Y se lo dije. Le recordé cuando éramos novios y ella me decía que yo era muy divertido y yo le contesté lo que se me ocurrió en ese momento, que fue nuestro lema durante tantos años de pareja estable, vaya, de matrimonio como mandan las leyes.

—Sí, mi amor, tú me coges por la barriga y yo te cojo por la risa —le dije.

—Y los dos en la cama, que es la cosa mejor del mundo —me contestó.

Me mandó a dormir a otro cuartico que había allí, preparado para cuando mi hija Isis tuviera un hijo y viniera a quedarse con los abuelos. Allí estaba yo solo como si fuera el nieto que todavía no he tenido y que primero Joel y después Marsans me habían prometido que tendría en una cuna dentro de muy poco tiempo. Nada de nada. Así empezó el estropicio: un coronel jubilado de la Revolución y la Seguridad del Estado viviendo en un cuartico de su propia casa después de hacer la guerra por todo el mundo y después de haberse podido fugar con algunos milloncitos de dólares que trajo desde el exterior, no una sino decenas y decenas de veces, cada vez que se lo mandaba la Revolución. Casi siempre por Terranova, porque los canadienses son amigos desde toda la vida y se hacían los locos, nos dejaban pasar en valija diplomática lo que nos saliera del tronco sin revisarnos ni nada, aunque ellos suponían y daban por hecho que allí había moneda y billete para vivir en el hotel Ritz de París por el resto de mi vida. Y ¿qué quieren que les diga? Pude hacerlo un par de veces.

Una vez subí de Cádiz, en España, vestidito de parisién, me parecía a Sidney Poitier. Viajé en tren y llamaba la atención. Un flu gris perfecto, cortado a mi medida por un sastre gaditano del que me había hecho amigo, una camisa de vestir blanquísima y una corbata gris. Iba impecable. Y antes de entrar al tren me bañé en Old Spice, mi colonia de ese momento mundano, y parecía un directivo de la City. Miraba a todo el mundo en el tren con un aire de superioridad que me gustaba mucho y llevaba en las valijas más de seis millones de dólares de los pesqueros. Tenía que ir a Madrid, de Madrid a Canadá y de Terranova pasar a La Habana con toda aquella fortuna. Ya les digo que lo hice muchas veces, pero aquella me quedé en Madrid una semana. Yo solo, gastos pagos. ¿Cómo me iba a vigilar a mí la gente de la embajada si yo era más que ellos? Ni hablar. Los llamaba por teléfono, tomaba un trago en alguna de sus oficinas y más nada, yo era un patente de corso, no lo olviden, y aquella carta de naturaleza me daba un aura de superioridad que nadie podía arrebatarme. Ya en el tren vi la admiración de la gente ante mi porte y en Madrid la exploté cuanto pude. Fui un par de veces a un cabaré muy caro, el Pasapoga, que creo que ya cerró, y allí me hice amigo de unas muchachas que me alegraron la vida. Sobre todo una, Alicia. Casi pierdo la cabeza. Una andaluza, eso me dijo que era. Y yo le dije que de ahí venía yo ahora y cuando me preguntó que qué había hecho en Cádiz le contesté muerto de la risa que había ido a ver a unos familiares que son de allí. Alicia se rio como una loca.

—¡Ay, negro, qué gracioso y puñetero eres! —me dijo.

Y sí, caballeros, yo fui muy divertido. Hasta que Mami me dijo que ya no la divertía, que más bien la aburría del todo y que, claro, no había sabido ver venir la vejez y que ella era todavía ¡una mujer joven!, una mujer joven que no estaba para cuidar viejos enfermos.

—De aquí en adelante tú te haces tu comidita y yo la mía, ¿tú me entiendes?

Y para el carajo. Yo no voy a decirles que me enamorara de Alicia, pero ¿cómo explicarlo? Me apasioné, me entusiasmé. Era una droga para mí todo aquel cuerpo blanquísimo, con aquellos labios finos y aquellos ojos tan bellos, y aquellos pechos en su lugar, exactos, y aquella cintura y las piernas y la voz tan hermosa que tenía. Y, sí, caballeros, lo confieso, tuve una tentación de unos minutos, una especie de vértigo. Me entró un día, sin darme cuenta, como un calambre, y una voz desde dentro, una voz que era la mía, me dijo en un tono muy bajito y convincente que me quedara.

—Tú te quedas aquí, Walter —eso me dijo la voz exactamente. Estaba en la cama con Alicia, y amanecía. Estábamos desnudos y ella dormía mientras yo fumaba un buen tabaco, un Bolívar que siempre me acompañaba en aquellas épocas de mis dólares. Tú te quedas aquí con ella. Le acaricié aquella piel tan suave y ella refunfuñó como una gata mimosa. Tú te quedas aquí, lo tienes todo. Y tienes una fortuna. ¿Cuánto podía haber en la valija? Yo no tenía permiso para abrir nada, pero eran como diez millones de dólares. Lo sé porque abrí la valija, contradije las órdenes, pero me pudo la curiosidad: diez millones de dólares. Con ese dinero me podía quedar en Madrid, primero en la clandestinidad. Pondría un negocio que llevaría Alicia, uno o dos negocios, y sería desde entonces un señor empresario. Dicen los cabrones de Radio Bemba, aunque eso lo vi más de una vez con mis propios ojos, que el cubano que sale de la Revolución se abre camino con suma facilidad en el capitalismo, mientras más salvaje el capitalismo, mejor. Ahí tengo yo el ejemplo de mi hermano Domingo, con las máquinas de alquiler y las bombas de gasolina en Miami. Fíjate tú, podría ir incluso a Miami, de viaje de negocios o de turismo, o mi hermano Domingo podría venir a verme y todo sería como antes.

—Tú te quedas aquí, Walter —me repetía la voz.

Alicia durmiendo a mi lado: una maravilla. Y en un hotel de la Gran Vía. Por unos días. Un paraíso que vivíamos los dos sin que nadie se enterara. Ella se iba de noche a trabajar al Pasapoga y yo la recogía al final de su jornada y nos veníamos al hotel. Comíamos y bebíamos en la habitación y después nos entregábamos a nuestros propios cuerpos, a singarnos como locos, hasta que amanecía y nos quedábamos dormidos, exhaustos y felices. ¡Un paraíso! Un paraíso y un limbo, una gloria y el purgatorio, porque el vértigo no se acababa y seguía empujándome a que tomara la decisión de quedarme.

—¿Y tú te casarías conmigo, Walter? —me preguntó Alicia una de esas noches de gloria.

—¡Sin pensarlo! —le contesté de inmediato—, con los ojos cerrados.

Y con los ojos cerrados estuve yo toda la noche pensando en quedarme en Madrid y casarme con Alicia y hacer un viaje de novios por Europa, con larga escala en Madrid, y después me entraba la conciencia profesional de patriota y me reprendía a mí mismo.

—Te estás metiendo en un laberinto sin salida, compay —me dijo otra voz, muy parecida a la que me invitaba a quedarme.

Y sí, caballeros, vaya, lo reconozco, me estaba metiendo en un laberinto sin salida. Como dicen que dicen los franceses: un cul-de-sac. Eso lo aprendí de Marambio, que de vez en cuando en plena conversación sacaba palabras y modismos franceses e ingleses y nos dejaba a todos los que estábamos escuchándolo abobados.

Una vez más, sobre esa tentación del capitalismo pudo la Revolución, pudo Cuba, pudo Fidel. Y regresé a La Habana con mi tiempo justo, con todo el dinero de la valija, y se lo entregué al general de Ejército Raúl Castro, en su propio despacho de Jefe, y él me lo agradeció en nombre de la Revolución y la patria y todo lo demás. Sabía que ese dinero iba a parar inmediatamente a manos de Tony de la Guardia para alimentar al Ejército cubano en África, por eso me vine abajo cuando lo detuvieron y lo trajeron a juicio con Ochoa. Yo les confieso, señores, que ese fue el principio del final. Empezó con mi yuyu y acabó con mi confianza. Cada cubano tiene su propia responsabilidad con su patria y yo tenía la mía y no la iba a romper por una tentación cualquiera. Siempre me pregunté desde entonces si había más gente que hubiera sufrido aquel desvanecimiento al ver el capitalismo flotando en el aire y el vértigo de quedarse a bailar en él para el resto de la vida. Seguro que eso le ha pasado a mucha gente, seguro que mucha gente en silencio ha sentido ese temblor y seguro que muchos, ya lo ven, no han podido soportarlo. Pero yo, y otros muchos, sí. Recuerdo que hubo un tiempo en que se hacían apuestas entre nosotros, a ver quién se quedaba y quién no. Desertaron algunos traidores, es verdad, y hasta algún general de Ejército, pero casi todos volvimos siempre a cumplir nuestro pacto con la Revolución, una y otra vez, hasta hoy mismo, que soy un jubilado aquí, solo, en esta casa de Luyanó donde siempre he vivido y donde tengo que soportar la vejez, el retiro, la soledad y, sobre todo, la trenada vaina de los cánticos interminables de María Callas, la perra cabrona de mi vecino.

Fue una tristeza que me dejó un vacío para siempre. Cuando Mami se fue. Pensé, esa es la verdad, que aquella postura de distancia que había adoptado no era definitiva. Que era una más de sus manías. Que en pocos días se arreglaría todo y todo volvería a ser como siempre. Pero Mami se obstinó, se enrocó como una fiera en su destino de abandonarme y por fin un día se mandó a mudar. Durante unos días no salí a la calle, ni fui a mi sitio del Cohíba. Me di por enfermo, y, al menos ahí, me respetan, porque soy un viejo y, aunque retirado, soy un coronel de la Seguridad que hizo muchos favores a mucha gente y que no mató nunca a nadie salvo al mono Perico el Grande. Lo que hice fueron órdenes y las órdenes aquí en Cuba, en la Revolución, hay que cumplirlas. Eso sigue siendo religión intocable: dentro de la Revolución todo, fuera de la Revolución nada. Y aquí estamos, triunfantes, rodeados de tiburones y del griterío a noventa millas, pero aquí estamos, flotando en nuestra memoria y friéndonos en el tiempo, sin que pase nada pasando todo. Y ahora vienen y me dicen, otra vez y cuántas van, que Fidel Castro se murió. Como dijo Isis: ya se murió el arbolito donde dormía el pavo real. Se acabó el danzón. ¡Qué descarada es esa muchacha!

22.

¿Y si Mami tiene razón? ¿Y si aquí se lo están repartiendo todo como al final de la Unión Soviética y en
los países comunistas? Una vez tuve un cliente que se
hizo con mi confianza, hace tiempo de eso. Y yo me
atreví entonces a preguntarle, no de sopetón, no de golpe, me lo fui embullando poco a poco, contestando con
prudencia a sus preguntas. Porque él, Adam Pulsik, un
turista con dinero, según todas las trazas y mis informa-
ciones, vino a Cuba para ver si podía invertir en algunos
terrenos cuando se acabara el régimen. Así me dijo:
cuando se acabara el régimen. Cuando se muriera Fidel.

—Aquí no va a pasar nada, mi hermano, esto
no es la Unión Soviética, no somos rusos, nosotros sabemos —comencé a largarle.

—No, no, no, yo no soy ruso —me dijo el hombre calentándose—, yo soy polaco, ¡carrrajo!, polaco y
con dos cojones, como dicen ustedes, los cubanos.

Lo que quería que yo supiera es que él no tenía
nada que ver con los rusos, a los que odiaba; y que la
historia de Polonia y Polonia estaban hartas de Alemania y de Rusia, los dos criminales que habían matado
más polacos a lo largo de los siglos que cualquier epi-
demia bíblica.

Ahí me di cuenta que tenía una ocasión de oro
para preguntarle al polaco Adam Pulsik, rubio, un
poco gordo, con los ojos claros, mediana edad, simpá-

tico, tanto que era botado para afuera, parecía que lo contaba todo. Y como el tipo hablaba como si fuera cacatúa muerta de hambre, entonces le pregunté cómo había sido, cuando ya estábamos metidos en harina.

—¿El qué? —me preguntó el tipo.

Yo le estaba preguntando cómo había sido el cambio, de la noche a la mañana y sin muertos. Cómo coño habían salido del comunismo y del frío y se habían vuelto capitalistas enloquecidos. ¿El Papa, tal vez? Porque eso decían, que por donde pasara el Papa polaco no volvía a crecer la hierba del comunismo, sino que desaparecía su germen y pasaba a ser una etapa histórica odiosa. Yo trataba de explicarle a mi turista polaco que aquí no era lo mismo, que nosotros estábamos a noventa millas del capitalismo imperialista y que íbamos a seguir luchando hasta que la isla se hundiera antes que dejar morir los logros de la Revolución.

—Pero ¿qué logrrros, compadrrre?, ¿qué logrrros? —volvió a herirme el polaco.

Si hubiera sido habanero, el hombre se habría expresado con más virulencia sarcástica. Por ejemplo, me habría preguntado, pero qué cojones de logros tú dices, muchachón, dónde mierda están esos logros, la Revolución de comemierdas es la que han hecho ustedes. Pero felizmente no era cubano ni soez, era un tipo bien educado, que había sido miembro del partido de los comunistas polacos desde que fue un niño hasta esta madurez espléndida de quien quería comprar terrenos en la isla de Cuba para hacer negocios de turismo en el futuro, cuando se fuera del aire Fidel Castro. Desde luego, hay que tener cojones. Le zumba el mango. De modo que yo le preguntaba cómo había sido el cambio, que me contara cómo pudieron hacerlo, cómo había sucedido el asunto: un día comunistas y al otro, como por arte de magia, capitalistas. Polonia, Hungría, Chequia, Eslovaquia, todos los países que componían los aliados de la Unión Soviética y la Unión Soviética misma. Le insistí.

—Mira, muchacho —me molestaba la superioridad con la que me hablaba, pero tenía que callarme, joderme, atenderlo—, aquí en Cuba va a ser mucho más fácil.

—¿Cómo dice usted? —le pregunté mostrando una cierta agitación.

—Porque aquí no hay luz. No tienen que apagarla, entonces —me dijo riéndose.

—¿Y qué tiene que ver la luz aquí, mi amigo?

—Todo, todo, amigo mío.

Después me contó que los polacos decidieron apagar la luz un viernes al mediodía de cualquier semana. Dejaron el país a oscuras. Polonia a oscuras. Sin noticias, sin periódicos, sin nada. Como si el tiempo se hubiera detenido, las personas se hubieran quedado inmóviles y todo, todo, todo se hubiera quedado paralizado.

—Hasta el lunes siguiente, amigo mío. El lunes encendimos de nuevo la luz, recuperamos la vida, todo siguió como antes pero nada estaba en el lugar de antes. ¿Comprendes?

De manera que lo que me estaba diciendo el polaco es que en cuatro días habían cambiado el país, habían cambiado Polonia entera y que ese lunes ya había de nuevo ricos y pobres como antes del comunismo, que quien pudo se puso a su nombre todo cuanto pudo y el que no se dio cuenta se quedó sin nada por los siglos de los siglos. El capitalismo es el del carajo.

—Así fue, volvimos a ser católicos y volvimos a ser propietarios, y hubo lo de siempre, pobres y ricos, como siempre habrá viejos y jóvenes, supongo que me entiendes ahora.

Lo entendía perfectamente y me acordaba de las advertencias de Mami, la vieja a quien yo no había dado la razón ni cuando claramente la tenía. Ella me lo había avisado desde hacía bastantes años, desde el tiempo del Período Especial.

—Mira, Gualtel, mijito, tú parece que no vives en Cuba, sino en la Luna. En el país más feliz del mundo. Coooño, a ver si te enteras de que se están repartiendo la isla y cuando esto se vaya para casa del carajo, cada uno de los que tiene tendrá y quien no tenga, como tú, será pobre.

Yo no quería creer que nos pudiera suceder a nosotros lo que le ocurrió a la Unión Soviética y a sus países. No quería creer que a nosotros nos llegara alguna vez aquel desmerengamiento vergonzoso. Los cubanos somos de fierro y nunca nos hemos rendido ante nada ni ante nadie. A nosotros, pues, no nos podía pasar nada de eso. Seguiríamos luchando y luchando hasta que el imperialismo fuera el que se fuera para la mierda y no nosotros, que hemos luchado tanto por mantener la isla en alto y la fiesta en paz.

—Tú te conformas con tu Merceditas de nada —seguía Mami dando la matraquilla—, un chofer de la nada alquilado por los demás, cuando tú eres coronel de la Seguridad. ¿Pero tú no lo sabes, no ves a Ramirito Valdés, que dicen que tiene una fortuna, y los hijos de Fidel y los hijos de Raúl y tantos y tantos, y tu amigo, Rebumbio, o Manubrio, o Marambio o como tú cojones quieras llamarlo? Date de cuenta, viejo de mierda, date de cuenta de una vez: se lo están poniendo todo a su nombre, entérate, Gualtel.

Y no paraba ahí. Mami pronosticaba el futuro como si fuera una santera, como si yo supiera quiénes iban a quedarse con los ferrocarriles, quiénes se iban a quedar con el turismo, con los hoteles, ¿para qué tú te crees que pusieron ahí durante un tiempo al peor de todos, a Osmany Cienfuegos?, para ir repartiéndoselo todo, desde los caterín, o como se llame eso que da de comer a los turistas, hasta los hoteles.

—Y no te digo nada cuando lleguen de Miami, con verdes hasta para comprar la plaza de la Revolución, tu lugar favorito. Van a quedarse con todo y tú no tendrás nada.

Cuando hablaba de Miami yo me acordaba de mi hermano Domingo y del dinero en dólares que tenía. Una fortuna, según mi familia. Domingo había tenido una suerte de mil pares de cojones y era como el rey aquel, Midas me parece que se llamaba, que todo lo que tocaba lo convertía en oro, hasta su propia mierda, hay que tener cojones para que la suerte te acompañe tanto tiempo. Me imaginaba que mi hermano Domingo iba a desembarcar en La Habana, en Jaimanitas, por ahí, por la Marina Hemingway, a la que vienen los yanquis con permiso los fines de semana, pues eso, él iba a llegar con su yate a las costas cubanas como Colón llegó a América, pero en lugar de traer la cruz iba a traer un dólar verde grande como bandera y así casi todos y esto se iba a ir a tomar por saco en una mañana. Y con lo del polaco yo estaba mucho más asustado, porque yo sin luz, ¿para qué les voy a contar? Soy un ciego absoluto, no veo ni una pinga vendada, no sé ni valerme por mí mismo, así que imagínense el panorama y la película que de ser ciertas las profecías de Mami me espera en esos cuatro días sin luz, cuando todos los cubanos se duerman y cuando se despierten haya otra cosa. Eso no puede ser de ninguna manera, caballeros, ni lo sueñen. Aquí vamos a estar algunos miles, carajo, con el machete abierto y dispuestos a liquidar a los invasores como en Playa Girón. Claro, que si es de noche, vayan al carajo, ni me muevo, ni digo nada: me quedo aquí sin escuchar el timbre que me mande una y otra vez Mami y sea lo que Fidel y la Revolución quieran, aunque ya no estén aquí para darnos órdenes.

El polaco estaba en el Cohíba y Mami en su casa de Santos Suárez. Y yo, solo. Al carajo. En peores garitas habíamos hecho guardia quienes nos consideramos los custodios y la vanguardia de la Revolución, para que ahora vinieran los de fuera a quitarnos lo que nosotros nos habíamos ganado a pulso. Yo discutía eso con Mami todo el tiempo pero ella se empeñaba siempre en su razón, que era irracional casi siempre.

—No, chico, tú estás loco. Aquí nadie va a invadir nada —me decía la cabrona—, como tú dices. Aquí primero se van a matar los de dentro y cuando la matazón acabe, se manda a regar las calles para que no se vea la sangre de lo que ustedes llaman los mártires, y para el carajo. Lloverán dólares, pero para eso va a tardar un tiempo, ¿cómo decírtelo para que lo veas?, inestable, un tiempo de rebumbio, machete y hasta metralla para los que no se hayan dado cuenta de la nueva etapa, para los que no tengan nada, como tú...

—Por eso quieres emigrar, por eso quieres abandonar, por eso quieres fugarte —le decía yo para quemarla.

—Sí, chico, por lo que sea, pero yo no voy a esperar a que eso ocurra. Me voy con mi hija Bel a Barcelona y ya habrá tiempo para regresar. Como si fueran unas vacaciones, que bien merecidas me las tengo, ¿o no, Gualtel?

Siempre acababa marchándose de la isla, esta mierda de tierra (decía cuando se encabronaba), pero aquí estaba todavía, ella en Santos Suárez pegándome a cada rato timbrazos para pedirme papeles que yo no podía darle, y yo con el polaco viendo las tierras que quería comprarse, tierras vírgenes, decía el polaco, porque aquí, amigo mío, todo es virgen menos las mujeres, y se echaba una carcajada que a mí me daban ganas de decirle bájate ahora mismo del carro, hijoputa, comemierda, bolo del carajo, aquí no nos hacen falta comemierdas como tú. Ya, ¿y qué?, la isla ya está llena de esos comemierdas que se la reparten con los generales y los empresarios de Fidel, le roncan los cojones, y yo lo sé y me callo como todo el mundo, porque yo seré revolucionario hasta que me toque irme del aire y voy a defender esta mierda, esta arqueología, como me dijo Vázquez Montalbán, porque esta es mi mierda, esta es mi arqueología, mi casa y mi vida para siempre, que se enteren los imperialistas y los capitalistas de una vez por todas.

Desde que hicimos el operativo del Papito's Party, yo sé que eso es así. Lo sé porque detuvimos a más de doscientos pájaros en aquella selva del vicio y los íbamos agarrando y la orden de arriba sin más era que los fuéramos soltando. Bien, entonces ¿para qué coño fue el operativo?

—Claro —me decía Mami por teléfono—, desalojaron el Papito como desalojaron el Periquitón, para quedárselo alguien, así es como se resuelven aquí las cosas, a la luz del día.

De modo que, según Mami, no había que apagar la luz, la poca luz que hay por la noche en La Habana, para que unos se quedaran con unas cosas y otros se quedaran sin nada. Cuando yo vi salir con las manos en la nuca a todos aquellos bugarrones y empecé a reconocer a los niños bien del régimen, me llevaba las manos a la cabeza. ¡Pero, carajo, si estos son los hijos de los nuestros! ¿Qué coño vamos a hacer con ellos ahora? Pues eso, soltarlos.

El Papito's Party era como un portal de iglesia arruinada, pero detrás de la iglesia había como una manigua salvaje donde se servía el vicio a mansalva. Desde las drogas a los culos, desde los tragos a la homosexualidad que Raúl quiso extirpar ya en los sesenta, junto con el Che, y no pudieron hacer más que retrasar este escándalo. Fíjense que ahora quien defiende a las lesbianas es la hija de Raúl, precisamente, le zumba el mango a la vaina, ¿eh? Allí dentro, en el Papito's, había de todo. Hasta camas de lujo preparadas en aquel bosque para las orgías, todo tenía su precio en dólares, en cada rincón un bar con todos los tragos del mundo, hasta con bebidas que a mí me resultaban desconocidas, la cocaína y otras drogas eran la comida de los invitados, ¡en Cuba, coño!, ¡en mitad de la ciudad de La Habana! Hasta yo mismo sabía que eso existía y todo el mundo, pero todo el mundo, sobre todo Lawton, el barrio que estaba al lado de ese templo del vicio imperialista y se beneficiaba más que ninguno de la vaina, todo se sabía pero no se hizo nada hasta que fue un escándalo. Porque un día alguien se pasó de rosca y un tipo, muy joven, un menor de edad, se fue del aire dizque por una sobredosis o por lo que fuera. El muerto abrió aquel hoyo a la voz de la multitud habanera y tuvimos que intervenir. Y digo lo que dice Mami, vaya, ¿de quién mierda de arriba era aquel garito?

—Chico, hasta tu hija Bel iba mucho antes de irse para Barcelona, no te hagas ahora el loco —me descubrió Mami—, no es que fuera una asidua ni una promiscua, Gualtel, ella iba allí con Marsans, que tenía la puerta abierta siempre. Iba, como te lo puedes figurar, a bailar, a comer y a divertirse como cualquier joven del mundo, y a nada malo, ¿tú me entiendes?

Claro que yo la entendía y me cagaba de paso en todos sus muertos. Todavía recuerdo cómo fueron saliendo casi doscientos seres humanos, jóvenes y viejos, machos y hembras, todos con las manos en la nuca y en silencio y nosotros, la Revolución, mostrando cara de asombro como dándonos de nuevas en el truquito aquel, que vaya uno a saber quién se lo tenía allí detrás, por detrás de La Habana, ¡pero en la misma Habana!, habrase visto descaro y delincuencia. Cuando entré en el antro vi los cuadros valiosos colgados en las paredes de la iglesia, ¡cuadros de santos, de la Virgen, un crucifijo, todo en su lugar exacto! Y detrás estaba la vaina, salías de la sacristía por un camino que llevaba al jardín y aquello era Jolivud, aquello era del carajo, botellas en el suelo, mesas y mesas, sillas, camas, echaderos en los rincones de las sombras, lujo de gasto cuando La Habana se moría de hambre. Y, mientras tanto, yo no dejaba de preguntarme de quién carajo sería aquel gran negocio de putas y maricones. Agarramos a más de veinte cantantes famosos, ¡para qué coño voy a dar aquí los nombres! Ah, amigo, pero eran la aristocracia y había muchos españoles del cine, famosos y muchos cantantes que venían de Italia y España a darse el lote precisamente a aquel lugar del carajo.

Bueno, al final los soltamos a todos, cada uno se fue para su casa soltando su propia carcajada y el Papito's Party volvió a ser una iglesia con jardín, pero clausurada hasta hoy. Y yo pienso ahora, con el polaco en mi Merceditas, si no sería ese el futuro de Cuba otra vez, un Papito's Party en toda la isla, como decía aquel cabrón, que nosotros los cubanos no servíamos más que para hacer economía de sobremesa, ron, putas, postres dulces, licores de todo tipo, singadera a mansalva y música, mucha música. Lo demás, la caña y la industria, la medicina y la escolaridad, eso no era cosa nuestra. Lo dijo un economista de Harvard que para colmo era ¡cubano! Decía que no servíamos más que para la diversión, para el turismo, para hacerles la vida agradable a los demás, que ese había sido nuestro pasado y que ese sería nuestro futuro. El tipo se olvidó de todo, de estos cincuenta años, de la Revolución, de Sierra Maestra, del Escambray, de Playa Girón, de Angola, de Namibia, de Etiopía, de Venezuela y Douglas Bravo, de Colombia y las FARC, de Bolivia y el Che. Se olvidó de todo y dijo, como un profeta de mierda, que Cuba volvería a ser lo que era con el turismo. ¡Hay que joderse!

De modo que todavía estoy pensando de quién era el Periquitón, de quién era el Papito's Party, quién o quiénes surtían de maravillas aquellos jardines del vicio y del placer contrarrevolucionarios, y no puedo por menos que darle siquiera por intuición la razón a Mami y un poco a Isis, carajo, me duele pero es así.

No, no voy a dar mi brazo a torcer, yo seré revolucionario hasta que me muera y esta isla, como dice Fidel, se hundirá en el mar antes de volver a ser lo que fue antes del 58.

—Fíjate, Walter, esta playa —me sacó el polaco de mis pensamientos.

Estábamos en Santa María.

—Una playa virrrgen. Aquí estoy viendo las nuevas mansiones que voy a levantar, y aquí los hoteles.

Caballeros, el tipo soñaba, pero me hacía temblar.

—Y pídele a Dios —seguía— que nosotros lleguemos antes aquí que las mafias rusas, porque esos animales arrasan. Para ellos no hay ley que valga. Llegan, ponen la pata en el suelo y es como cuando le ponen un hierrro al ganado. Ya aquello es de su prrropiedad. Así es como llegan a todos lados. Incluso están en España, en las playas del Mediterráneo, y en Italia, y en lo que fue Yugoslavia. Esos sí que son invasores.

El polaco me daba donde me dolía: en el alma. Un golpe al hígado puede dejarte tumbado en la lona por unos minutos, pero uno se recupera antes de que la campana te saque del combate. Pero un puñetazo en el alma, eso no hay quien lo soporte. Solo Fidel, que es incorruptible y eterno, eso es lo que el polaco de mierda y las mafias rusas no saben, que aquí está Fidel.

—Pero aquí está Fidel, chico —le contesté por la tangente al polaco.

—¡Ah, Fidel, Fidel!, ¡qué hombrrre del pasado! —y me dio otro golpe en el alma.

Es mucho aguantar. El sino de los cubanos ha sido durante toda nuestra historia lo que Fidel dice:

resistir, resistir, resistir. Pero a veces le dan a uno ganas de coger a gente como el polaco y echarlo del carro, bájate, cabrón, y ahora te jodes ahí, te quemas al sol al que no estás acostumbrado y a ver quién te lleva hasta La Habana ahora, tirado ahí, en la playa, como una puta irredenta, así te vas a quedar, para que te enteres.

—Tú tienes que saber, amigo mío —siguió golpeando el polaco, mientras miraba las arenas de Santa María, al este de La Habana—, que el gran hombrrre se está secando, se está pudrrriendo, como se está pudrrriendo todo lo que él crrree que es su obra, que no es otra cosa que la destrrrucción de tu país.

Tercer puñetazo en el alma. Es mucho, ¿no? Y uno tiene que callarse. ¿Qué le digo? ¿Que soy coronel retirado de la Seguridad del Estado y que ahora mismo lo voy a llevar preso?

Si yo hiciera eso, lo soltarían enseguida. Resulta que ahora hay que tratar a estos empresarios extranjeros como si fueran santos de los babalaos. Resulta que se fuman los tabacos como antes se los fumaban los yanquis. Resulta que nos dicen que son nuestros amigos y que es mejor ellos que los de la mafia rusa, que antes eran nuestros aliados. A veces el mundo no hay quien lo entienda y uno busca salir del laberinto sin poder conseguirlo. Es una mierda todo.

Al tercer puñetazo yo estaba ya kao. No le había llevado la contraria en nada al polaco, el tal Adam Pulsik, porque me lo habían recomendado desde arriba, cuídalo que es un amigo, me dijeron, y en todo el viaje no he hecho más que afirmar con la cabeza y decir a todo oká. Yo le digo oká y él me deja kao. Es un chiste o lo parece, pero así es la vaina que estamos viviendo en Cuba. Y ahora dice Raúl que vamos a seguir el camino de China, que se va a abrir la mano como en China: propietarios serán los que el Partido quiera y al carajo los demás. China: llegar a China después de cuarenta años como si eso fuera una esperanza para Cuba. Me dan ganas de bajarme yo de Merceditas, decirle al polaco, maneja tú, cabrón, y mandarme a mudar sin papeles, en el primer barquito que salga de Matanzas, mandarme a mudar y llegar a Miami y buscar a mi hermano Domingo y decirle de una vez, aquí estoy, Domingo. ¿Y qué me dirá él? Me dará un abrazo fuerte y me dirá lo mismo que los otros.

—Ya era hora, gusano, te estábamos esperando desde hace años —eso me dirá. Y no, no es eso, no me sale del forro de mis santos cojones comunistas, ¿estamos?

De modo que me aguanté. Resistí, como dice Fidel, sin montarle una bulla a aquel cabrón de millonario polaco. A saber lo que habrá robado en Varsovia cuando se apagó la luz por esos días. A saber a quién le robó la casa, a qué bando le levantó la pasta, a quiénes dejó para siempre en la ruina. A saber a cuántos mató en el silencio y en la oscuridad para ser ahora un millonario que viene a La Habana, enciende un tabaco de los mejores Cohíba y se despacha a gusto conmigo, como si fuera un esclavo.

No hablé durante todo el regreso. Estuve sombrío todo el rato, hasta que llegamos al hotel Cohíba. El tipo iba tarareando boleros, diciéndome que Cuba era lo más lindo del mundo, sus mujeres, sus canciones, el ron, el sol, un paraíso, ¡su puta madre, carajo! Cuando se bajó del carro, me dio un abrazo y una buena propina, me agradeció todo cuanto le había mostrado, se viró y se metió en el hotel como si tal cosa. Y esa y no otra es la vaina de mierda de mi vida actualmente. Pero no importa. Yo sé quién soy y no voy a perder nunca más la memoria. Yo sé dónde estuve y dónde tendré que estar en lo que me queda de vida. Yo sé que yo soy revolucionario, cubano hasta más allá de la muerte. Y sé que digan de Fidel lo que quieran, pero ahí está, secándose o no. Muchos de los que lo han matado durante estos años están bien muertos y enterrados, empezando por Mas Canosa, y otros se van muriendo, se van yendo del aire antes que él, que está ahí, sí, entre médicos, pero resistiendo con sus dos cojones de oro. Porque ustedes no lo saben, pero Fidel Castro tiene los cojones de oro. El único hombre sobre la tierra que tiene los huevos de oro, para que se enteren de una vez, caballeros.

23.

Esta historia de los huevos de oro de Fidel tiene su origen lejano en la isla de Pinos. Ahí estuvo en la cárcel después de que lo juzgaran por el asalto al cuartel Moncada, después de que lanzara el discurso del carajo, *La Historia me absolverá,* que los dejó a todos mirando a la Luna, así es Fidel, y fue una explosión histórica de las de verdad, porque todavía se lee en todo el mundo como un alegato contra el Imperio y sus aliados, porque esa era la vaina desde el principio y el que no la vio fue porque no le dio la gana o estaba ciego.

Ahí, en Pinos, cuando Fidel estaba en la cárcel, empezó el rumor de que Batista lo había castrado para que sirviera de ejemplo a otros rebeldes. Lo que buscaba era incapacitarlo para mandar un ejército, porque un hombre sin huevos al frente de un ejército resulta siempre una mierda, parece un chiste pero es verdad. Imagínense ustedes a Patton sin huevos, que si se le hace una estatua desnudo no hay que ponerle hoja de parra ni nada porque está capado. Una mierda. Vayan ustedes ahora a Bolívar y entonces será mucho peor. Un luchador de su especie, un bailarín y un amante del carajo resulta que no tiene huevos. No hubiera conseguido nada en América.

Bueno, llegó un periodista español a La Habana, cuando ya Fidel era el jefe de la Revolución y Cuba estaba ya en el mapa del mundo como uno de los países más importantes de la segunda mitad del siglo xx. No recuerdo bien cómo se llamaba el periodista, pero era muy amigo de aquel otro que estuvo en Sierra Maestra y que hizo unos reportajes fantásticos sobre los guerrilleros barbudos. Medina o algo así se llamaba el periodista español. Y va y le pregunta, como de repente, aunque, ¿qué quieren que les diga?, yo creo que todo eso estaba pactado, porque estas preguntas de envergadura se preparan antes y se pide permiso. Parece que es una falta de respeto hacia la personalidad a la que se entrevista, ¿no?, hacerle preguntas de cuidado, que lo pongan en un compromiso, pero así es la vaina hoy en día, y el entrevistado tiene que salir como pueda de la pregunta. No, no digo que hubiera mala intención en la pregunta de Medina, pero se las trae el tipo, preguntarle a Fidel si estaba capado.

—¿Y usted, Comandante, tiene todos los atributos con los que nace un hombre? —así le dijo, como una bomba.

Imagínense. Uno ve esa pregunta en una revista, en la televisión, en la radio, en un periódico, a alguien que le preguntan, oiga, dígame, por favor, ¿y a usted le cortaron los huevos?, o, lo que es igual o más o menos, ¿tiene usted sus huevos en su sitio o no? Y yo digo que para preguntarle eso a Fidel el tipo tenía que tener no solo la simpatía sino el beneplácito del Comandante. Si no, estoy seguro de que lo habría fulminado, lo habría echado de Palacio, lo habría puesto de patitas en la calle, en un coche oficial bien custodiado, y lo habría mandado para el carajo en un avión, inmediatamente, ese tipo no habría estado ni un segundo más en Cuba. Por eso digo que eso estaba arreglado.

La mala leyenda había corrido como la pólvora. A la gusanería de Miami y a los imperialistas les vino de cojones que aquella vaina corriera como queroseno ardiendo sobre asfalto, con la velocidad del rayo. Imagínense: para que vean, el tipo ese tan macho, Fidel Castro, está castrado, lo mandó capar Batista cuando lo metió en la cárcel en la isla de Pinos.

¿Y entonces qué hizo Fidel?

—Mira, gallego, y cuéntalo —le dijo Fidel a Medina.

Se bajó los pantalones militares y le enseñó los cojones hechos y derechos, en su lugar y en orden, ahí los tienes, no les saques fotos para que no se asusten los enemigos, pero vete y diles que aquí tengo mis huevos, que son de oro, eso dicen que le dijo al periodista Medina.

—¿A que son de oro, gallego? —le dijo con sorna cubana Fidel.

El gallego no dijo después, en lo que escribió, que fueran de oro, pero más o menos dijo que el Comandante en Jefe de la Revolución cubana los tenía en su sitio, de modo que si se los habían cortado alguna vez en la cárcel o en cualquier otro lugar se le habían reproducido y parecían de oro.

Bueno, esa más o menos es la historia. Depende de quién la cuenta y cómo se recuerdan las cosas son las historias, más leyendas que historias al fin y al cabo. Una vez se la conté a Mami, porque esa es una historia más o menos secreta, quiero decir, poco conocida en La Habana, y me dijo que si yo creía en esas boberías, que todo el mundo sabía en Cuba quiénes eran y cuántos los hijos de Fidel y de Dalia Soto del Valle, y los hijos anteriores, Fidelito y Alina, también, pues los conocía todo el mundo.

Ya ella descreía del todo de la Revolución, estaba cansada, me decía, decepcionada, desesperanzada, porque este hombre, así hablaba, no hacía sino decir siempre lo mismo, resistir, resistir, resistir, y a base de resistir nos estábamos yendo todos los cubanos del aire, menos los de Tropas Especiales y los generales del Ejército, que esos sí que estaban bien alimentados y agarrados de la teta de la Revolución exhausta, hablaba como una lideresa política y a mí me ponía nervioso. No tenía en cuenta que yo, aunque jubilado, era quien era en la Seguridad del Estado y que si algún comemierda del Comité de Defensa de la Revolución más cercano se enteraba del descreimiento de la descarada de Mami, el que me iba del aire iba a ser yo mismo. Aquí, en La Habana, nadie está libre del pecado que no haya cometido todavía pero que la autoridad y la Seguridad saben que tú vas a cometer más tarde o más temprano. Todos estamos censados, el que entra y el que sale, y aquí a la primera de cambio, al primer tropiezo, te llaman a capítulo y te lo repiten todo, cómo es que tú le permites a tu mujer que diga esas salvajadas del Comandante y de la Revolución, ¿eh?, tú, además, un coronel de la Seguridad. Eso es, un coronel de la Seguridad. Eso quiere decir que mientras más alto estés, más dura será la caída si se te ocurre caerte, despistarte, hacer algo que no le venga bien a la Revolución. Por eso hay que mantener los ojos bien abiertos y, al mismo tiempo, la boca lo más cerrada posible.

Ahí tienen a Robaina. No me digan que no era poderoso, no me digan que no se acuerdan de él, no me digan que el tiempo es tan cabrón que hace olvidar a los cadáveres vivientes y, después de la fama, ya nadie los conoce. Robertico Robaina, canciller nada menos, recién salido del colegio como quien dice, paseando por el mundo la juventud revolucionaria de Cuba, con dos cojones, hablando alto y claro, desde cualquier púlpito, en cualquier lugar del mundo. Es decir, un hombre digno de toda confianza. ¿Y qué pasó? Que se subió de nivel, se dejó adorar por la bicha del capitalismo, se dejó acariciar por los regalos que le hicieron, aquel tipo le regaló hasta dinero, no me acuerdo bien si se llamaba Villanueva o no. Era, eso sí me recuerdo, gobernador del estado mexicano de Quintana Roo, e íntimo amigo de Robertico. La cosa empezó a correr, Radio Bemba soltó ciertas complicidades prohibidas de Robaina con el mexicano, llegaron a hablar por lo bajo, aunque todo el mundo se enteró, de narcotráfico y de que la DEA estaba detrás de las miguitas de pan que iban dejando los tipos por el bosque. Y, de un plumazo, cuando Fidel se enteró, lo largó del cielo y lo dejó en su casa una larga temporada, en plan piyama, que es lo que decimos nosotros en Cuba cuando le cortan la cabeza a un poderoso y lo dejan ahí, en pelota, en ridículo, delante de todo el mundo. De modo que a Robertico Robaina Fidel le cortó los huevos, metafóricamente hablando, y primero lo dejó arrestado hasta que confesó sus jueguecitos prohibidos y luego ahí lo tienen, delante de toda La Habana, ¿cuál es el trabajo de Robertico Robaina ahora? Limpiar la mierda que las palomas echan sobre las estatuas de La Habana, mantener limpias las estatuas de bronce y las piedras habaneras, le zumba el mango. Así es Fidel, un jueguito prohibido, ni de a vainas.

Un día pasó por Santa Fe y vio un carro muy llamativo en la puerta de una casa del carajo que estaban levantando. Se quedó con el asunto y cuando pasó otra vez preguntó de quién era aquel carro tan bueno y de quién era la casa.

—Del actor, mi Comandante —le contestaron.

—¿De qué actor? —contestó de golpe Fidel.

—De Perugorría, el de la película...

—Abajo, cierren eso —contestó Fidel. Ni una palabra más. Ya se sabe que estos malos ejemplos no pueden cundir en La Habana con tantas necesidades. De eso se enteró todo el mundo, porque Mami vino inmediatamente con el cuento, mira, Gualtel, tú sabes, tu Comandante le acaba de quitar a Jorge Perugorría su casa. Ahí lo tienes, aquí no hay que hacerse ilusiones de nada. ¿Para qué iba a convencerla yo a esas alturas de que era lo mejor para la Revolución que nadie se descarrilara haciéndose rico y poniéndose como ejemplo? ¿Para qué iba a decirle yo que había que seguir en la pelea, que no había que bajar la guardia, que había que tener fe?

—Fe sí que tengo, mi hijito, parece mentira que no lo sepas. Pero no esa fe tuya que ya hiede de podrida —así me dijo la descarada hace tiempo, la última vez que le hablé de la fe.

—¿De qué fe me hablas, Mami, por Dios? —le pregunté por seguir la conversación.

—De la mía, nada más de la mía, mi fe: familia en el extranjero, para que te enteres.

Fe: familia en el extranjero. Ahí está el chistecito, el cubaneo a la vuelta de la primera esquina, ese humor cabrón del habanero que le saca punta a cualquier lápiz en el momento menos indicado. Y ahora Mami vino otra vez con la misma vaina, una pesadez del carajo, que le inventara los papeles para irse con Isis a Barcelona antes de que todo esto se desmerengara y empezaran los tiros de unos contra otros y los machetazos del negrerío por la noche, porque no te creas (eso me advertía la muy cabrona) que tú te vas a librar.

—A ver, imagínate, chico, viene un abakuá con el machete abierto para metértelo todo en la barriga, ¿y qué tú le dices?, ¿cómo lo detienes? ¿Le vas a decir, oye, mira, compay, que yo no maté a nadie del mundo, ni de tu familia ni de ninguna, yo fui un tipo bueno, le vas a decir eso? —me preguntaba respondona—. Tú ya sabes que cuando vayas a empezar a hablar el tipo te lo ha metido ya hasta el collins, entérate.

Lo que me aconsejaba era que no saliera a la calle, eso era lo que Mami, como si ella fuera también coronel de la Seguridad en el retiro, me advertía. Que a mí me conocía todo el mundo como hombre de confianza de Raúl, y que a Fidel, bueno, se le tendría miedo, un miedo reverencial, vaya, porque lo había probado. Aparecía su figura en cualquier revuelta de la calle y los delincuentes se echaban a correr despavoridos como si hubieran visto a un brujo bajado del cielo, «subido de los infiernos» (decía ella), se perdían por los andurriales de La Habana por donde no entrábamos ni nosotros, los de la Seguridad, ni Palo Cagao, que ya no existe, pero por Atarés, por Pogolotti, por ahí, tantos sitios hay en La Habana secretos y escondidos, por ahí se perdían los delincuentes hasta que volvían a salir a la luz y entonces les echábamos mano, no se nos escapaban sino quienes nosotros queríamos, los demás iban al saco y a hablar hasta por las patas, así era la vaina.

—Pero con Raúl ya no es lo mismo, ahí ahora quien tiene miedo es él y los suyos. Se saben arrinconados —decía Mami—, y mientras el otro viejo esté

ahí, bueno, paciencia, pero a la vuelta de la esquina se
va a armar, allá tú si te coge la vaina aquí, yo me quiero ir, entérate.

Sí, se quería ir. Se estaba queriendo ir para España desde antes de que a su hija le entrara aquel complejo de superioridad, el de convertirse en estrella
internacional, un delirio de grandeza como otro cualquiera. Mami no cejaba. Hasta hoy mismo me ha llamado reclamándome los papeles como si yo fuera el
amo del bohío, ¿entienden ustedes? Pretenciosa, quiere que yo vaya allí, al MININT, y a mano armada saque sus papeles para salir, como si eso fuera arte de
magia, ella dice que ya tiene la plata preparada para
volar al lado de su hija.

—Quiero ver a mi nieto vivito y recordarlo
para siempre —me dijo una vez más.

La primera vez que me dijo lo del nieto yo entendí como ustedes que había un hijo de Isis en España y yo no tenía ni idea. A mí me tienen de lado,
ya lo saben, y no me cuentan las cosas más que cuando les conviene. De modo que yo no sabía que tenía
un nieto y me estaba enterando en ese momento.
Pero no, lo que me decía Mami era que quería ver al
nieto en el caso hipotético de que naciera y que no se
quería ir del aire en la lucha que se montaría a la
muerte de Fidel sin ir a Barcelona a ver a la criatura.
¿Ven cómo es?

—Y tú, con tu influencia, deberías hacer lo
mismo. Márcharte. Tú tienes más fe que yo —me decía jocosa, refiriéndose a mi hija, por un lado, y a mi
hermano Domingo por otra.

Pero no. Yo voy a esperar aquí, al pie del cañón,
en primera fila de la batalla, en la vanguardia revolucio-

naria, donde estuve siempre. Aquí voy a esperar a verlos llegar en tropel, eso le dije, por el horizonte, desde Miami, a esa banda interminable de gusanos que creen que porque Fidel se muera se manda a parar todo este asunto. Y eso sí que no. Aquí estamos, aunque nos falte el Comandante, que nunca nos va a faltar porque, primero, no se va a morir nunca, y segundo, si es que se muere en un caso extremo, aquí está su espíritu para seguir jodiendo al imperialismo.

—¿Y vas a matar a tu hermano Domingo, por ejemplo, y vas a encarcelar a tu hija Isis sin ir más lejos? —me preguntaba sin dejar los sarcasmos.

Están equivocados todos. Aquí no vamos a matar a nadie, vengan de donde vengan, pero lo que sí les vamos a decir es la verdad: oigan de una vez, nosotros hemos estado aquí, hemos aguantado, hemos resistido, ustedes se han ido para el carajo, a correr la aventura de hacerse ricos, a muchos de ustedes los hemos dejado salir tan tranquilos y nosotros aquí nos hemos empobrecido. En todo caso, ténganlo claro: la mitad por lo menos es nuestra. Y más de la mitad. Esta casa de Luyanó, por ejemplo, ¿me la van a quitar los dueños que antes de la Revolución vivían aquí? ¿Y por qué? Váyanse a la mierda, no nos quitarán nada. Y los que vengan tendrán que pactar con nosotros cuánto cuesta cada cosa y cada negocio. Van a creer que llegan aquí, como cuando estaba Batista, a disponer de todo y a esclavizar a quienes no estén de acuerdo con sus leyes. Aquí primero y en todo caso hay que abolir las leyes de la Revolución y eso lleva un tiempito, de ocho a diez años, Mami, te lo digo yo, y los yanquis no se van a meter en un lío, porque hay millones de tipos que llevan en la sangre la traición a Cuba. Sí, tienen ustedes que saber que hay millones de tipos dentro y fuera de Cuba que llevan en la sangre la traición y que lo más que desean, después de la venganza, es que Cuba se convierta en un estado de los Estados Unidos, y aquí no hicimos la Revolución para que la gusanería y el Imperio vuelvan a las andadas y a creer que el capitalismo es el cielo. Nosotros volveremos a vencer, como hemos vencido siempre, porque la Revolución es invencible, y más con Fidel vivo, que ahí está. Mucha gente se pregunta que dónde está, en qué hospital.

Son unos ignorantes, porque él sigue viviendo en su casa, en La Coronela, allá en Cubanacán, como siempre, con sus hijos y sus nietos. Ya lo sé. Me dirán ustedes, ah, entonces es como otro ser humano cualquiera, lo de siempre, un abuelito más que se ha quedado con la finca y da órdenes desde su ancianidad sin saber dónde está parado. Ignorantes. Fidel sabe de sobra todo lo que pasa en Cuba y en el resto del mundo, se levanta todos los días y lee todo cuanto se escribe de Cuba en el exterior y larga sus reflexiones por la televisión y por el *Granma,* y al carajo. Todo sigue igual. Esto no es Rusia ni lo será nunca. En eso tiene razón Mami y la gente que piensa como ella, que los bolos estuvieron aquí más de treinta años, y no queda más que un par de generaciones con nombres soviéticos y un lejano recuerdo de aquella hermandad que se vino abajo con el desmerengamiento del campo del socialismo real. Vayan a la mierda, entonces, la gusanería y todos sus aliados.

Hubo una temporada en que venían a invertir aquí los españoles, en los últimos gobiernos de Felipe y en los del hitlerito de Aznar. Venían a Cuba a hacerse ricos, a volver a tener propiedades aquí, a tener negocios de turismo, como si aquí no hubiera pasado nada en cincuenta años de Revolución. Querían comprarlo todo, ellos y los italianos largaron otra vez los dólares en ese vicio y en la singadera. Ellos fueron los que inventaron la jinetería del Malecón y los hoteles de lujo, los que malearon a las cubanas, los que pusieron un precio tirado a los cuerpos divinos de las habaneras. En su vida un viejo de esos de Madrid pudo encontrar maravillas como aquí, en la vida un milanés de mierda con mi edad y operado de la próstata como yo pudo llevarse a la cama por menos dinero a una mulata, cabrones de mierda, malhechores de nuestra dignidad. ¡Ah, no!, pero se equivocaron de plano. Aquí los negocios los hace la Revolución y la propietaria de todo es la Revolución. Ya lo tenían que saber de antemano, dentro de la Revolución todo, fuera de la Revolución nada. O mierda. También pueden escoger la mierda, si quieren, allá cada uno, pero nosotros, la vanguardia de la Revolución, estamos con Fidel hasta más allá del final y venceremos con todas las dificultades que tenemos, para que se enteren en España y en Italia. Miren lo que les está pasando ahora a los europeos por cabrones, están arruinados, ya no viene nadie de España ni de Italia a invertir, eso fue una temporada en la que se creyeron que todo el monte era aquí orgasmo, lujuria, ron y mierda, pero se acabó, ahí estaba como siempre el Comandante para mandarlos a parar. Bueno, sí, será un ser humano pero no como otro cualquiera. Es único en la Historia del mundo y, por tanto, en la Historia de Cuba. Nosotros estamos donde estamos, en la resistencia al capitalismo, y vamos ganando terreno con el ALBA, con Venezuela, Ecuador,

Argentina y Bolivia, ahí estarán jodidos los blanquitos de toda América Latina, que entienden la libertad solo para ganar dinero esclavizando a los demás, ¿o no es así, Mami?

Yo le daba entonces, cuando vivía con ella, esas peroratas apostólicas porque creo en ellas. Creo que aquí las cosas van a empezar a cambiar para bien. Y si no lo creo del todo, lo creo en gran parte y cada vez lo creo más, porque lo que se está desinflando por todos lados es el capitalismo. El Comandante tuvo siempre la razón, es un globo que ya está hinchado y es cuestión de tiempo que se venga abajo, primero los europeos y después los Estados Unidos. En el mundo del futuro van a mandar Brasil, China e India, junto a Canadá. ¡Y son nuestros amigos, y nuestros aliados! ¡Y nos han entendido siempre y nos ayudaron todo el tiempo! De modo que vamos a seguir adelante. Y yo también.

—Y no me voy a ir, ni siquiera el último, para que tú te enteres —le dije un día a Mami, muy furioso, ¿saben ustedes?, pero la repugnante no se deja convencer.

A ella la volvió enferma de la cabeza su hija Isis, la artista internacional Bel March, que debe estarlas pasando mierda y mierda y media en Barcelona, pero no se lo dice a su madre. Vaya uno a saber si está de puta o no, porque muchas cubanas se han ido de la isla para irse de putas, que conste que no lo hacen porque quieren, como lo hacen aquí, que singan por gusto, por pasión o por amor, ni de a vainas. En el extranjero no tienen más que dos salidas: de putas o de prostitutas, casadas con viejos españoles e italianos que en cuanto se viran les clavan unos cuernos que se les revienta la cabeza. Pero Mami no cae en esas cosas, dice que son mentiras de los de siempre y que yo también soy de los de siempre.

—Tú lo que eres es un recalcitrante —me dijo hoy mismo.

—Y tú una repugnante —le contesté eufórico, porque le estoy ganando la partidita, ella lo sabe y yo también. ¿Cuándo hemos perdido los cubanos? ¿Conocen ustedes a un cubano tonto en alguna parte del mundo? No, padre, no hay cubanos tontos.

Decían que iban a invadir la isla desde Miami, pero no, no son tontos. Los enviamos a la gusanería a que conquistaran toda Florida, a que la recuperaran. Y yo les pregunto, a ustedes que dicen que Fidel se está muriendo y que aquí van a cambiar las cosas y que la Revolución se va a ir al carajo, ¿los cubanos hemos ganado o no Florida? A ver si se atreven a decirme que no. Serán gusanos, bueno, sí, pero son cubanos y ahí no hay ningún bobo, ni siquiera nuestros enemigos de dentro o de fuera son tontos. De ninguna manera. De acuerdo, estamos a la espera, seguiremos a la espera y los que están esperando el réquiem por Fidel Castro se van a quedar colgados de la brocha porque, aunque se muera, aquí, carajo, no va a pasar nada. El que se atreve a moverse, lo descuartizamos en un par de días. Ahí, como siempre, está el Ejército; ahí está la Seguridad; ahí estamos todos los cubanos revolucionarios; ahí está Raúl, un organizador de verdad, un resistente de los nuestros, un tipo de fierro, como nosotros. De modo que no se hagan ilusiones. Somos y seremos para siempre los dueños de esta isla, la Revolución y nosotros, los de siempre y las nuevas generaciones de revolucionarios. Los enemigos se empeñan en emponzoñar a la juventud cubana y les dan esperanzas en cartas y mails. Y en los timbrazos telefónicos, que yo ahora mismo si fuera Raúl prohibiría del todo, así nadie se quemaría por falsas noticias ni nadie estaría dando elementos de fuerza a los gusanos del interior y del exterior.

24.

Los viejos sabios dicen que los inmortales saben esquivar la muerte. La engañan cada vez que viene a buscarlos y están acostumbrados a esconderse en
lugares donde no llega nadie, ni siquiera la última voluntad de los santos. Lo digo para que se enteren de
que a Fidel le han montado miles y miles de bullas los
enemigos en estos cincuenta años y él los toreó todas
las veces sin que nunca saliera herido.

La última vez que pude verlo en carne y hueso estaba entero y fue en el Palacio de Exposiciones
y Congresos, en Cubanacán. Yo ya estaba retirado y
había ido allí porque Raúl me había pedido que me
acercara a la reunión de ilegales, todos palestinos,
gente de Oriente como nosotros, para que le contara después con pelos y señales cómo había ido la
vaina.

La reunión fue interminable y aburrida. Como
dicen los analistas, previsible. Todo el mundo empezó
a hablar en voz baja y los que al final terminaron gritando y metiéndose con el Gobierno parecían al principio los más dóciles y pacíficos. Al final, se les veía
que eran guerreros dispuestos a prenderle fuego a La
Habana si no se resolvían sus problemas inmediatamente, aquí y ahora, como decían a coro. Yo, un poco
nervioso, como todos los custodios y la gente de la policía que asistía a la reunión, estaba confiado. Se podía

armar allí otro maleconazo y no estaba el horno como para asar pollos en aquella época.

Más allá de las doce de la noche, llegó Fidel, entero y verdadero. Se bajó del carro negro sin ningún esfuerzo, como el deportista que era, y nos miró a todos de un golpe, pero con esos ojos cabrones que parece, y quizá sea así, que nos miran a cada uno y nos reconocen con nombre y apellidos. No había un mal gesto en su rostro barbudo, pero estaba serio, como convenía a la ocasión. La gente decía que era el mejor actor del mundo y allí, una vez más, lo estaba demostrando. ¿Qué es lo primero que hizo? Sentarse a un lado de la mesa. No pidió la presidencia ni nada, se puso allí, se quitó su gorro militar y se limitó a decir que siguieran hablando. La gente se quejó, y ¿qué dijo el Hombre? Que debían quejarse más, que los dirigentes eran una partida de comecandelas y que, como siempre, lo íbamos a arreglar todo con paciencia.

Había en el suelo, junto al escenario, un negrito que llevaba una pulsera de oro en el brazo derecho y Fidel se la pidió. Le dijo que si estaba dispuesto a colaborar con aquella joya que a él no le servía para nada. Me recuerdo que el tipo se llamaba Nieves y se cuadró ante Fidel cuando él le habló y cuando le pidió la pulsera, que era un regalo de su padre. Se la dio solemnemente, como el que hace una ofrenda a un dios. Poco a poco, se fue acabando la bulla, y las voces de los impertinentes pasaron a ser vocecitas de nada, gente que pedía por favor que le resolvieran el problema de su vivienda, que estaban en la misma calle y en la nada, pobrecitos. Fidel prometió que pronto todo volvería a la normalidad y que no debían preocuparse.

Cuando salió, todo el mundo aplaudió, y en el momento de marcharse detuvo su carro y llamó a Nieves. Le dijo que se acercara y le dio su Rolex, la estrella número uno de los dirigentes cubanos y sus aliados.

—Por lo menos esto da la hora —le dijo a un Nieves asustado—, póntelo donde tenías la pulsera que me llevo en este bolsillo.

Se lo conté todo a Raúl y él no le dio ninguna importancia. Algunos dicen que ese es un truquito muy usado por Fidel: el del Rolex. Pero yo me quedé con el recuerdo de Fidel, entero, verdadero, en carne y hueso, entrando por Pabexpo deslumbrante, seductor y completo. ¡Ese era Fidel! ¡Ese era el Caballo! Después no lo vi más. Como si se hubiera ido del aire, aunque todavía está vivo. A ver si lo explico. Los enemigos dicen que está secándose o que, en todo caso, ya murió y los que ocuparon el lugar de Núñez Jiménez, supervisados por Raúl, escriben en *Granma* todos esos mensajes que firma el compañero Fidel. Pero yo sé que está vivo.

Ahora mi hija Isis dice desde Barcelona que ya se secó el arbolito donde dormía el pavo real y, no contenta con eso, sigue con la cancioncita, y ahora dormirá en el suelo como cualquier animal. Ni hablar. Eso no lo verán los ojos de ningún mortal. Fidel vivirá eternamente. ¿Cuántas veces lo han matado en estos años? Siempre lo matan de una u otra manera los enemigos de dentro y de fuera, pero aquí está el Hombre, dando la guerra desde su casa, enfermo, viejo y abuelo, pero dando la guerra. Ya sé que el mono deportivo no es precisamente un uniforme para ir a la guerra, como él está acostumbrado, pero la enfermedad le exige ese traje humano para que la gente lo vea también como es él en esencia, un ser humano, que también sufre achaques y enfermedades.

Dicen los sabios que por eso los que se saben inmortales no le tienen miedo a la muerte, porque saben cómo evitarla en cada momento que viene a buscarlos. Y uno de esos es Fidel. Ha ido matando a sus enemigos poco a poco hasta quedarse solo. Es una conciencia en el mundo entero, a la que cada vez más le hacemos caso en Cuba y en el resto de América Latina, porque se está levantando en este siglo con mucha más fuerza que en el pasado. Ahora hay dirigentes de países que se reconocen en Fidel y que siguen sus doctrinas, porque Fidel es también un sabio, un sabio que sabe por dónde va el mundo. Y cuando dice que el capitalismo se está desmoronando es verdad. La lujuria, el lujo, esa locura por el dinero, la ambición de tener para ser y no ser para tener, ustedes me entienden, son un peligro para el mundo, los pobres son cada vez más pobres y los ricos son cada vez más ricos.

Dicen los enemigos, que casi siempre no saben nada, que nosotros somos los que estamos al pie de la tumba y que cuando se muera Fidel todo va a cambiar en lo que el diablo se restriega un ojo. ¡Por los cojones! Tendrán que pasar por encima de nuestros cadáveres y enterrarnos. Mami, una intransigente descarada, sostiene que cuando Fidel se vaya de verdad del aire el final va a ser como me contó el polaco.

—O como en Rusia, ¿pero tú no lo viste, comecandela? —me irrita Mami, siempre por teléfono.

El teléfono maldito, así le llamo yo a ese bicho. El teléfono debería estar prohibido para la población. Tendría que ser solo un material de guerra, un material de trabajo de la policía y del Ejército, y más nada. Por los timbrazos de teléfono sabemos nosotros quién es de un lado y quiénes somos de los nuestros, lo sabemos todo; y cuando los enemigos dicen que aquí está todo el mundo filmado, aunque no mienten del todo, no saben que lo que nos interesa de verdad siempre no son las imágenes, sino quién habla con quién y qué dicen de nosotros y de los otros. Ahí es donde está la vaina, por eso los conocemos a todos, y aunque fuera a machete cañero vamos a acabar con los disidentes a la hora que sea y como sea.

Los llaman pomposamente los disidentes cuando son cuatro que lo único que hacen es ladrar como María Callas. Ladrar y pronosticar el fin de la Revolución, ¡como si eso fuera posible! Y entonces fotografían los peores lugares de La Habana, los lugares marginales de Santiago y otras ciudades y mandan las imágenes para los periódicos de la reacción exterior, para que vean que Cuba se está cayendo hacia adentro, y luego está el *Herald* y todos los demás de Italia y España jaleando un final que nunca, entérense bien, que nunca va a venir desde fuera, eso sí que no.

Rusia, dicen. Dicen que nos fijemos en cómo fue la cosa cuando se descuajaringó la Unión Soviética y que de ahí salieron los millonarios: de la policía, del Ejército Rojo, de la Lubianka, de la Seguridad del Estado, del Partido, de lo más arriba de los comunistas. De ahí, incluso Mami lo dice, salieron los millonarios, y por eso Mami me zahiere y casi me mata con esos timbrazos en la madrugada, cuando me pide que haga algo, ¡como si yo tuviera botella con Raúl, como si fueran otros tiempos! Otros tiempos, eso me dice, riéndose en este drama que vivimos y recordándome la canción.

—¡Cómo cambian las cosas, Venancio, qué te parece!

Eso me dice cantando por teléfono desde hace tiempo. Que me haga un hueco, una fortunita entre los de arriba, que dé codazos para que al final nos quede algo y la gente nuestra pueda regresar con otro cachito de dinero y poder poner unas empresas..., ¿unas empresas de qué voy a poner yo? ¿Voy a poner un Tropicana con mi hija la artista? ¿Voy a fundar una empresa de máquinas de alquiler de la que yo sea el jefe, como fui casi uno de los jefes de la Seguridad del Estado hasta después del Período Especial? Me lleva el diablo cuando Mami me toma el pelo con estas cosas tan serias. Ella dice que lo tiene todo resuelto.

—Porque yo, tú me oyes, no participé nunca de tu fe ni de ninguna otra. De modo que lo que voy a hacer es intentar marcharme con mi hija, y tú no haces nada por conseguirme los papeles.

Pide botella para marcharse a España, a Barcelona. A veces me pregunto que si cree que se va a ir al paraíso, que va a encontrar en Barcelona a su hija Isis convertida en lo que la niña quiere ser desde pequeña, nada menos que Josephine Baker, no una bailarina y una cantante más, sino la Baker, casi nada. Así somos los cubanos, que no nos conformamos con una cosita, no nos conformamos con ser quienes somos en el mundo, sino que siempre queremos ser los primeros, los dueños de todo, los jefes, los invasores, los que mandamos sobre los demás, los que tenemos que decidir, los que decidimos qué es lo que se hace y qué es lo que no. Cubanos hasta más allá de la muerte y hasta más allá del exilio, carajo, así somos. No sé si lo he preguntado ya alguna vez en estos escritos, pero ¿alguien ha visto alguna vez a algún cubano bobo? No quiero meterme con nadie, con otros países ni con ninguna gente, pero en todos lados hay bobos, idiotas totales, cretinos sin remedio. En todos los lugares del mundo, menos en Cuba. Aquí el más tonto hace relojes mejores que en Suiza. Hemos fracasado por poco en casi todo, lo sabe todo el mundo, pero háganse la pregunta de verdad cada uno de ustedes. ¿Cómo triunfar contra un enemigo que está pegado a nuestro culo, que nos huele todo el día las inmundicias, que nos bloquea en las victorias y nos hiere en las derrotas?

No importa. Después de cincuenta años no lo han matado. Ahora dice Isis Cepeda, alias Bel March en el escenario, que se secó el arbolito. ¡Cabrona!

En la madrugada empecé a oír ruido de motores, en medio de un sueño que se desvela a cada rato con pesadillas que, cuando me despierto, veo que son pura ficción, cosa de los nervios del momento. Motores militares, me digo, están tomando posiciones. Porque tienen que saber todos que aquí estamos preparados para lo que pueda suceder en cuanto de verdad muera el Comandante, que yo tengo que verlo muerto de verdad y tocarlo y ver si de verdad falleció, porque si no no me lo creo. Mami sospecha que está muerto por lo menos desde hace cuatro meses, y dice que si no sé Historia, que eso hicieron con el doctor Francia, con Perón, con Franco. Pero, coño de los coños, ¿qué carajo sabe ella quién es el doctor Francia?

—Claro que lo sé, Gualtel, claro que lo sé. Me lo contó tu hija Bel March, que ya es libre, para que te enteres... —me dice. Y eso es lo que me faltaba por escuchar por teléfono. Mi mujer echándome en cara que soy el único cubano tonto que hay sobre la tierra. Mi

mujer diciéndome que si no sé que cuando se mueren
los dictadores sus secuaces lo dicen y los entierran
mucho después, cuando les viene bien para mantener
el orden y que no se desmande la gente. Mi hija Isis
Cepeda convertida en historiadora arriba de un escenario de cabaré de mierda en Barcelona. Es como para
volverse loco. Y todo esto se lo meten en la cabeza a un
dirigente, a un tipo al que hasta ayer la gente le tenía
miedo, a mí, a Walter Cepeda, coronel de la Seguridad del Estado de la República de Cuba. Recordarlo
me da un poco de cansancio. Pero sí, a mí me tenían
miedo solo porque representaba lo que era, aunque yo,
lo juro en serio, nunca me metí en cosas sucias. La
prueba: no tengo un dólar. Claro que sé que algunos
se están haciendo ricos con la corrupción. Claro que
sabemos de sobra quiénes son y sabemos cómo acabar
con ellos, en cuanto Raúl dé la orden acabamos de un
golpe de machete cañero con esa jauría de ambiciosos
que pudre por dentro la Revolución. Si hay que llevarse por delante a veinte generales de los que se han apo-
derado de las cosas ilegalmente, pues al paredón. Si
hay que cortar de raíz la corrupción que los contrarrevolucionarios del interior están llevando a los de arriba, se corta de raíz. Si sabremos nosotros cómo se acaba
con eso...

Aunque por regla general yo tengo las ideas claras, a veces soy un ser humano. Y dudo. Cuando oigo
en esta madrugada los camiones del Ejército para arriba y para abajo, me dan ganas de salir a la calle y ver si
es verdad lo que he oído o me estoy volviendo yo también loco y esos ruidos de motores son producto de mi
nerviosismo. Pero la doctora de mi alma me lo dijo un
día y yo sigo a pie juntillas lo que me aconsejó: cuan-

do la bestia venga a buscarte, tú resiste, dite a ti mismo que todo es un invento de tu imaginación, no te dejes dominar por el bicho salvaje, no te degrades, no le des cuartel. Si la bestia continúa hablando y acariciándote en la soledad, saca la pistola y dale dos tiros, aunque esto último, qué quieren que les diga, me parece demasiado. Me imagino cogiendo la pistola y persiguiendo por mi casa, a oscuras y en la más grande soledad, a ruidos y fantasmas que siento pero no veo, y entonces llego a la conclusión de que me estoy volviendo loco. ¿Qué dirían los vecinos? De inmediato vendría la policía y de nada valdría que yo dijera que soy quien soy y he sido quien he sido, porque me van a tomar por loco o por sublevado, yo no sé de verdad cómo están las cosas ahí afuera, en la calle, en La Habana, pero llevo dos horas de la madrugada oyendo camiones y camiones y ni una voz ni un ruido más que no sean los camiones del Ejército. No me atrevo a abrir una ventana para ver lo que pasa porque sé que no debo hacerlo. Lo que suceda no va conmigo. Estoy a salvo del exterior y lo único que me molesta son los repetitivos timbrazos de Mami, que me sigue hablando de la agonía de la Revolución y la muerte de Fidel.

—¿Tú me oíste, Gualtel? Esta sí es de verdad, llegó la hora. Es la última muerte de Fidel Castro —eso es lo que acaba de decirme en el último timbrazo.

La última muerte de Fidel Castro, dice. Desde que la hija Isis se marchó a Barcelona, Mami parece la cubana mejor informada del mundo. Desde luego, mucho mejor que yo.

—Tiene un cáncer que se lo está comiendo desde los pies a la cabeza, ya no se puede ni levantar de la cama...

¿Cómo cojones lo sabe? Por la hija. Porque desde el exterior son expertos en echar mierda sobre Cuba, bombardean desde los teléfonos del exterior diciendo lo que no es, y por eso yo le aconsejaría a Raúl que cortara todas las comunicaciones con el exterior, que no dejara a ningún cubano de dentro utilizar esta mierda del teléfono que tanto nos está perjudicando. ¿O no? Vamos a ver, ¿cuántas veces mataron ya a Fidel falsamente, por teléfono, cuántos cánceres, cuántos disparos y cuánta metralla le metieron en el cuerpo en estos cincuenta años? Y ahí está el Hombre, enterito, vivo y verdadero, en carne y hueso, viejo pero vivo, resistiendo. A ver cómo lo explico una vez más: aquí resistir es vencer. Y eso es lo que estamos haciendo desde hace más de medio siglo.

El ruido de los motores de los camiones del Ejército no deja pasar hasta mi casa ni un ladrido de María Callas. Me acostumbré tanto a su canto maldito que ahora cuando no la oigo me da de repente un temblor, como un estremecimiento que me pregunta dónde está la perra del vecino, por qué se calla, por qué no canta. Y me lo respondo a mí mismo: está asustada. Los perros y los pájaros, los animales en general, anuncian con su silencio la tormenta que llega pocas horas después. Son sabios por naturaleza. Dicen que es el instinto el que los prepara para los desastres, pero yo creo que son inteligentes, que son inteligentes de una manera muy distinta a la nuestra. Cada uno sabe lo suyo, y ellos, los animales, sobre todo los perros y los pájaros, y también los caballos, que no quiero hoy olvidarme de ellos, saben de antemano lo que va a venir.

Oigo la voz en el timbrazo de madrugada de Mami y me lo repito: la última muerte de Fidel Castro. Coooño, parece el título de una novela de Carlos Alberto Montaner, solo me faltaba eso, que el gran gusano pudiera escribir dentro de nada una novela que significaría el reino del triunfo para él, para ellos, para los capitalistas de mierda, para toda la gusanería, quien los verá gritando en la calle 8 y en todo el mundo que llaman libre, ¡murió Fidel!, ¡murió Fidel! Y ahora por eso, y no por agarrarme a una alcayata ardiendo, ¿cuántas veces han dado esos gritos en el Versailles y en todos los garitos de la gusanera? Montón de veces, chico, montón de veces han proclamado la muerte de Fidel antes de tiempo y luego se han encontrado que la vaina que han fabricado se ha venido en tres días abajo, como un castillo de arena levantado por niños inconscientes. Esa es la gran frustración de la gusanería y el mundo del imperialismo, que no quieren creer que nosotros tenemos aquí un Jefe que nunca va a morir. Un Jefe que, aunque muera de verdad, ellos no se van a enterar jamás. Seguro que mañana se despiertan en el llamado mundo libre con la noticia de la última muerte de Fidel Castro. Se inventarán todo tipo de cosas con tal de demostrar lo imposible: que el Comandante ya falleció y que aquí va a cambiar todo.

Ya los veo preparándose desde Miami con flotillas de barquitos de regatas y placeres, volando por encima del mar para llegar a La Habana, a Matanzas, a Varadero, cientos y cientos de barquitos que no veo en realidad ni en mis peores pesadillas. Los yanquis no son tan locos como para dejar salir a la gusanera en busca de venganza, y en todo caso, si quieren aquí una batalla sangrienta como la tuvieron en Playa Girón, pues palante, aquí no nos vamos a acojonar porque el Imperio coloque ahí delante de la postal de La Habana una flota de acorazados que empiecen a bombardear la ciudad, no lo olviden, Patrimonio eterno de la Humanidad. Quienes vengan, que se preparen, porque nosotros estamos entrenados desde hace muchos años para enfrentarlos y derrotarlos delante del mundo. Y que no se olviden que ahora tenemos a Chávez, nada menos que a Chávez, que va a largar su aviación a defendernos y si quieres arroz, Catalina, aquí tienes de dos clases, de Cuba y de Venezuela, casi nada para unos tipos que lo único que buscan es el negocio en Cuba y que se vaya el Comandante para el carajo. Pero él, Fidel, callado, velando siempre por nosotros, defendiendo la Revolución. Ahí lo tienen, en silencio, como el guerrero que espera que el enemigo se delate y salga de sus sombras. Entonces, Fidel levantará la cabeza, como el animal invencible que es, y con una sola palabra que diga, el enemigo saldrá nadando por las noventa millas adelante hasta alcanzar Cayo Hueso, agotado cuando no ahogado. Así ha sido y así será la historia de Cuba. Lo fue en el pasado y lo será en el futuro, con Fidel a la cabeza.

Ahí están ya los militares, ocupando La Habana. Los presiento y los siento. Raúl debe haber sabido ya que mañana todo el mundo dirá que ya ocurrió la última muerte de Fidel. Debe saber ya que los timbrazos del exterior están llegando a miles a Cuba, a La Habana y a toda Cuba. Debe saber que estamos en un punto límite, aunque Fidel no haya muerto. Seguro que dentro de dos o tres días Fidel se levantará de la cama y hablará para todos los cubanos y nos dirá que está vivo como nunca y recuperándose. Y para eso hará que venga Chávez a verlo, para sacarse el reportaje de la televisión, porque él, los dos, Chávez también, son genios de la imagen y la manejan como ningún genio de Jolivud. Ellos saben. Fidel enseñó a Chávez, por eso el tipo, que tiene mangueras de petróleo para la paz y para la guerra y para lo que haga falta, le echó un manguerazo de dólares a esa televisión que vemos aquí ahora, TeleSUR, con un lema que era de Fidel desde el principio, un lema del Che: nuestro norte es el sur. Con dos cojones, a ver quién lo mejora, ¿no?

Yo sé que Mami no me va a llamar más. No me va a dar un timbrazo en esta madrugada para decirme que si no estoy viendo cómo el Ejército se ha hecho con la plaza de la Revolución, se hizo ya con el Malecón y las embajadas, se está montando en los barrios, despertando a la gente de los Comités de Defensa de la Revolución, para que todo el mundo esté en su lugar exacto en el instante en que haya de comenzar la batalla, si en todo caso tuviera que comenzar. Porque la gente de Miami, toda esa gusanera, se echa al mar creyendo que todo el monte es orgasmo, que es mi frase preferida para joderlos. Ellos siempre creyeron, desde el primer instante, que la Revolución no iba a poder resistir y después los vimos cómo se quedaron y los vimos cómo algunos, incluso políticos, regresaron a la isla. Porque esa es la verdad y hay que decirla: no hay ningún cubano bien nacido que pueda soportar vivir fuera de la isla mucho tiempo. Esa es nuestra magia. Y cuando le oigo decir a Mami que se quiere ir, a una negra viejona que yo sé que quiere a Cuba tanto como la quiero yo, me da pena, me da pena y vergüenza, las dos cosas. Porque sé que en Barcelona no va a resistir ni un par de meses, que al final se prefiere la dureza de esta vida revolucionaria a los falsos privilegios del mundo libre.

A estas alturas, algunos o muchos, así dice Mami, habrán sacado la consecuencia de que yo soy un comunista irredento. En efecto, lo soy, soy comunista desde que me afilié al Partido y desde mucho antes, primero por intuición y después, desde hace más de cuarenta años, por convicción. Entiéndanme bien: por convicción absoluta me hice comunista y moriré todavía más comunista que cuando me hice, allá, en mi juventud, con los héroes de la Sierra Maestra. Sé, lo sé de sobra, que hay comunistas que recorren el camino inverso al que hice yo. Comunistas que se hacen los comunistas y, cuando ya lo son, se van quitando de encima las normas y las reglas y, poco a poco, van cediendo a lo que dicen los enemigos, y para hacerse olvidar que están dejando de ser enemigos siguen cantando las canciones gloriosas y siguen yendo a reuniones donde dicen cosas en las que ya no creen y firman papeles sin ninguna fe. Esos comunistas que dejaron de serlo, los conversos, son los peores. Se vuelven hienas del capitalismo, son seres insensibles a lo que fueron toda su vida, como si se quitaran la piel del alma y se volvieran animales gritones que quieren llevarse a los comunistas por delante y fusilarlos todos los días al amanecer. Los conozco bien. Y aquí hubo ya un montón de ellos, los que quedaron fuera cuando un día antes proclamaban su fe ciega en el comunismo y un día después se fueron a Europa y luego saltaron a Estados Unidos de la mano de la CIA y todos sus compinches y se dedicaron durante meses a cantar las excelencias del capitalismo imperialista y a denostarnos a nosotros, a los comunistas, cuando ellos mismos eran de los nuestros. ¿Saben lo que son? Lo saben ustedes igual que nosotros: son unos traidores que buscan hacerse ricos a cambio de un plato de lentejas. Traidores en cuerpo y alma.

Debería haber una máquina científica que los revisara por dentro y por fuera cuando dicen que son comunistas y que la máquina dijera si es verdad o los delatara si es mentira. Son peores que los gusanos, que los que siempre fueron gusanos y los reciben con los brazos abiertos como si llegaran del infierno unos hermanos descarriados. Y en eso también se vio que Fidel era un genio: poco a poco sabe quién y quién no. Y por eso, aunque la gente no entiende bien ciertos cambios en los gobiernos de la Revolución, él sabe por qué lo hace. Él, Fidel, es la máquina. Los mira de arriba abajo, los examina, los deja andar libremente en el Gobierno y cuando se creen que están libres de sospecha caen como moscas y se quedan ahí, en plan piyama delante de la gente. A Fidel no se le escapa uno. A nosotros, que somos simples mortales y podemos equivocarnos, puede ser que se nos hayan ido algunos que tenían que estar en la cárcel toda la vida, pero a Fidel, desde las alturas, no se le escapó uno.

Cuando dicen lo de Alina, que se escapó disfrazada y todo eso, me parto de la risa, porque aquí todos sabemos que fue Fidel quien la dejó escapar, para que sufriera más fuera que dentro, para que supiera lo que es vivir lejos de Cuba, aunque ella hace la gracia en público, la gracia que le hace gracia a tanta gente, hace el chiste de decir que ella no se fue de Cuba por su padre, sino para no aguantar a su madre, una gran mujer, Nati Revuelta, así es la vaina. Porque de aquí, de la isla y del archipiélago de Cuba, no escapó nunca nadie, sino todo aquel a quien Fidel permitió salir de una u otra manera. Y eso que también sabía que lo iban a destripar en cuanto salieran, en lugar de agradecerle que los hubiera dejado irse al infierno en el que ahora viven.

La última muerte de Fidel Castro, dice Mami. La última muerte, dirán mañana los periódicos del mundo entero. Todos los periódicos y las televisiones y las emisoras de radio del mundo entero. Todas, menos las de Cuba y las de TeleSUR, porque nuestro norte es el sur, que se enteren que la lucha continúa y que Fidel está ahí, un rubí, una franja y una estrella, Cuba, Cuba, Cuba. A veces me vuelvo loco, lo sé. A veces me puede el entusiasmo que tenía cuando era joven y me desboco, como ahora mismo me sucedió, que me pongo a gritar yo solo como si estuviera en una manifestación multitudinaria en la plaza de la Revolución. Como si Fidel estuviera a la cabeza de todos y todos estuviéramos jóvenes como antes y dispuestos a dar la sangre por la Revolución y no como dice Mami, que a veces corrió cierto peligro de disidencia. Porque ella dice que la juventud, salvo la de Tropas (y tampoco cree enteramente en la gente de Tropas), hace tiempo que está del otro lado, y cuando le digo, oye, Mami, por tu madre, ¿de qué lado tú me hablas?, va la descarada y me dice por teléfono lo mismo de siempre.

—Pero, Gualtel, mi chino, ¡qué inocente tú eres desde chiquitico! ¿De qué parte va a ser? De la música, viejito, de la música, ¿o es que tú no sabes que lo único que le interesa a la juventud cubana es que la dejen cantar y bailar lo que le dé la gana? —me dice Mami por dejarme en ridículo.

—La música, ¡vaya vaina! —le contesto.

—Y sí, mi chino, te lo dije siempre. Aquí un músico bueno levanta más multitudes y más pasiones que cualquier líder político, incluido el que tú sabes, negrón... Y ese que tú sabes no sabe ni tocar el güiro, ni bailar un carajo, a él no le gusta nada esa vaina y por eso digo yo que no sabe dónde está parado —me dice la descarada.

25.

Conozco La Habana como la palma de mi mano. Conozco sus olores, los humos de cada barrio y sus bullas. Sé a qué hora se levanta la gente en cada lugar de esta ciudad y sé cuándo se acuesta o cuándo no. Tantos años vigilándola, vigilando a cada uno de los habaneros, no pasan en vano. No es raro que, a pesar de ser de Santiago y de venir de Oriente, con todas nuestras virtudes y nuestros vicios, me haya convencido desde hace rato que también soy habanero. De pura cepa y de años de trabajo. Y por mi propia voluntad, porque uno es también de donde quiere ser, aunque los demás no le den esa condición.

Y ahora en esta madrugada que está terminando de pasar, cuando anda ya clareando en los rincones de mi casa en Luyanó, no tengo que abrir una ventana para saber que todos los motores que oigo desde hace un rato son los del Ejército Revolucionario, jamás vencido. Sí, lo intuyo y lo sé: ocupan sus puestos en una lucha inminente, la pelea para la que nos hemos preparado tres generaciones de cubanos leales a Fidel y la Revolución. Sé que algunos dirán que esos motores están cantando los primeros pases del réquiem por Fidel Castro, un réquiem habanero que él no se merece, porque no se merece morir. Y que se merece más que nadie porque en vida se sacrificó por todo y fue, aunque algunos lo desmientan, como un gran padre para todos. Huyo de esa imagen que se mete en mi mente cada vez que oigo con claridad un camión del Ejército subir por la calzada de Luyanó en primera y cambiar luego a segunda para tomar más fuerza. Esa imagen no la ha querido nunca ver ningún cubano bien nacido. Es la imagen de los grandes funerales, del entierro de los grandes hombres de la Historia, la gran absolución a la que quizá también se refería Fidel cuando era tan joven que conquistó un país para un pueblo, que liberó Cuba de las garras del asesino Fulgencio Batista, el Hombre, Fidel, digo, que se enfrentó a todo el imperialismo yanqui él solo y que él solo les hubiera hecho frente en cualquier invasión a la que nunca se atrevieron porque Fidel estaba al frente. Incluso el Che aceptó aquella jefatura. Se sabe que le dijo a Monje, en la entrevista que tuvieron en las selvas de Bolivia, que si Fidel llegara a Argentina a ponerse al frente de una guerrilla liberadora, él, el Che Guevara, con toda su heroicidad y toda su leyenda, se quitaría de en medio para que mandara en todo Fidel Castro, porque sabía más que él y más que nadie. Y no es verdad que dirigiera mal desde el Palacio de la Revolución la batalla de Cuito Cuanavale en Angola. No, caballeros, no es verdad que Ochoa le desobedeciera las órdenes y que por eso mismo las fuerzas cubanosoviéticas ganaran la batalla. Eso es otra patraña de los enemigos, de los agentes infiltrados de la CIA, de todos esos gusanos que más temprano que tarde no aguantan la Revolución y su dureza y se pasan al peor de los enemigos.

¿Ustedes saben cómo se llama esa mierda? Traición. Eso se llama traición. Pero los leales somos más y más poderosos y nos quedaremos hasta el final, con Fidel, y cuando muera Fidel, sin Fidel, aquí, siempre en Cuba.

Esos funerales serán los más grandes del mundo: como que es un simple trance, pero Fidel siempre estará con nosotros, con su sangre caliente, con su verbo vivo, con su caminar de gigante, con su mirada de dios invencible. Dando órdenes y organizando la defensa y el ataque hasta la victoria final del socialismo. Fíjense, caballeros, cómo es la cosa: mientras hay mucha gente que duda de que esté vivo, yo y millones de seres humanos más, cubanos y no cubanos, dudamos de que pueda morir alguna vez. Enfermo y todo, envía siempre sus reflexiones, que son de una lucidez asombrosa para una persona que, según dicen, se está secando, se está muriendo poco a poco, y que al fin está muerto en vida.

Soy de los convencidos de que si Fidel llega a morirse, nos moriremos todos un poco con él. A los que no saben lo que va a pasar después de los funerales y el enterramiento de Fidel, yo se lo puedo adelantar: nada. Aquí seguirá todo igual, iremos hacia adelante como nos enseñó Fidel a marchar, siempre con la cabeza alta. A ver, ¿qué era Cuba antes de la Revolución? Nada, solo un burdel paradisíaco para los yanquis y los gánsteres del mundo que venían aquí a divertirse. Eso nadie puede negarlo, ni siquiera un ignorante, ni siquiera quienes dicen ahora que Cuba era un país de los más adelantados de América Latina, que si no sé cuántas televisiones en color, si no sé cuánto per cápita, comemierdas. Aquí había un Gobierno que mataba todos los días a cubanos demócratas, que violaba y robaba cuanto se le daba la gana, la policía no era como la Seguridad del Estado de la Revolución, que no ha hecho otra cosa que poner orden en el desmadre, sino que era ella misma, la policía de Batista, llena de esbirros, la dueña de los desmanes y los abusos. Eso era Cuba y quien me diga lo contrario miente. ¿Y qué es ahora Cuba? Un país donde todo el mundo es libre, donde todo el mundo sabe leer, donde todo el mundo sabe escribir, donde todo el mundo tiene trabajo, donde todo el mundo come, donde todo el mundo vive dignamente. Pobres, pero dignos. Pobres, coño, de verdad pobres, pero honrados y revolucionarios. Claro, caballeros, siempre hay comecandelas y comemierdas que no están de acuerdo con la lógica de la Historia y se vuelven contra ella. Y tratan por todos los medios de reaccionar frente al avance de la Revolución y la fuerza revolucionaria de la misma Historia. A todos esos hay que irlos convenciendo y si no se puede irlos eliminando, como decía Raúl, convenciéndolos por las malas. Muchos, ya lo sé, caballeros, que me conozco la historia de Cuba de memoria, muchos se marcharon para Miami a componer como auras tiñosas las bandadas de traidores que alimentan en su seno los Estados Unidos de América.

Ya lo dijo Martí para que todos nos diéramos cuenta de una vez y supiéramos quién era de verdad el enemigo: «He vivido en el vientre de la bestia y la conozco». Supongo que no tengo que hacerles un examen de quién era Martí y cómo llegó a ser el gran apóstol de Cuba, porque aquí, para que se enteren, aunque no hayamos vivido en el mismísimo vientre podrido de la bestia, todos, todos, todos somos martianos. Y un paso atrás, como dijo Fidel, ni para tomar impulso. Lo recuerdo joven y fuerte, en la plaza de la Revolución, citando las frases y los versos de Martí, esta es una revolución verde como las palmas... Sí, claro, caballeros, el tiempo pasa y nos vamos poniendo viejos, ya la Nueva Trova son los viejos cantantes, pero ahí queda el verso, queda la Revolución por encima de otras bullas y de otros errores que sí, que hemos cometido, como humanos que somos. Pero.

Aunque cayéndosenos la pintura, seguimos en pie, a la orden, a la primera orden de Raúl para lanzarnos al ataque.

Sigo oyendo los camiones. Llevan más de dos horas de esta amanecida para arriba y para abajo. De modo que no hace falta que abra los ojos ni me acerque a ninguna ventana, ni suba arriba a la azotea, ni me vaya a ninguna terraza a verlos pasar, a identificarlos. Ya les dije, caballeros, que conozco todos los humores y todos los ruidos de La Habana como la palma de mi mano y esos que ahora están ocupando la ciudad entera son los elementos de Tropas Especiales en el mayor operativo que hayamos hecho en toda la Revolución. ¿Por qué? Por el Jefe, por Fidel Castro, porque se acaba su vida a pesar de que sabemos que es inmortal. Alguien me dirá que no es lógico lo que digo, pero sí es, si se fijan un poco. Aquí se quedará su espíritu, como se quedó en Santa Clara y en toda la isla de Cuba el espíritu del Che. Todavía me acuerdo del día que trajeron los restos para enterrarlos en la isla. Era un día luminoso, de calor, y corría por el Malecón una brisa que nos daba bienestar a los viejos luchadores. Y ahí, en medio de todos, el Che, los restos del Che llevados en hombros por hombres de verdad, hombres con cojones de fierro. Recuerdo que me invitó Raúl a asistir al entierro en Santa Clara. Era el entierro de un héroe nuestro, de un héroe de América Latina, y Mami y yo tuvimos ese día tremenda discusión.

—¿Los huesos de quién, Gualtel?

—Los restos del Che, Mami, son los restos del Che. Los van a enterrar en Santa Clara —le contesté.

—Ahhh, sí, el Che, aquel tipo... Cualquier día aparece en el mar el sombrero de Camilo Cienfuegos y hacemos otro enterramiento, ¡qué te parece el comemierda este!

En esa temporada, pocos días antes de nuestra separación definitiva, cogía bulla por cualquier cosa. Cualquier cosa le parecía mentira, embuste. Y yo, siempre, en cualquier circunstancia que conversáramos, era invariablemente un comemierda. No un comemierda cualquiera, sino el comemierda. El comemierda mayor de La Habana. El comemierda mayor de Cuba. El comemierda mayor del mundo. El comemierda mayor del universo.

Así me trataba Mami en esa temporada y yo tenía que aguantarme para no darle un machetazo en la cocina y abrirle la cabeza. Lo pensé alguna vez, y menos mal que lo repensé porque si llego a hacerlo sí hubiera sido el comemierda más grande del universo. Le hubiera dado, además de ser un criminal, armas al enemigo, porque se hubiera hablado del asesinato de un coronel de la Seguridad del Estado, de toda confianza de Raúl Castro, en la persona de su mujer, llamada Mami. Habrían sacado por ahí, en el *Herald,* en el *ABC* de España, habrían sacado a Mami y unas declaraciones de mi hija Isis, y sus fotografías llorando en los periódicos. Y yo, ahí, clavado con un alfiler como una mariposa sin alas, todo el mundo tirándome dardos por asesino. Entonces sí hubiera sido el comemierda más grande del mundo, pero ganas no me faltaron de hacerlo, eso es verdad.

Isis Cepeda, mi hija, ya se había marchado de Cuba e iba camino de convertirse en lo que ahora es, una oscura estrella cubana de cabaré, en Barcelona, a la que todo el mundo llama ya Bel March. ¡Candela! ¡Le zumba el mango a la guitarra!

Educamos a esa niña Mami y yo con una delicadeza especial. La educamos en el colegio de los pioneros de élite. La educamos tal vez para que fuera la primera mujer general del Ejército por méritos de academia. La primera mujer que hiciera la guerra en África o allá, en cualquier parte del mundo donde la Revolución la llamara. La educamos siguiéndole los pasos cuando dijo que quería entrar en el Tropicana y su madre me miró a los ojos con amor por última vez y me dijo lo que me dijo.

—Por tu madre, Walter, haz todo lo que puedas para que tu hija entre en el Tropicana...

Y yo hice de todo lo que había que hacer. Hice sin permiso todas las trampas del mundo, amarré todo lo que pude para que Isis fuera bailarina. Y lo consiguió, pero cuando le dije que la Revolución es quien había logrado que ella fuera una de las bailarinas del Tropicana, se me echó a reír en mi cara, caballeros, y empezó a hablar de sus méritos propios y del maltrato que yo no sabía que ella y muchas de las bailarinas recibían, que lo que querían los jefes que aparecían por allí no era otra cosa que singárselas de pie y pegadas a la pared, porque así eran de insaciables los hijos de puta, y tantas y tantas cosas, una retahíla de la que yo me iba enterando, mientras la madre le decía cállate, Isis, que así vas a empeorar las cosas, y yo me ponía enfrente y la provocaba para que siguiera hablando.

—Y esta es la mierda de Revolución que ustedes hicieron, que ahora, como antes, cualquiera que quiera bailar, por muy artista que sea —decía Isis gritando—, cualquiera debe singar con un par de jefes para llegar a estrella.

Y después contó la historia, no sé si real o no, de una hermosa bailarina, una genialidad, según Isis, que se la zumbaron, la violaron decía ella, vaya, entre tres matones de Tropas, una noche cuando salió de trabajar, y cuando denunció el hecho le dijeron que mejor que se callara y siguiera su brillante camino de estrella.

—¿Y sabes lo que pasó? Lo que pasó es que se hizo alcohólica, se dio a la bebida y a las drogas. La llamaron la Botellita de Licor. Tuvieron que llevarla a una clínica, no sé si a Los Cocos o a otra, para recuperarla. Y ahora es una señora, una viejita gracias a los comemierdas asesinos de Tropas, que la violaron...

¿Qué querían que le dijera, que en todas partes cuecen habas? Me estaría tirando mierda sobre mi propio tejado, y eso sí que no.

Ahora, en la amanecida, oigo el silencio y el grito de horror de María Callas. La perra del vecino es insaciable en sus cánticos y puede volver loco a cualquiera. Me la he imaginado como una de las sirenas que le cantaba al héroe griego Ulises para que se llegara a su isla y así doblegar su destino de héroe. Yo juré que cualquier día iba a matar a María Callas y sigo sin descartarlo, ni siquiera en este momento en que la historia de Cuba está en vilo. Y yo, solo. Ya sabía que Mami, a estas alturas, no buscaría mi complicidad, ni me metería un timbrazo telefónico para darme ánimos o qué sé yo, para hablar conmigo. Porque ella lo sabe mejor que nadie: la tristeza es el primer paso del miedo, que es el primer paso del pánico, que es el primer paso del suicidio. ¿Cuántos héroes revolucionarios se han suicidado en estos años? Me da pavor contarlos. Pero yo no seré de ellos, ni siquiera cuando Fidel nos falte. Lo más probable es que ya lo estén amortajando y que estén preparando con toda solemnidad el gran enterramiento que va a tener lugar en la plaza de la Revolución, ante todos los mandatarios del mundo, ante todo el pueblo cubano, que nunca creyó que se iba a enfermar tanto y que se iba a morir alguna vez. El Caballo, muerto, dirán algunos periódicos. Y la grandiosidad de los funerales asombrará al mundo. Se va un gigante, el gran babalao, para que se enteren todos ustedes, caballeros. Se va él, su figura histórica, pero el espíritu, coño, el espíritu se queda entre nosotros para siempre, para siempre con los que siempre estaremos aquí, a sus órdenes. Y si hay que hundir la isla antes de que aquí vuelva el capitalismo imperialista, se hace y más nada.

Este libro se terminó
de imprimir en
Madrid (España),
en el mes de
abril de 2014

Alfaguara es un sello editorial del Grupo Santillana

www.alfaguara.com

Argentina
www.alfaguara.com/ar
Av. Leandro N. Alem, 720
C 1001 AAP Buenos Aires
Tel. (54 11) 41 19 50 00
Fax (54 11) 41 19 50 21

Bolivia
www.alfaguara.com/bo
Calacoto, calle 13 n.º 8078
La Paz
Tel. (591 2) 279 22 78
Fax (591 2) 277 10 56

Chile
www.alfaguara.com/cl
Dr. Aníbal Ariztía, 1444
Providencia
Santiago de Chile
Tel. (56 2) 384 30 00
Fax (56 2) 384 30 60

Colombia
www.alfaguara.com/co
Carrera 11A, n.º 98-50, oficina 501
Bogotá DC
Tel. (571) 705 77 77

Costa Rica
www.alfaguara.com/cas
La Uruca
Del Edificio de Aviación Civil 200 metros
   Oeste
San José de Costa Rica
Tel. (506) 22 20 42 42 y 25 20 05 05
Fax (506) 22 20 13 20

Ecuador
www.alfaguara.com/ec
Las Higueras, 118 y Julio Arellano.
Sector Monteserrín
Quito
Tel. (593 2) 335 04 18

El Salvador
www.alfaguara.com/can
Siemens, 51
Zona Industrial Santa Elena
Antiguo Cuscatlán - La Libertad
Tel. (503) 2 505 89 y 2 289 89 20
Fax (503) 2 278 60 66

España
www.alfaguara.com/es
Avenida de los Artesanos, 6
28760 Tres Cantos, Madrid
Tel. (34 91) 744 90 60
Fax (34 91) 744 92 24

Estados Unidos
www.alfaguara.com/us
2023 N.W. 84th Avenue
Miami, FL 33122
Tel. (1 305) 591 95 22 y 591 22 32
Fax (1 305) 591 91 45

Guatemala
www.alfaguara.com/can
26 avenida 2-20
Zona n.º 14
Guatemala CA
Tel. (502) 24 29 43 00
Fax (502) 24 29 43 03

Honduras
www.alfaguara.com/can
Colonia Tepeyac Contigua a Banco Cuscatlán
Frente Iglesia Adventista del Séptimo Día,
   Casa 1626
Boulevard Juan Pablo Segundo
Tegucigalpa, M. D. C.
Tel. (504) 239 98 84

México
www.alfaguara.com/mx
Avda. Río Mixcoac, 274
Colonia Acacias, C.P. 03240
Benito Juárez, México D.F.
Tel. (52 5) 554 20 75 30
Fax (52 5) 556 01 10 67

Panamá
www.alfaguara.com/cas
Vía Transísmica, Urb. Industrial Orillac,
Calle segunda, local 9
Ciudad de Panamá
Tel. (507) 261 29 95

Paraguay
www.alfaguara.com/py
Avda. Venezuela, 276,
entre Mariscal López y España
Asunción
Tel./fax (595 21) 213 294 y 214 983

Perú
www.alfaguara.com/pe
Avda. Primavera 2160
Santiago de Surco
Lima 33
Tel. (51 1) 313 40 00
Fax (51 1) 313 40 01

Puerto Rico
www.alfaguara.com/mx
Avda. Roosevelt, 1506
Guaynabo 00968
Tel. (1 787) 781 98 00
Fax (1 787) 783 12 62

República Dominicana
www.alfaguara.com/do
Juan Sánchez Ramírez, 9
Gazcue
Santo Domingo R.D.
Tel. (1809) 682 13 82
Fax (1809) 689 10 22

Uruguay
www.alfaguara.com/uy
Juan Manuel Blanes 1132
11200 Montevideo
Tel. (598 2) 410 73 42
Fax (598 2) 410 86 83

Venezuela
www.alfaguara.com/ve
Avda. Rómulo Gallegos
Edificio Zulia, 1.º
Boleita Norte
Caracas
Tel. (58 212) 235 30 33
Fax (58 212) 239 10 51